弢翁訪書尺牘
附梅泉訪書尺牘

周叔弢　撰
李國慶　康冬梅　釋文
周景良　審訂

國家圖書館出版社

圖書在版編目(CIP)數據

弢翁訪書尺牘附梅泉訪書尺牘 / 周叔弢撰;李國慶,康冬梅釋文;周景良審訂. --北京:國家圖書館出版社,2018.11

ISBN 978-7-5013-6581-4

Ⅰ.①弢… Ⅱ.①周… ②李… ③康… ④周… Ⅲ.①書信集—中國—當代 Ⅳ.①I267.5

中國版本圖書館CIP數據核字(2018)第244944號

書　　名	弢翁訪書尺牘附梅泉訪書尺牘
著　　者	周叔弢　撰　李國慶　康冬梅　釋文　周景良　審訂
責任編輯	林　榮
封面設計	程言工作室
出　　版	國家圖書館出版社(100034　北京市西城區文津街7號) (原書目文獻出版社　北京圖書館出版社)
發　　行	010-66114536　66126153　66151313　66175620 66121706(傳真)　66126156(門市部)
E-mail	nlcpress@nlc.cn(郵購)
Website	www.nlcpress.com→投稿中心
經　　銷	新華書店
印　　裝	北京華藝齋古籍印務有限公司
版　　次	2018年11月第1版　2018年11月第1次印刷
開　　本	787×1092(毫米)　1/16
印　　張	14
書　　號	ISBN 978-7-5013-6581-4
定　　價	380.00圓

序

楊　健

北京師範大學圖書館收藏有一宗弢翁信札。信札的書寫者是我國著名藏書家周叔弢先生(晚年自號"弢翁"),信札的内容多是記載周叔弢先生通過書友北京文禄堂主人王晉卿訪書并從其手中購書的事宜。信札的最早收藏者即是王晉卿。這樣,來往信件的當事人雙方,都與這宗信札有直接的關係。

有意思的是,周叔弢先生和王晉卿先生在信札中都曾言及自己對對方的印象:

弢翁在第一二二通給大哥周達的信札中説:

大哥大人座右:

　　兹有北京書友(文禄堂)王君晉卿來滬小住,特命趨謁,祈爲紹介滬上各藏書家,最好乞吾兄重托積餘丈爲叩。琉璃廠人才凋落,晉卿實此中錚錚者,頗通目録學也。專此。敬請文安。弟暹啓。九月十三號。

王晉卿在弢翁信札第一一通的一角有題記:

　　建德周暹,字叔弢,藏書最精,而交易最末,略有成交。數次來函議商,留存手札爲念耳。戊辰十月晉卿記於燈下。

因此,這宗信札受到當代藏書愛好者和研究者的關注。他們可以從這宗信札中,獲悉很多有價值的藏書信息。有鑒於此,我們擬將這宗信札進行整理,交付出版社影印出版,以饗同好。

兹將這宗弢翁信札的收藏情況及其所具有的價值及影印出版情況,作一簡要説明。

一、館藏弢翁信札入藏及整理情況

《文禄堂藏各家手札》(題名爲館藏自擬),是早年北京琉璃廠書友王晉卿收藏,經整理粘貼而編輯成帙的信札集。20 世紀 60 年代初入藏北京師範大學圖書館。這批信札包括了 20 世紀 30 年代一批藏書家寫給王晉卿先生的信，内容以訪書、購書、售書爲主，除了周叔弢先生，還有李盛鐸、葉景葵、朱文鈞、傅增湘、陳澄中、徐乃昌、莫伯驥、潘宗周、潘景鄭等數十人，按年分裝爲十一册。經統計、輯録，弢翁信札計有一百八十一通，其中有幾通信札附有訪書清單。

二十年前，北京師範大學圖書館收藏的這宗弢翁信札，引起了弢翁研究專家、天津圖書館研究館員李國慶先生的注意。1998年，因編纂《弢翁藏書年譜》的需要，他專程從天津來到北京師範大學圖書館，翻閱了《文禄堂藏各家手札》，并從中抄録了絶大部分弢翁的信札。後經整理、識讀，悉數收入了《弢翁藏書年譜》一書中。該譜於2000年由黄山書社出版。因書中收録了館藏這部分弢翁信札，增加了重要的藏書内容，所以出版後受到了書友的歡迎。

二、館藏弢翁信札的價值

這宗弢翁信札，具有重要的文物、文獻和書法藝術價值。

第一，這是藏書家周叔弢先生爲我們遺留下來的一宗珍貴藏書證物，具有重要的文物價值。

一百八十一通信札，因歷時已久，留下了些許歷史痕迹。按照信札書寫的時間來看，從1928年到1937年，前後整整十年。每一篇，從不同角度記述和見證了弢翁訪書原委、訪書歷程。舉凡議價、换書、評書、寄書、改裝、鑒書等等，都有記述。這宗弢翁信札，具備文物所具有的本質特徵——唯一性，遂成爲我們考察藏書家周叔弢先生藏書活動之證物。例如：

第一通信札，議價：

> 手書誦悉。《中興間氣集》與何義門校本對看，遠不如何校之詳盡，然馮、黄手迹固自可貴，三百元未免太貴。僕至多可出二百廿元，請爲代商前途。費神之至，感荷感荷。《河東集》何以不换？甚悵甚悵。晋卿先生。暹白。廿七。

第三五通信札，談换書：

> 前由天津寄去三書（《琴史》《三僧詩》《鐔津文集》），想已收到。换書事僕不需錢，不過近日愛宋本，不惜用唐卷子本相易。如傅三先生亦愛惜宋本，不愛惜錢，則可不談矣。餘不多及。即請台安。暹頓首。初三。

如以《群經音辨》作三百元,再給現洋五百元,亦可相换。

第五通信札,品書:

兩函誦悉。《爾雅》本子甚好,印工太次,不欲收。《危太樸》《倪雲林》價太貴,暫時作罷,將來再談可也。晋卿先生。暹頓首。

第九通信札,交代寄書:

在津奉手書,誦悉一切。《孟浩然》《柳河東》兩書價目太貴,若能再減若干,彼此即可接近也。《涑水紀聞》不知已寄津否?僕廿九日返津,書款如何交付?祈示知爲荷。即請財安。暹頓首。廿五。

第一三六通信札,談書的改裝:

韓左泉處《昔昔鹽》一書想取來,望爲改裝,拆去襯紙,并成二本(如太厚,即改四本),綢面。做一楠木匣,因爲要送人也。專此奉托。敬請財安。暹頓首。二號。

第一二八通信札,談鑒書:

頃得手書,敬悉一切。《史記》無錢可買,祇得作罷。明鈔本《唐詩》各收藏印皆僞,不足取也。餘不及。即問財安。暹頓首。八號。

第二,這宗信札具體記載了藏書家周叔弢先生與書友王晋卿先生買賣古籍的真實情况,爲我們考察、瞭解、研究弢翁藏書活動,提供了第一手文獻依據,具有重要的文獻價值。

周叔弢先生自莊嚴堪的每一部藏書,都需達到由自己設定的"五好標準"中的一項以上,否則不予收録。這一點,我們在這宗信札中也可以找到答案。例如:

第一二通信札:

徐府書中不知尚有何秘本?能示一二否?暹意非極精之品,不能多購矣。

周叔弢先生舊藏的、已經分别捐獻國家圖書館的宋元版珍本古籍、捐獻天津圖書館的明清善本古籍，有相當一部分在這宗信札中能够找到記録。例如:

第八通信札:

手書誦悉。兩書之價不能再添矣。宋本《韓文》及《韓集舉正》,未曾見過書樣,不能定價,如能送書來一看,方可斟酌也。晋卿先生。暹頓首。

周叔弢先生與這位王晋卿書友多年古籍售受交往等情形，如在目前，其言談舉止，躍然紙上，如睹故人。這些我們在這宗信札中都能够找到記録。

周叔弢先生在與這位王晋卿書友交往時，透露出來一些重要的藏書信息。例如：第二九通信札，談自己近日迷戀宋本：

> 近日迷於宋本，雖殘亦嘉。《龍龕手鑑》如一千四百元可得，亦望代爲説項也。

第五三通信札，談一批昇平署鈔本《戲詞》出讓事：

> 頃有友來談，北大教授朱希祖君有昇平署鈔本《戲詞》五百餘册可以出讓，不知足下能爲代問價格否？并乞快函見復爲叩。敬請財安。周暹頓首。五月十五日。

第三，這宗信札是展現周叔弢先生書法風格和造詣的墨寶真迹，具有重要的藝術價值。

周叔弢先生雖不以書法名家，但作爲官宦世家子弟，從小便打下了極好的館閣體書法基礎。他的結字結構是傳統的歐、顔體，點畫精緻，法度謹嚴。同時，八分書、北碑等書風在書作中也有明顯痕迹。受到清末以來占主流地位的碑學影響，周叔弢先生書法的點畫綫條明顯藴含北碑的骨力和質感；又因爲摻入了些簡帛等八分書的筆法，他的字不僅没有因碑筆的增加而呈現遲滯、粗拙，反而更顯靈動活潑，尤其是行書中的牽絲、連帶之處絶對稱得上流暢生動。周叔弢先生書法中最可喜的是他對於晋韵宋意的傾慕和追求，這批手札中有幾通是有意仿晋宋小楷而作，秀雅有骨，韵致高古，頗有羲、獻遺意。觀者可自琢磨、體會。

三、影印出版

今年初，李國慶先生發來一封郵件，告知 2018 年 10 月自己將年滿 60 歲。擬在退休之年，對早年編印出版的《弢翁藏書年譜》進行一次修訂和增補，編印出版《弢翁藏書年譜長編》，以資紀念的想法，希望再次利用北京師範大學圖書館館藏的這宗弢翁信札，請求予以幫助。收到郵件時，我正苦思冥想爲我館策劃一種禮品書。忽然意識到，將弢翁信札影印出版，配以李國慶先生之前的釋文，不就是很高端的禮品書嗎？這是此次影印出版館藏弢翁信札的起因。

當然,從讀者使用的角度,我們考慮,如果將北京師範大學圖書館館藏的這宗弢翁信札進行影印出版,除了滿足李國慶先生的使用外,其他感興趣的讀者也可以利用,從而可以更大範圍進行流通,發揮這宗文獻的作用。故此,我們向國家圖書館出版社提出這個想法,很快得到該社回復:同意出版。

此次出版的弢翁信札,出版方采取上圖下文的版式:上圖爲弢翁信札真迹的影印件,下文即信札的釋文。《文禄堂藏各家手札》中另有四通弢翁的大哥周達(梅泉)先生的信札,亦附於弢翁信札後,一并影印出版。釋文多采用李國慶先生《弢翁藏書年譜》中的釋文,譜内未采録的數通弢翁信札及梅泉信札由我館康冬梅女士釋文。所有釋文均由康冬梅據信札原件重新校對整理。

時值本書即將付梓之際,謹向李國慶先生、康冬梅女士以及給予本書出版以大力支持的國家圖書館出版社宋志英女士、林榮女士表示感謝!

2018年6月22日草於北京師範大學圖書館

凡例

一、本書收録了周叔弢的信札一百八十一通，後面附周達的信札四通。排序以王晉卿所輯《文禄堂藏各家手札》原序爲據。

二、异體字統一改爲規範繁體字。王文進表字"晉卿"，亦有寫作"搢卿"或"搢青"者，均照録不改。筆誤的書名，徑改。

三、周叔弢所補行間小字，直接以括號標示。所補文後小字，若内容和正文文意接續，則連排；若内容爲正文文字的補充解釋，則以括號標示。王晉卿所跋文字，以楷體小字區分。

目　録

弢翁訪書尺牘

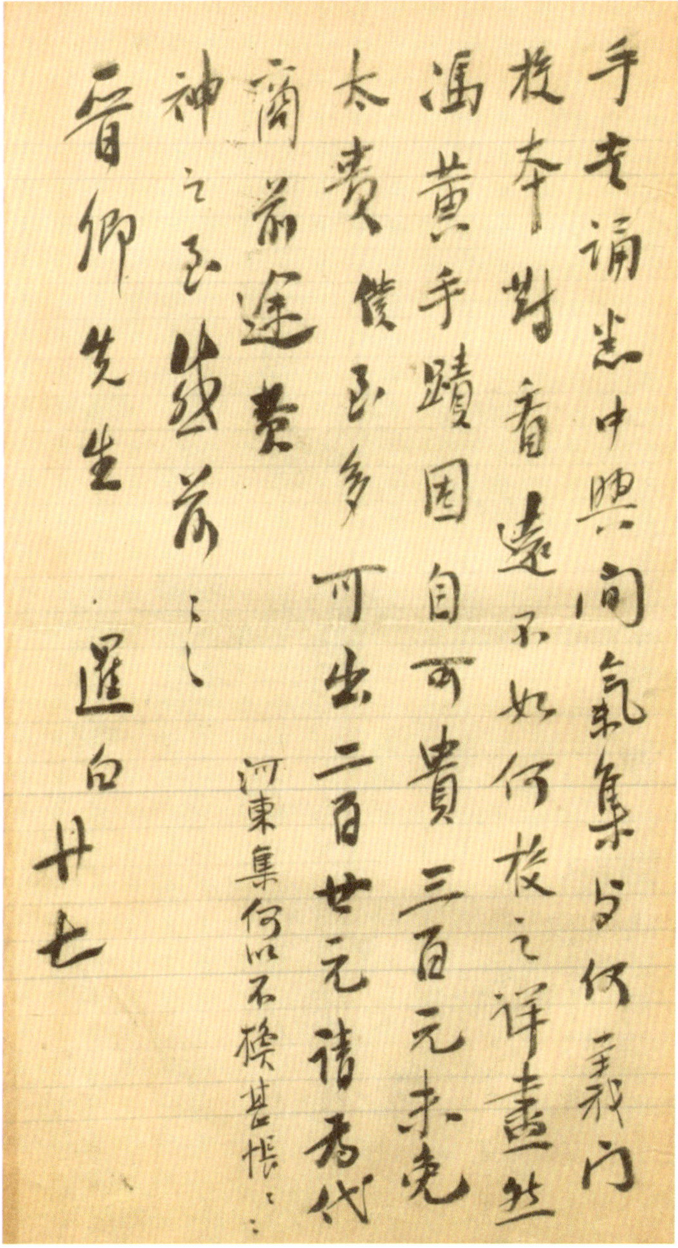

手書誦悉中興間氣集與何義門
校本對看遠不如何校之詳盡然
馮黃手蹟固自可貴三百元未免
太貴僕至多可出二百廿元請爲代
商前途費
神之至感荷感荷
河東集何以不換甚悵甚悵
晉卿先生　遲白　廿七

第一通

手書誦悉。《中興間氣集》與何義門校本對看，遠不如何校之詳盡，然馮、黃手迹固自可貴，三百元未免太貴。僕至多可出二百廿元，請爲代商前途。費神之至，感荷感荷。《河東集》何以不换？甚悵甚悵。晉卿先生。遲白。廿七。

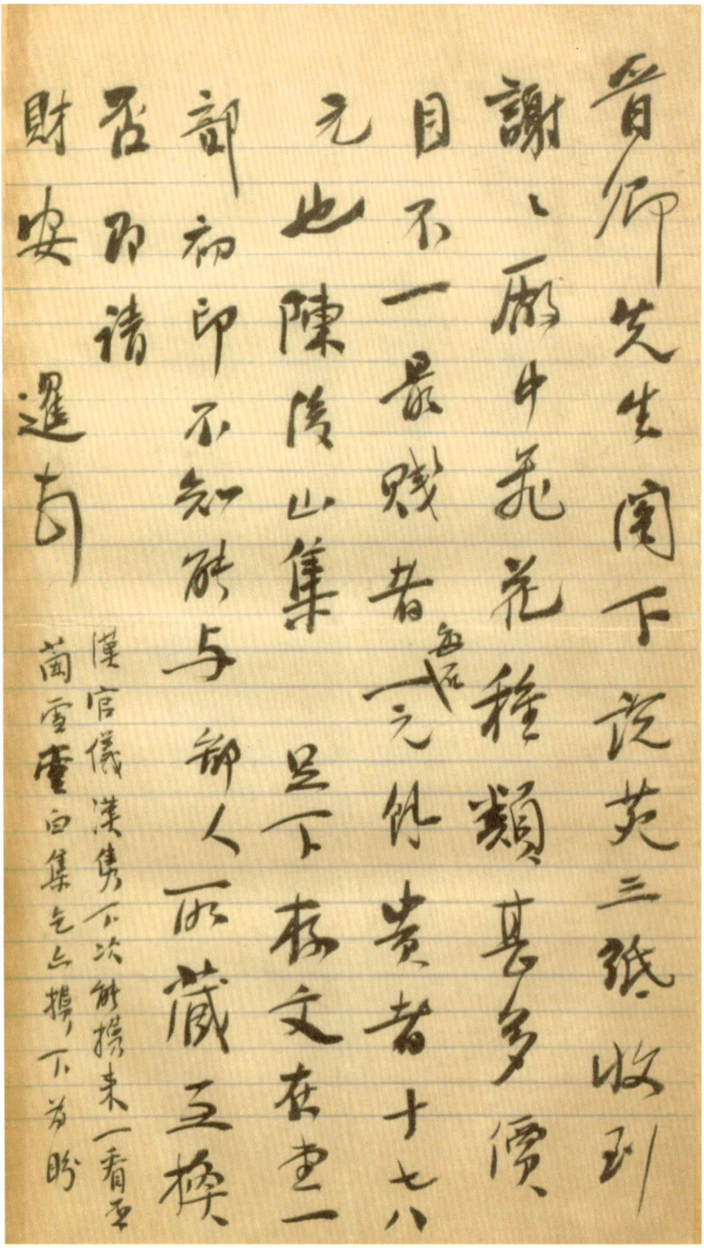
晉卿先生閣下說苑三紙收到
謝謝廠中飛花種類甚多價
目不一最賤者每石一元餘貴者十七八
元也陳後山集足下存文在堂一
部初印不知能與鄙人所藏互換
否即請
財安
暹頓首
漢官儀漢雋下次能携來一看否
蘭雪堂白集乞亦携下爲盼

第二通

晉卿先生閣下：

《説苑》三紙收到，謝謝。廠中飛花種類甚多，價目不一，最賤者，每石一元餘，貴者十七八元也。《陳後山集》，足下存文在堂一部，初印，不知能與鄙人所藏互换否？即請財安。暹頓首。

《漢官儀》《漢雋》，下次能携來一看否？蘭雪堂《白集》乞亦携下爲盼。

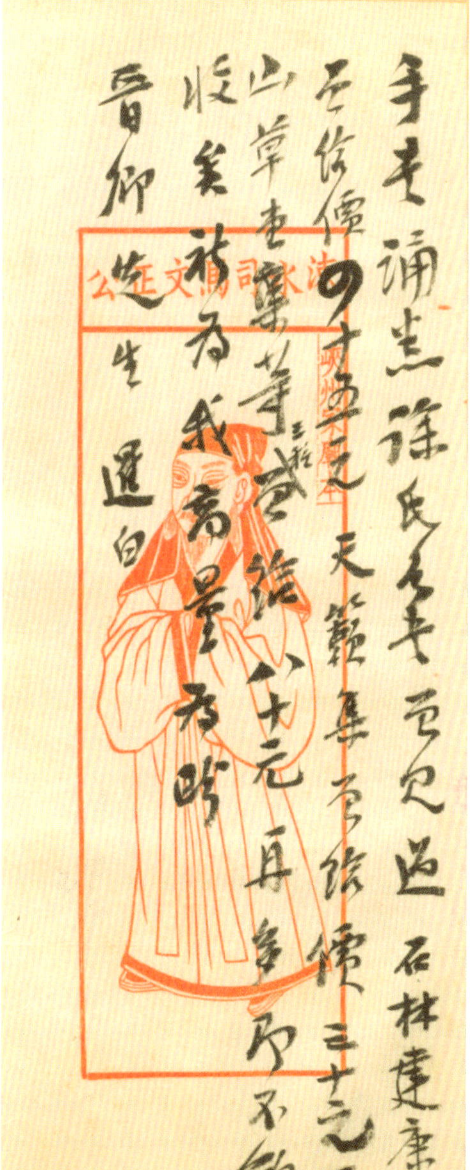
手書誦悉徐氏各書曾見過石林建康集曾給價四十五元天籟集曾給價三十元玉山草堂集等三種曾給八十元再多即不欲收矣祈為我商量為盼晉卿先生遲白

第三通

手書誦悉。徐氏各書曾見過,《石林建康集》曾給價四十五元,《天籟集》曾給價三十元,《玉山草堂集》等三種曾給八十元,再多即不欲收矣,祈爲我商量爲盼。晉卿先生。遲白。

尔雅價太昂不欲收并雲林集全交文在堂帶京矣
晉卿先生 遲頓首

第四通

《爾雅》價太昂，不欲收。并《雲林集》全交文在堂帶京矣。晉卿先生。遲頓首。

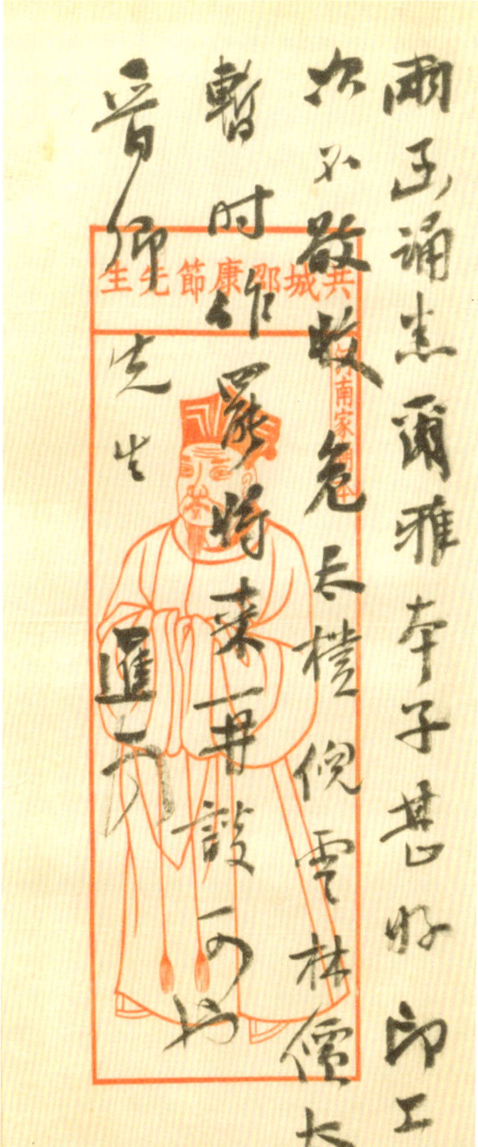

第五通

兩函誦悉。《爾雅》本子甚好，印工太次，不欲收。《危太樸》《倪雲林》價太貴，暫時作罷，將來再談可也。晉卿先生。暹頓首。

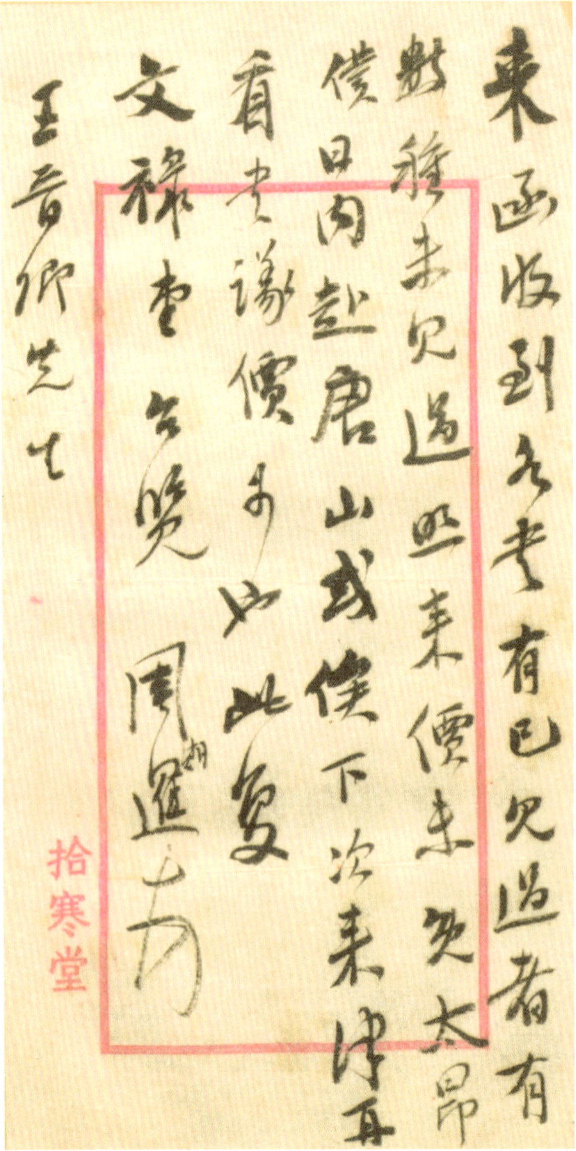
來函收到各書有已見過者有
數種未見過照來價未免太昂
僕日內赴唐山或俟下次來津再
看書議價可也此復
文祿堂台覽
周暹制頓首
王晉卿先生
拾寒堂

第六通

來函收到。各書有已見過者，有數種未見過，照來價未免太昂。僕日内赴唐山，或俟下次來津再看書議價可也。此復。文禄堂台覽。周(制)暹頓首。王晉卿先生。

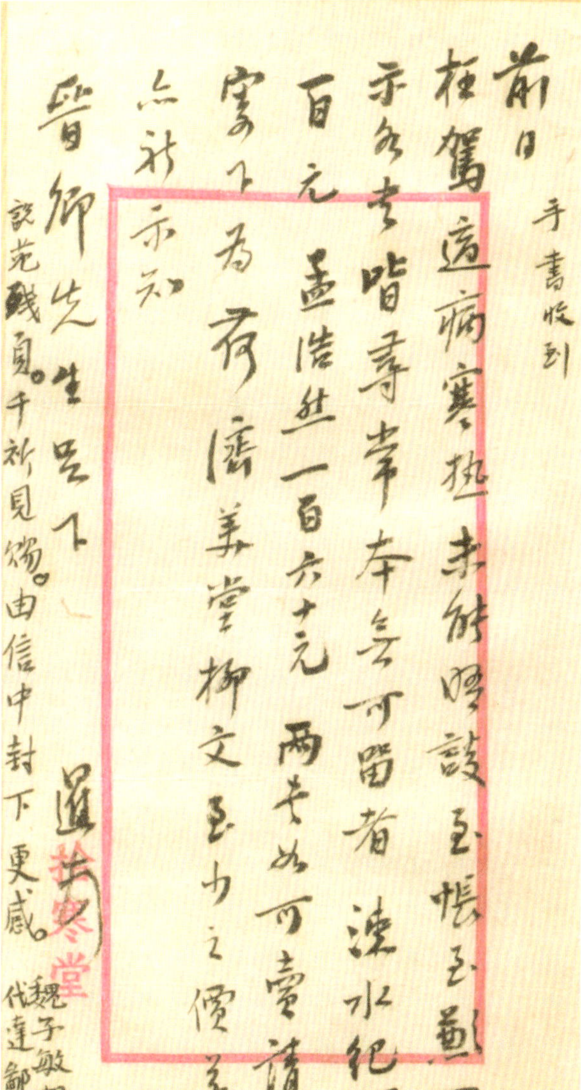

第七通

手書收到。前日枉駕，適病寒熱，未能晤談，至悵至歉。所示各書皆尋常本，無可留者。《涑水紀聞》百元，《孟浩然》一百六十元，兩書如可賣，請即寄下爲荷。濟美堂《柳文》至少之價若干？亦祈示知。晋卿先生足下。暹頓首。

《説苑》殘頁，千祈見賜，由信中封下更感。魏子敏想已代達鄙意。

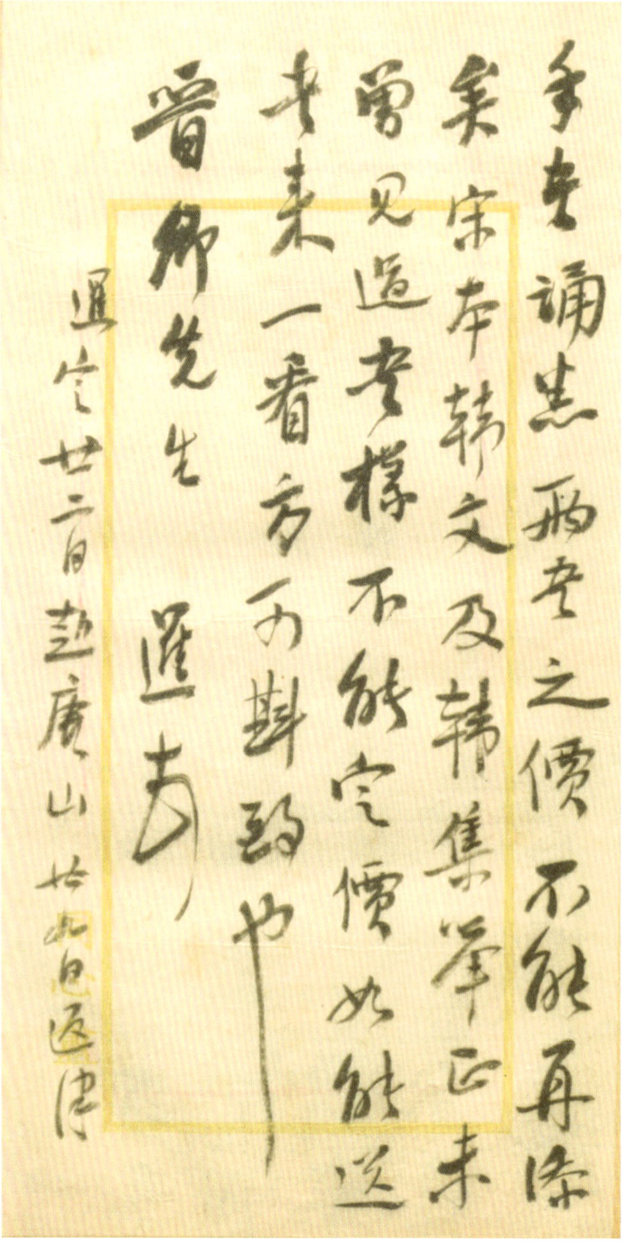
手書誦悉兩書之價不能再添矣宋本韓文及韓集舉正未曾見過書樣不能定價如能送書來一看方可斟酌也
晉卿先生
暹頓首
暹定廿二日赴唐山廿九日返津

第八通

手書誦悉。兩書之價不能再添矣。宋本《韓文》及《韓集舉正》，未曾見過書樣，不能定價，如能送書來一看，方可斟酌也。晉卿先生。暹頓首。

暹定廿二日赴唐山，廿九日返津。

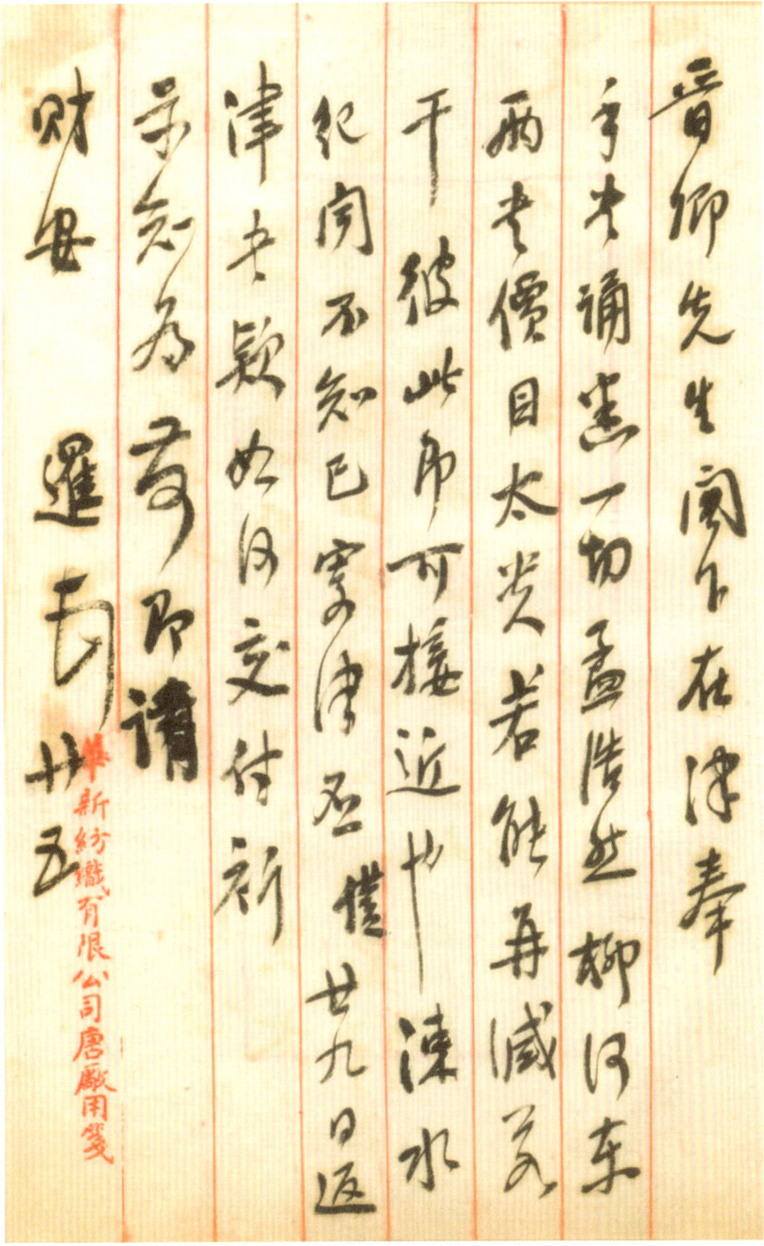

第九通

晋卿先生閣下:

在津奉手書,誦悉一切。《孟浩然》《柳河東》兩書價目太貴,若能再减若干,彼此即可接近也。《涑水紀聞》不知已寄津否?僕廿九日返津,書款如何交付?祈示知爲荷。即請財安。暹頓首。廿五。

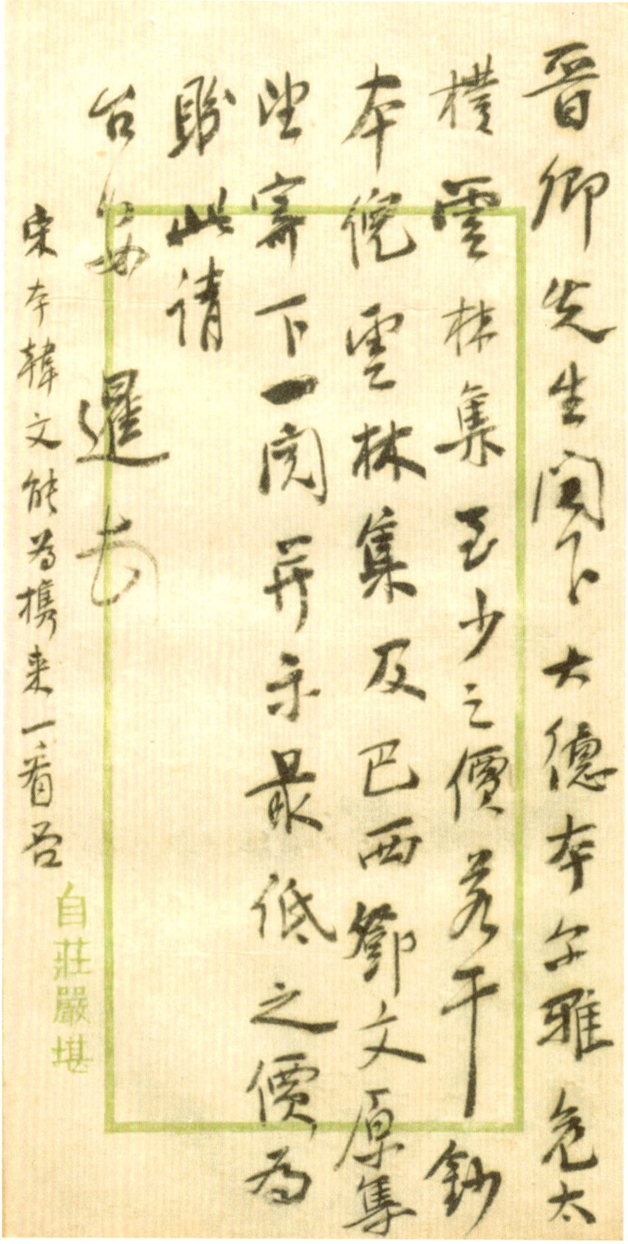
晉卿先生閣下大德本爾雅危太
樸雲林集至少之價若干鈔
本倪雲林集及巴西鄧文原集
望寄下一閱并示最低之價為
盼此請
台安暹頓首
宋本韓文能為携来一看否
自莊嚴堪

第一〇通

晉卿先生閣下：

大德本《爾雅》、危太樸《雲林集》，至少之價若干？鈔本《倪雲林集》及巴西《鄧文原集》，望寄下一閱，并示最低之價爲盼。此請台安。暹頓首。

宋本《韓文》能爲携來一看否？

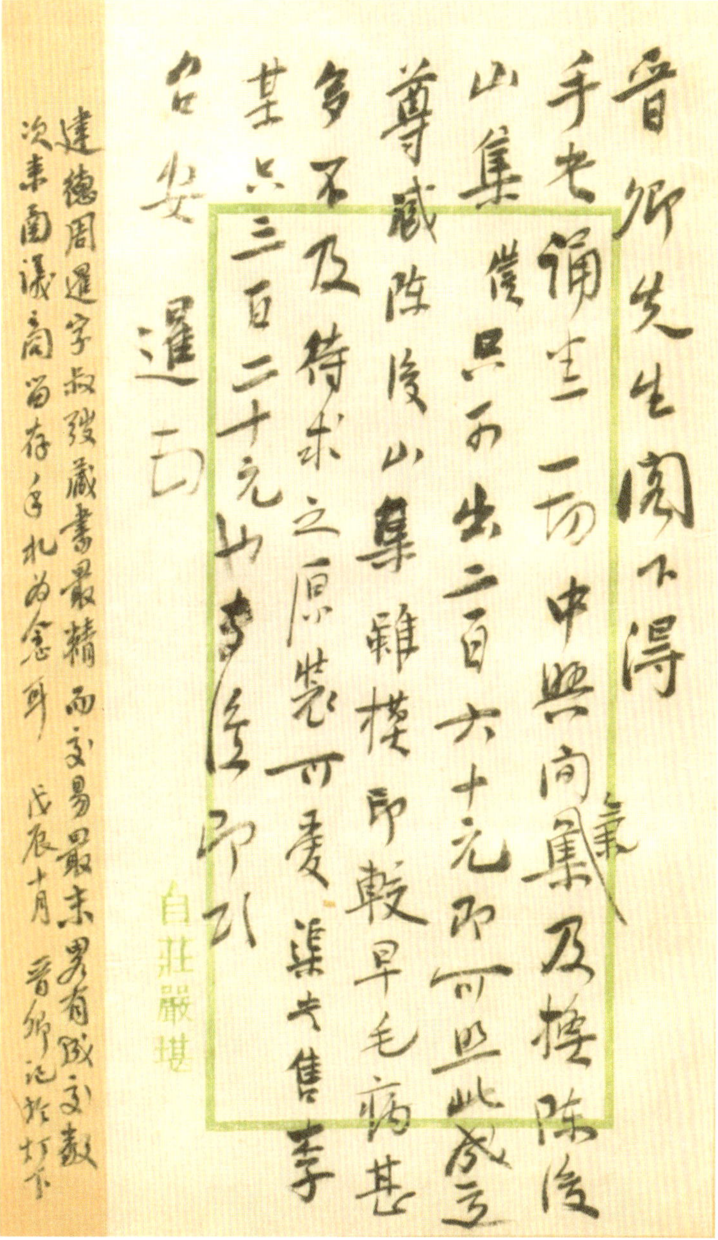

第一一通

晉卿先生閣下：

得手書誦悉一切。《中興間氣集》及换《陳後山集》，僕衹可出二百六十元，即可照此成交。尊藏《陳後山集》，雖模印較早，毛病甚多，不及待求之原裝可愛。渠書售李某衹三百二十元也。專復。即頌台安。暹頓首。

建德周暹，字叔弢，藏書最精，而交易最末，略有成交。數次來函議商，留存手札爲念耳。戊辰十月晉卿記於燈下。

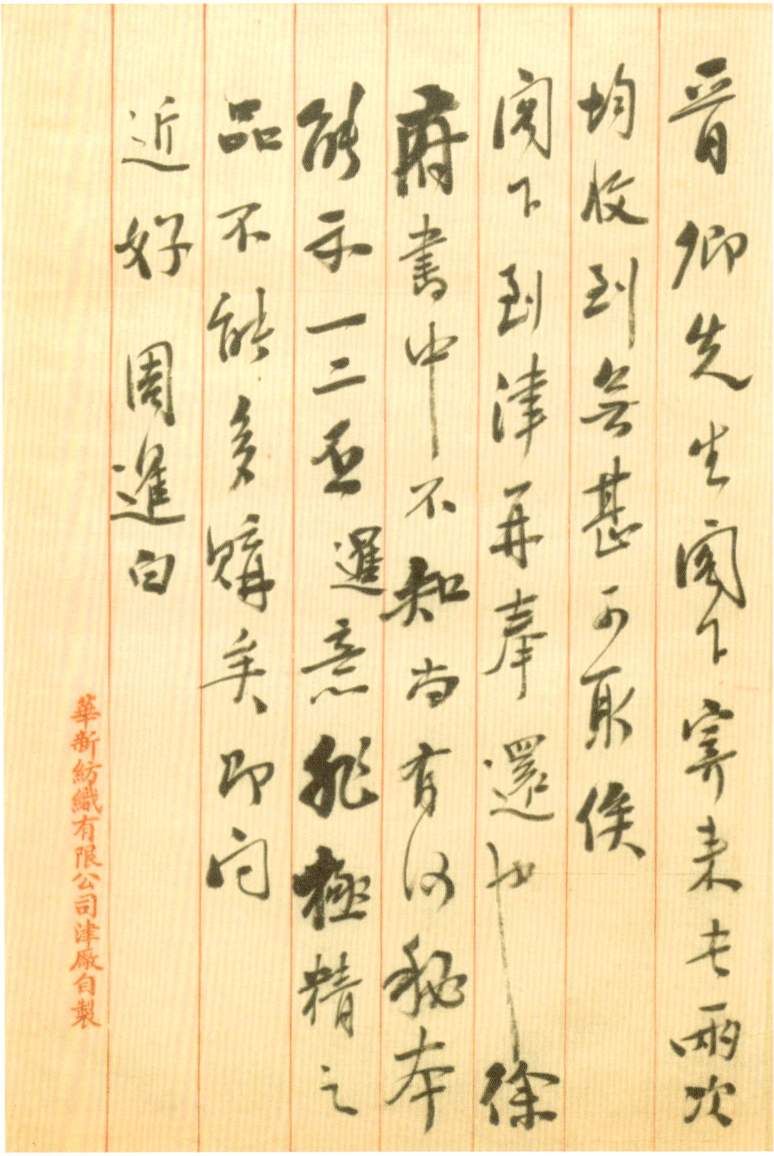
晉卿先生閣下寄來書兩次
均收到無甚可取俟
閣下到津再奉還也徐
府書中不知尚有何秘本
能示一二否暹意非極精之
品不能多購矣即問
近好周暹白
華新紡織有限公司津廠自製

第一二通

晉卿先生閣下：

寄來書兩次，均收到，無甚可取。俟閣下到津再奉還也。徐府書中不知尚有何秘本？能示一二否？暹意非極精之品，不能多購矣。即問近好。周暹白。

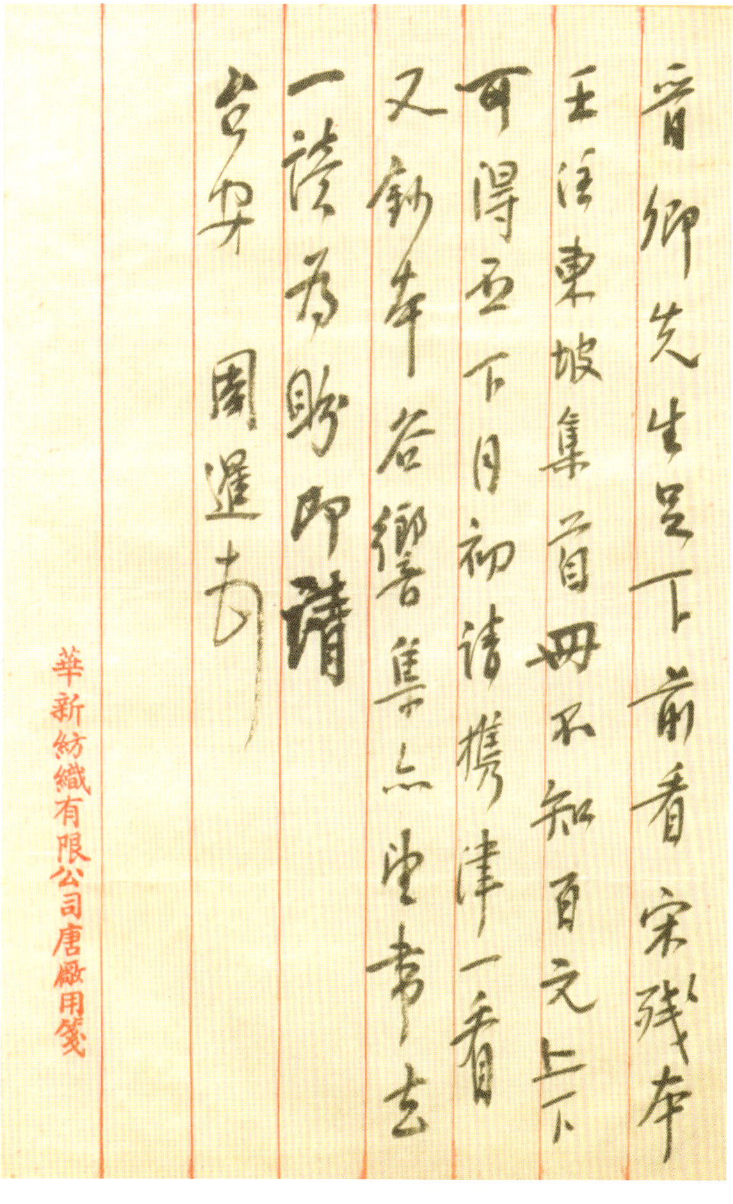

晉卿先生足下 前看宋殘本
王注東坡集首册不知百元上下
可得否下月初請携津一看
又鈔本谷響集亦望帶去
一讀爲盼即請
台安 周暹頓首

華新紡織有限公司唐廠用箋

第一三通

晉卿先生足下：

前看宋殘本王注《東坡集》首册，不知百元上下可得否？下月初請携津一看。又鈔本《谷響集》，亦望帶去一讀爲盼。即請台安。周暹頓首。

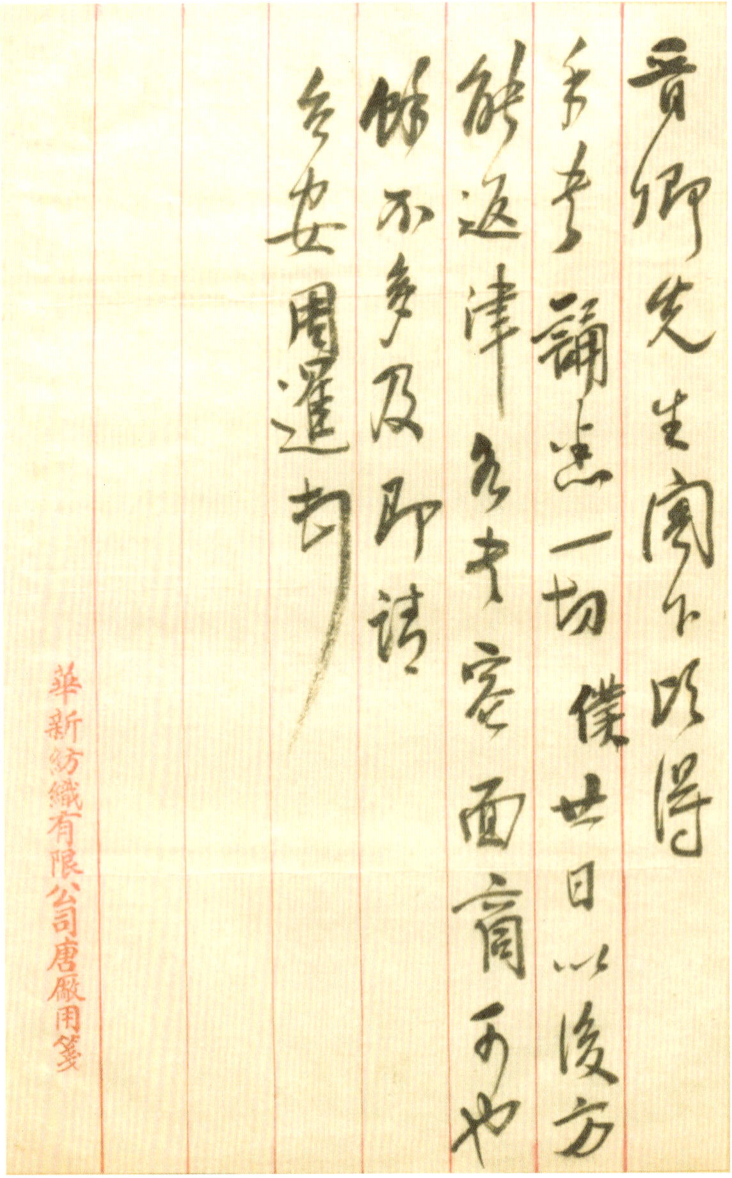
晉卿先生閣下頃得
手書誦悉一切僕廿日以後方
能返津各書容面商可也
餘不多及即請
台安周暹頓首

華新紡織有限公司唐廠用箋

第一四通

晉卿先生閣下：

　　頃得手書，誦悉一切。僕廿日以後方能返津，各書容面商可也。餘不多及。即請台安。周暹頓首。

第一五通

晉卿先生閣下：

《岑集》換書事可稍遲再議。楊家書未聞有人買，不知何人經手？近日惟聞日人得七種耳。楊敬夫久不見面，曾屢次欲往觀書，皆不接待，不知何意。閣下既有人介紹，何不來津一行，或有所得也。即請台安。周暹頓首。

《歐集》索二千四百元，祇售一千二百元，不算貴。

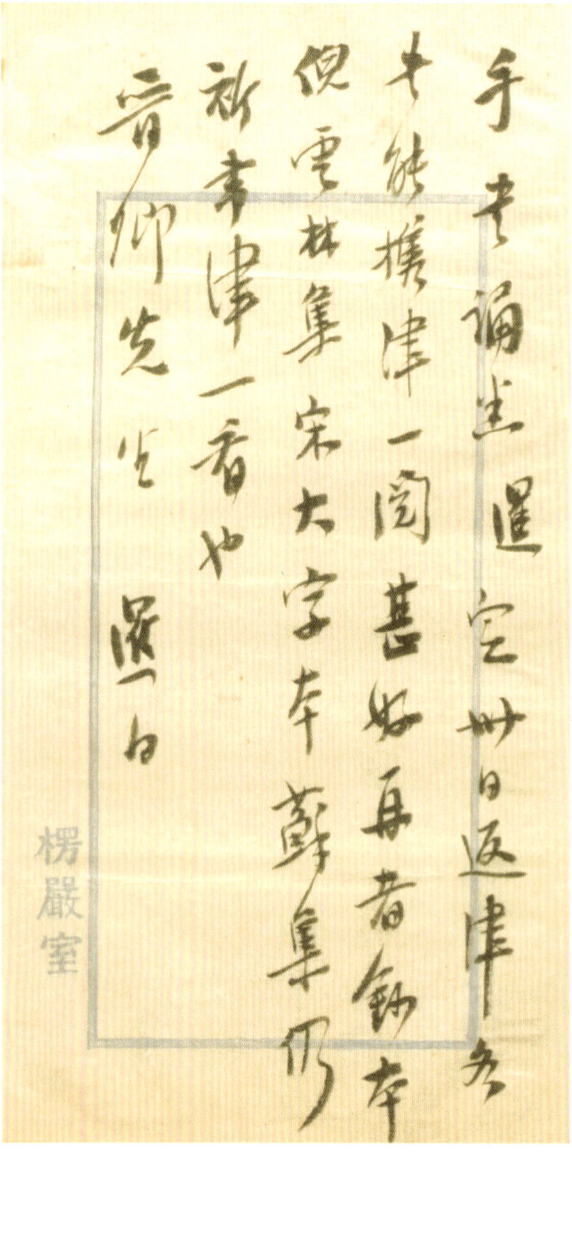
手書誦悉遲定卅日返津各
書能攜津一閱甚好再者鈔本
倪雲林集宋大字本蘇集仍
祈帶津一看也
晉卿先生 遲白
楞嚴室

第一六通

手書誦悉。遲定卅日返津，各書能携津一閲甚好。再者，鈔本《倪雲林集》、宋大字本《蘇集》，仍祈帶津一看也。晋卿先生。遲白。

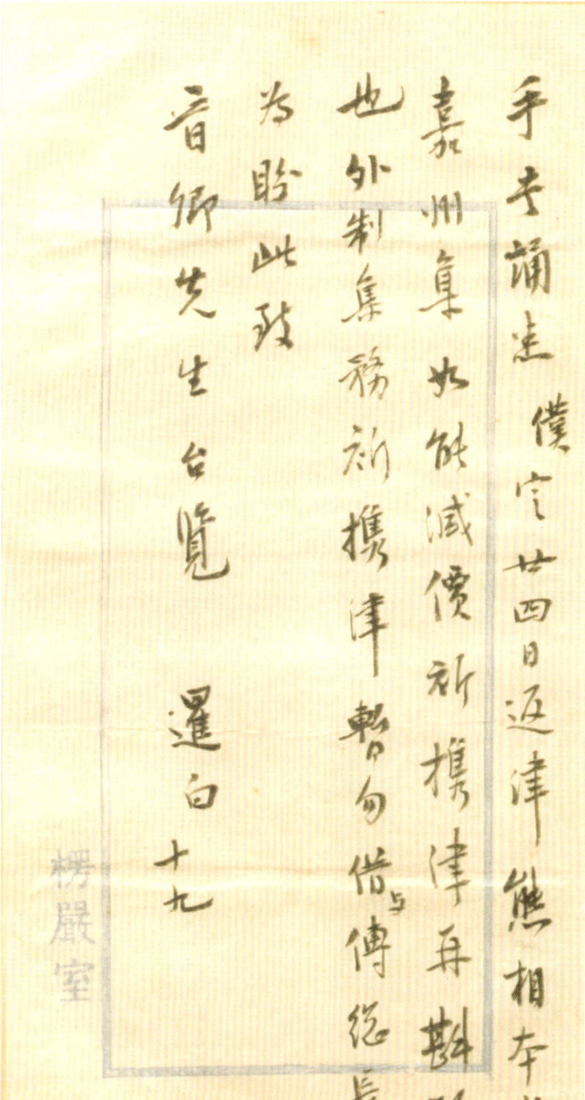
手書誦悉　僕定廿四日返津　熊相本岑
嘉州集如能減價祈携津再斟酌
也　外制集務祈携津暫勿借與傅總長
爲盼　此致
晉卿先生台覽　　遲白　十九
楞嚴室

第一七通

手書誦悉。僕定廿四日返津。熊相本《岑嘉州集》如能減價，祈携津再斟酌也。《外制集》務祈携津，暫勿借與傅總長爲盼。此致。晉卿先生台覽。遲白。十九。

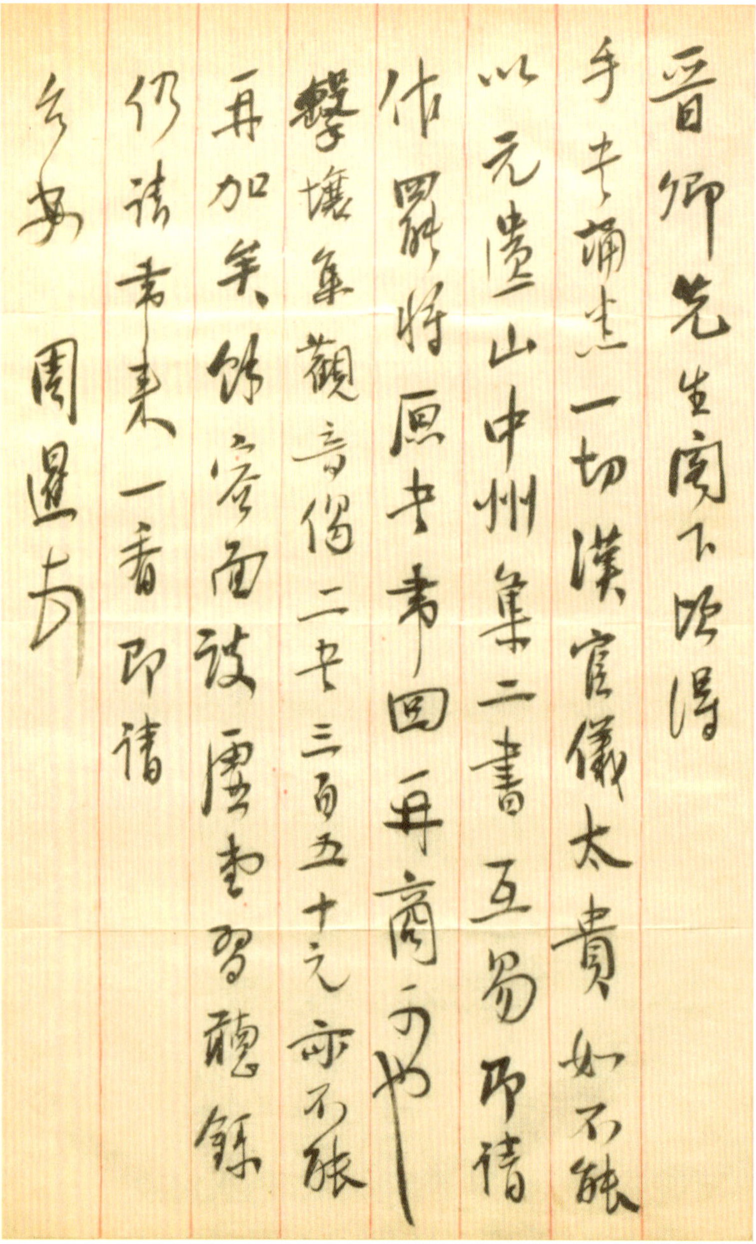
晋卿先生閣下頃得
手書誦悉一切漢官儀太貴如不能
以元遺山中州集二書互易即請
作罷將原書帶回再商可也
擊壤集觀音偈二書三百五十元亦不能
再加矣餘容面談虛堂習聽録
仍請帶來一看即請
台安 周暹頓首

第一八通

晋卿先生閣下：

頃得手書，誦悉一切。《漢官儀》太貴，如不能以《元遺山》《中州集》二書互易，即請作罷，將原書帶回再商可也。《擊壤集》《觀音偈》二書，三百五十元亦不能再加矣。餘容面談。《虛堂習聽録》仍請帶來一看。即請台安。周暹頓首。

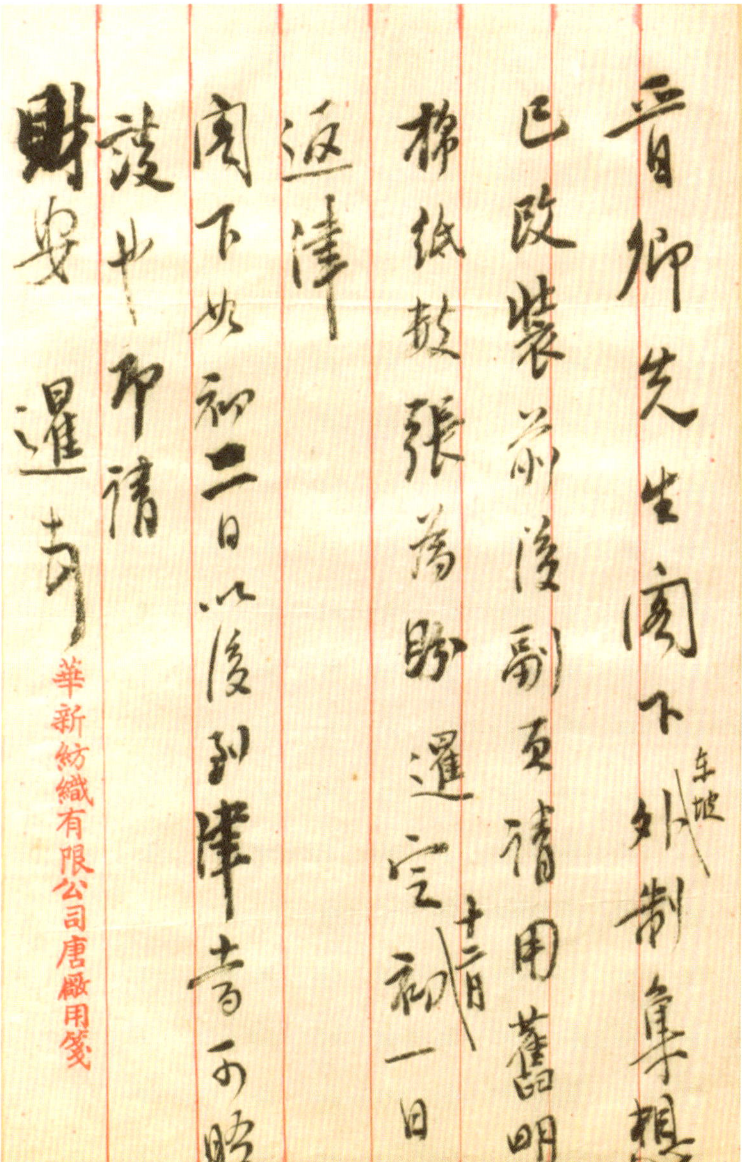
晉卿先生閣下東坡外制集想
已改裝前後副頁請用舊明
棉紙數張爲盼暹定十二月初一日
返津
閣下如初二日以後到津當可晤
談也即請
財安 暹頓首
華新紡織有限公司唐廠用箋

第一九通

晉卿先生閣下：

《東坡外制集》想已改裝。前後副頁請用舊明棉紙數張爲盼。暹定十二月初一日返津。閣下如初二日以後到津，當可晤談也。即請財安。暹頓首。

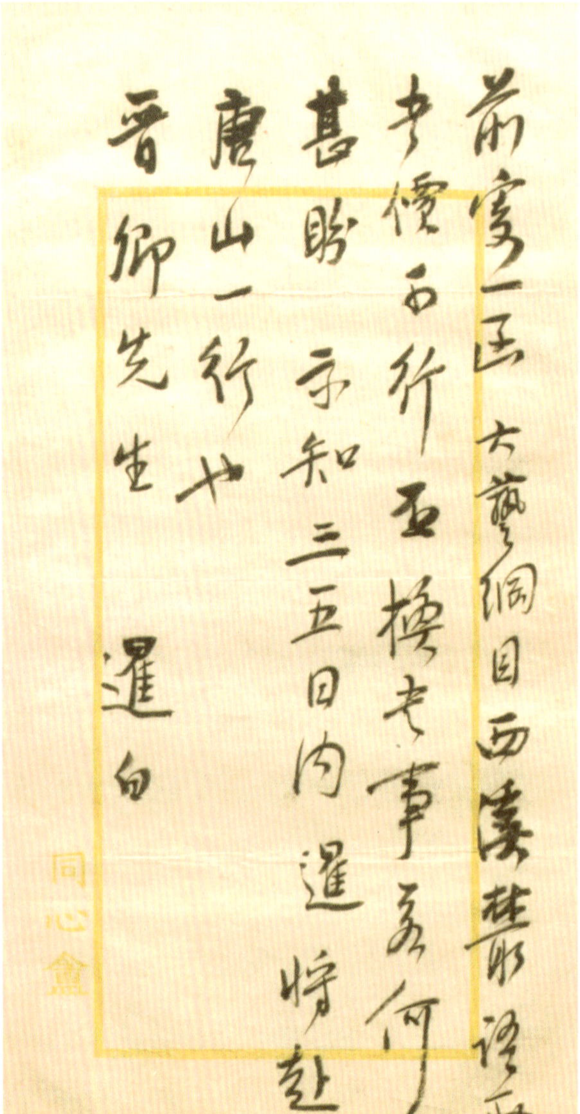
前寄一函六藝綱目西溪叢語兩
書價可行否換書事若何
甚盼示知三五日内暹將赴
唐山一行也
晉卿先生
暹白
同心盦

第二〇通

前寄一函,《六藝綱目》《西溪叢語》兩書價可行否？換書事若何？甚盼示知。三五日内暹將赴唐山一行也。晉卿先生。暹白。

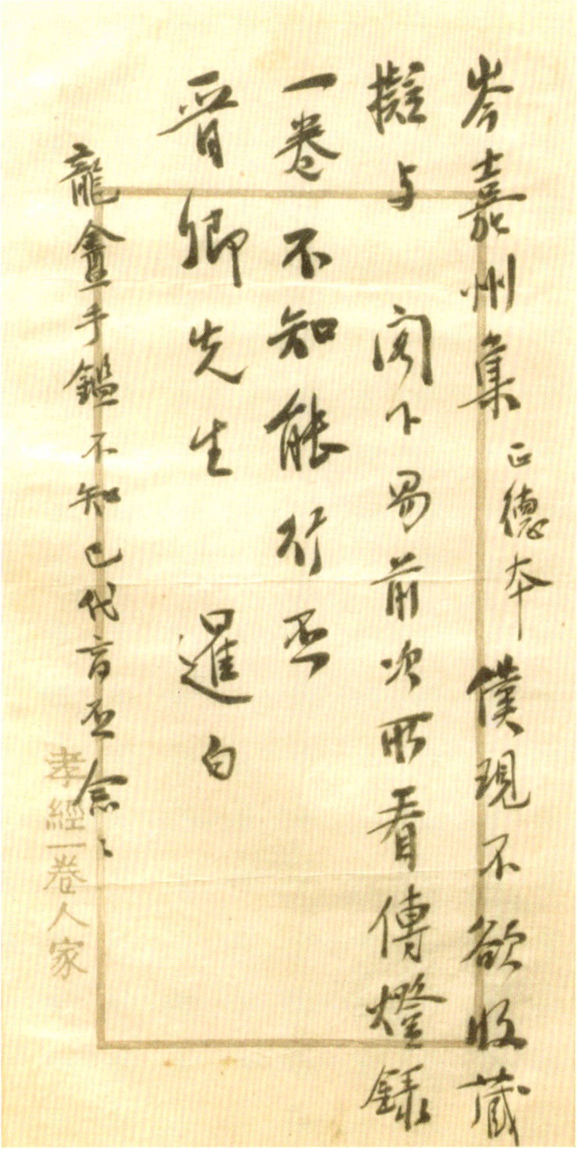
岑嘉州集正德本 僕現不欲收藏
擬與閣下易前次所看傳燈録
一卷不知能行否
晉卿先生 遲白
龍龕手鑑不知已代商否 念念
孝經一卷人家

第二一通

《岑嘉州集》(正德本),僕現不欲收藏,擬與閣下易前次所看《傳燈録》一卷,不知能行否?晉卿先生。遲白。

《龍龕手鑑》,不知已代商否?念念。

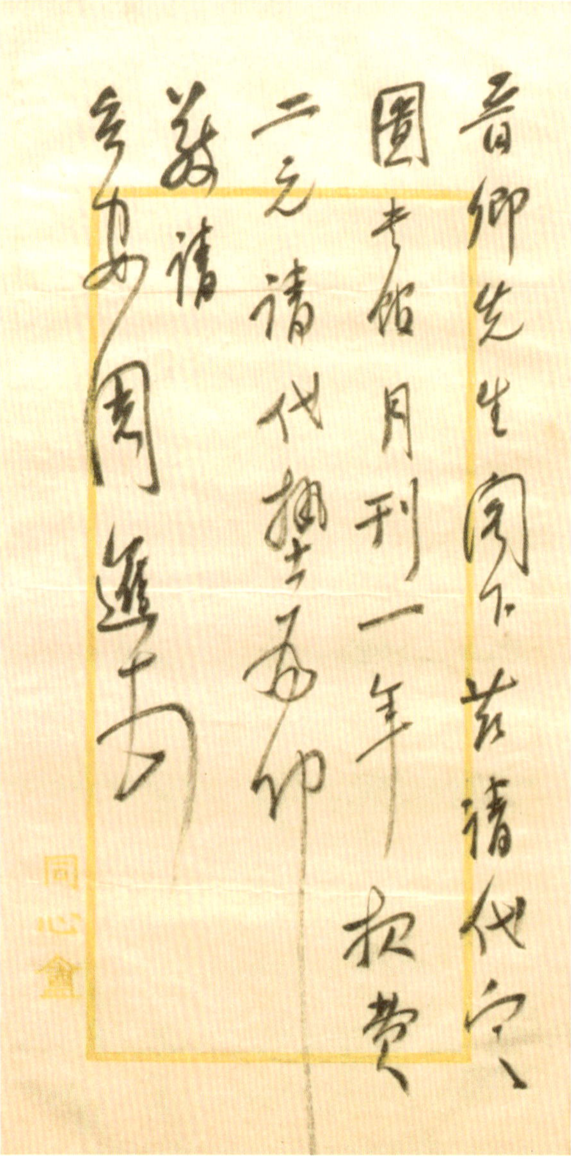
晉卿先生閣下：茲請代定
圖書館月刊一年，款費
二元，請代墊爲叩。
敬請
台安。周暹頓首

第二二通

晉卿先生閣下：

茲請代定《圖書館月刊》一年，款費二元，請代墊爲叩。敬請台安。周暹頓首。

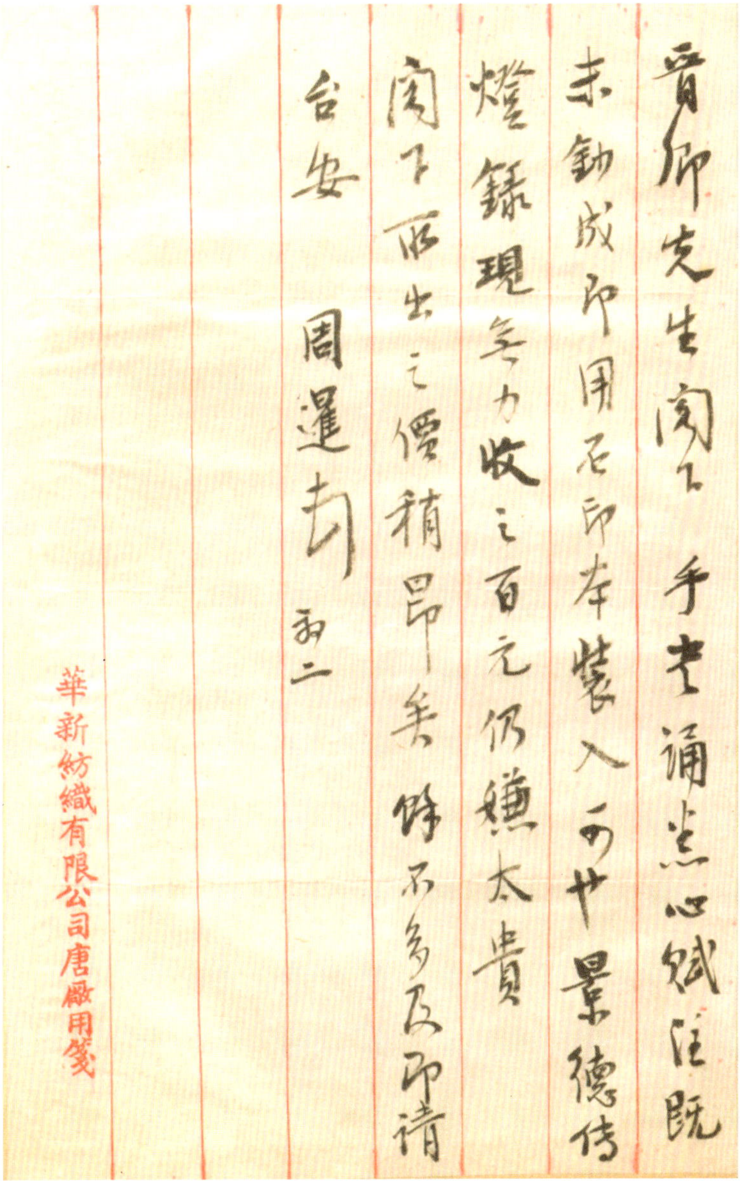
晉卿先生閣下手書誦悉心賦注既
未鈔成即用石印本裝入可也景德傳
燈録現無力收之百元仍嫌太貴
閣下所出之價稍昂矣餘不多及即請
台安　周暹頓首　初二
華新紡織有限公司唐廠用箋

第二三通

晉卿先生閣下：

手書誦悉。《心賦注》既未鈔成，即用石印本裝入可也。《景德傳燈録》現無力收之，百元仍嫌太貴，閣下所出之價稍昂矣。餘不多及。即請台安。周暹頓首。初二。

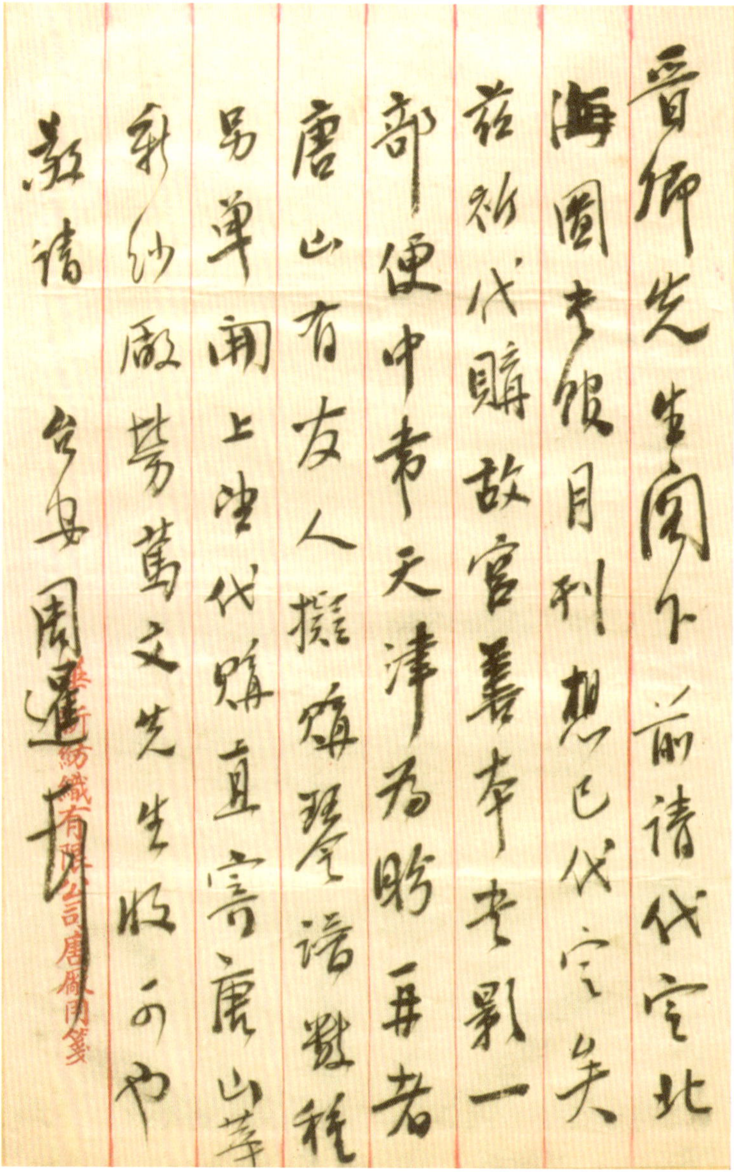
晉卿先生閣下：前請代定北
海圖書館月刊想已代定矣
茲祈代購故宮善本書影一
部便中帶天津為盼再者
唐山有友人擬購琴譜數種
另單開上望代購直寄唐山華
新紗廠勞篤文先生收可也
敬請
台安 周暹頓首
華新紡織有限公司唐廠用箋

第二四通

晉卿先生閣下：

前請代定北海《圖書館月刊》，想已代定矣。茲祈代購《故宮善本書影》一部，便中帶天津爲盼。再者，唐山有友人擬購琴譜數種，另單開上，望代購，直寄唐山華新紗廠勞篤文先生收可也。敬請台安。周暹頓首。

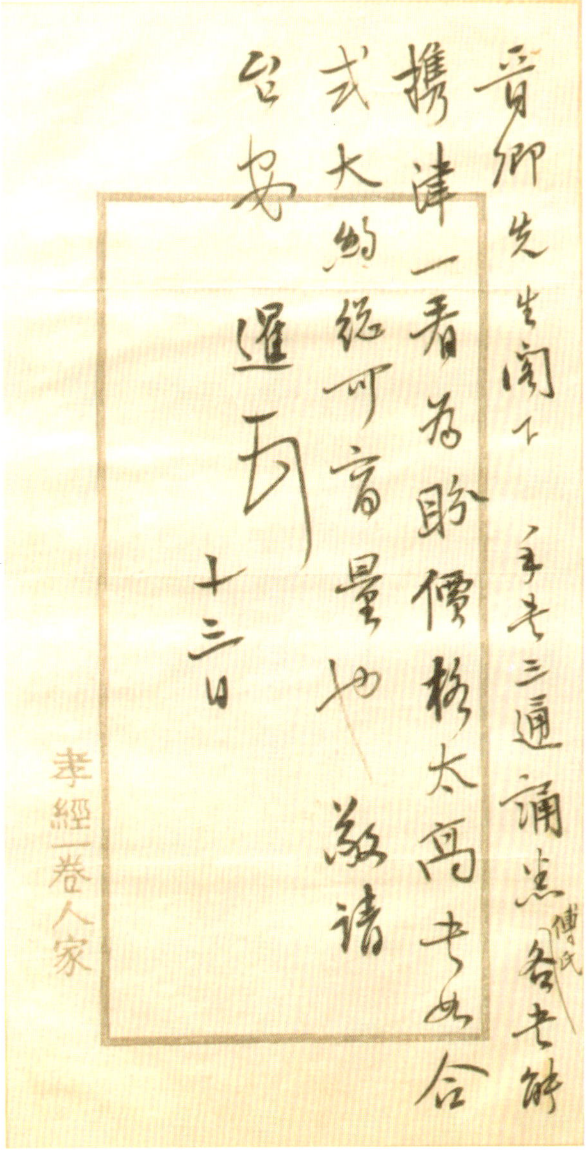
晉卿先生閣下 手書三通誦悉 傅氏各書能
携津一看爲盼 價格太高 書如合
式大約總可商量也 敬請
台安 暹頓首
十三日
孝經一卷人家

第二五通

晉卿先生閣下:

手書三通誦悉。傅氏各書能携津一看爲盼。價格太高,書如合式,大約總可商量也。敬請台安。暹頓首。十三日。

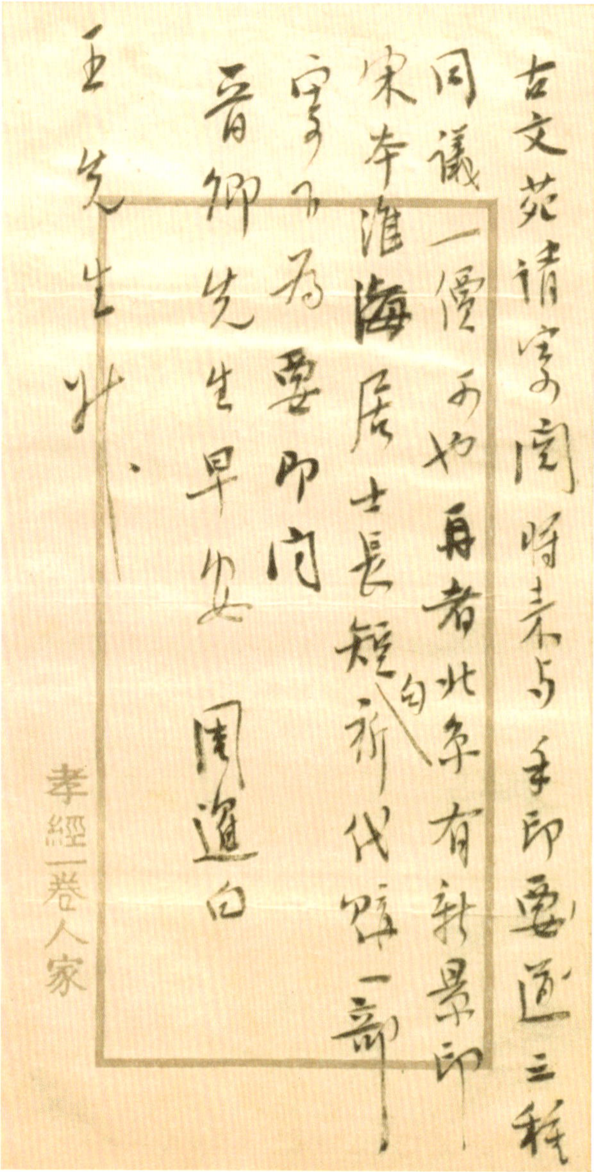
古文苑請寄閲將來與手印要道三種
同議一價可也再者北京有新景印
宋本淮海居士長短句祈代購一部
寄下爲要即問
晉卿先生早安　周暹白
王先生啓
孝經一卷人家

第二六通

《古文苑》請寄閲，將來與《手印要道》三種同議一價可也。再者，北京有新景印宋本《淮海居士長短句》，祈代購一部，寄下爲要。即問晉卿先生早安。周暹白。王先生啓。

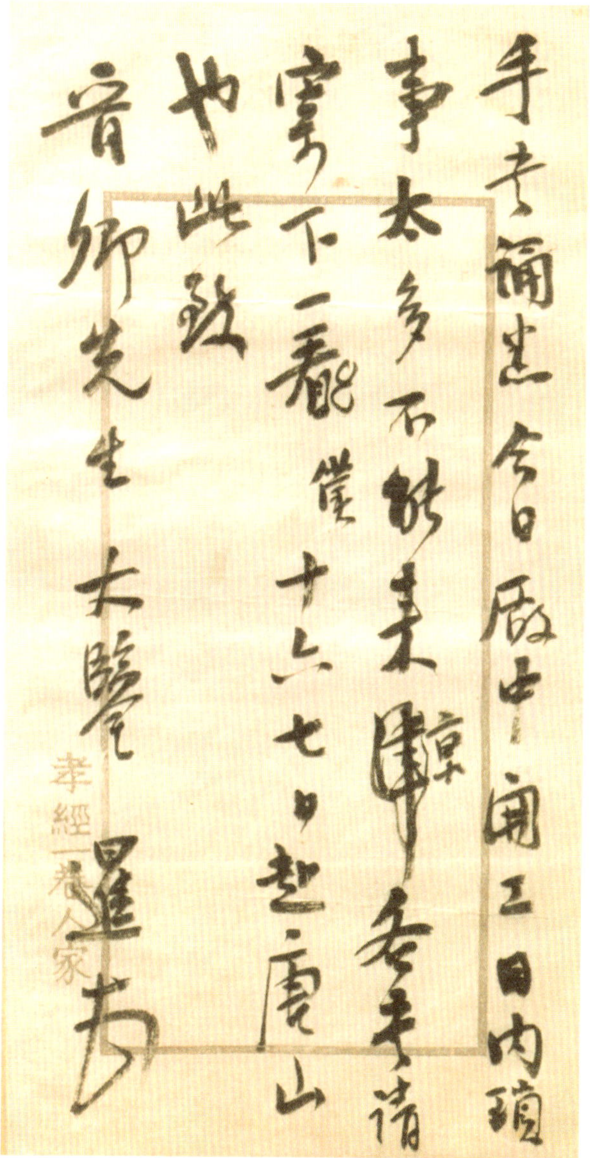
手書誦悉今日廠中開工日内瑣事太多不能來京各書請寄下一看僕十六七日赴唐山也此致
晋卿先生大鑒暹頓首
孝經一卷人家

第二七通

手書誦悉。今日廠中開工，日内瑣事太多，不能來京，各書請寄下一看。僕十六七日赴唐山也。此致。晋卿先生大鑒。暹頓首。

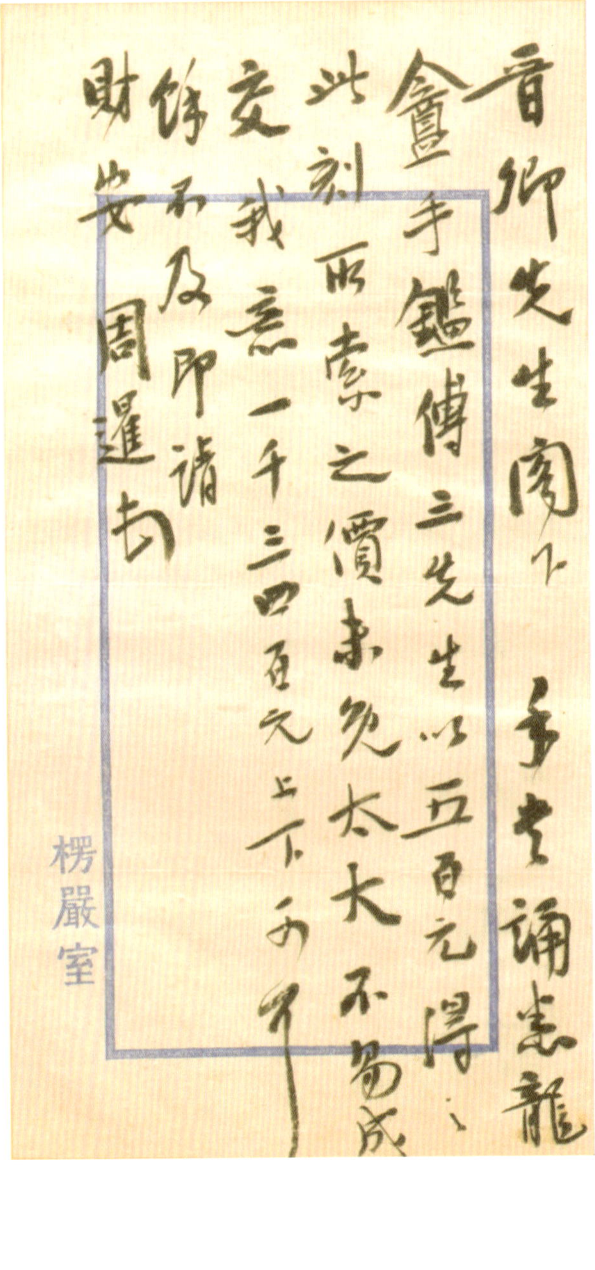

晉卿先生閣下
手書誦悉龍龕手鑑傅三先生以五百元得之此刻所索之價未免太大不易成交我意一千三四百元上下可也餘不及即請
財安 周暹頓首

楞嚴室

第二八通

晉卿先生閣下：

手書誦悉。《龍龕手鑑》傅三先生以五百元得之。此刻所索之價未免太大，不易成交。我意一千三四百元上下可也。餘不及。即請財安。周暹頓首。

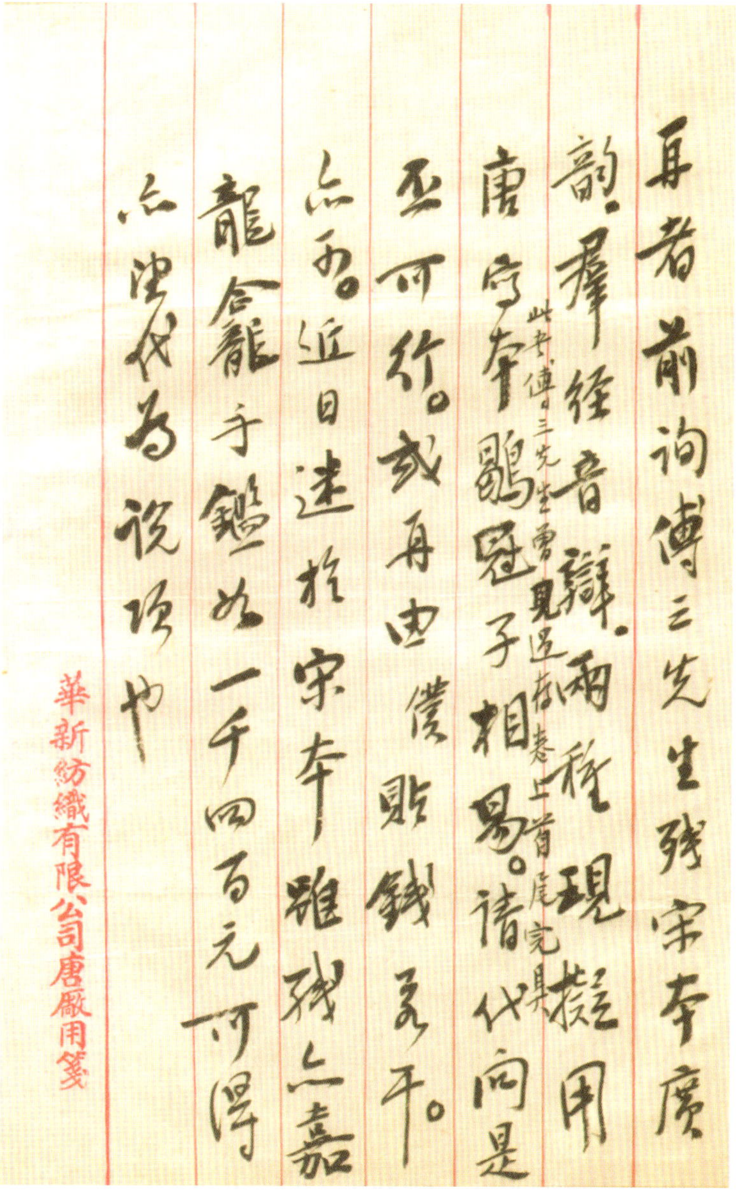
再者，前詢傅三先生殘宋本廣韵群經音辨兩種，現擬用唐寫本鶡冠子（此書傅三先生曾見過，存卷上，首尾完具）相易。請代問是否可行。或再由僕貼錢若干亦可。近日迷於宋本，雖殘亦嘉。龍龕手鑑如一千四百元可得，亦望代為說項也
華新紡織有限公司唐廠用箋

第二九通

再者，前詢傅三先生殘宋本《廣韵》《群經音辨》兩種，現擬用唐寫本《鶡冠子》（此書傅三先生曾見過，存卷上，首尾完具）相易。請代問是否可行？或再由僕貼錢若干亦可。近日迷於宋本，雖殘亦嘉。《龍龕手鑑》如一千四百元可得，亦望代爲説項也。

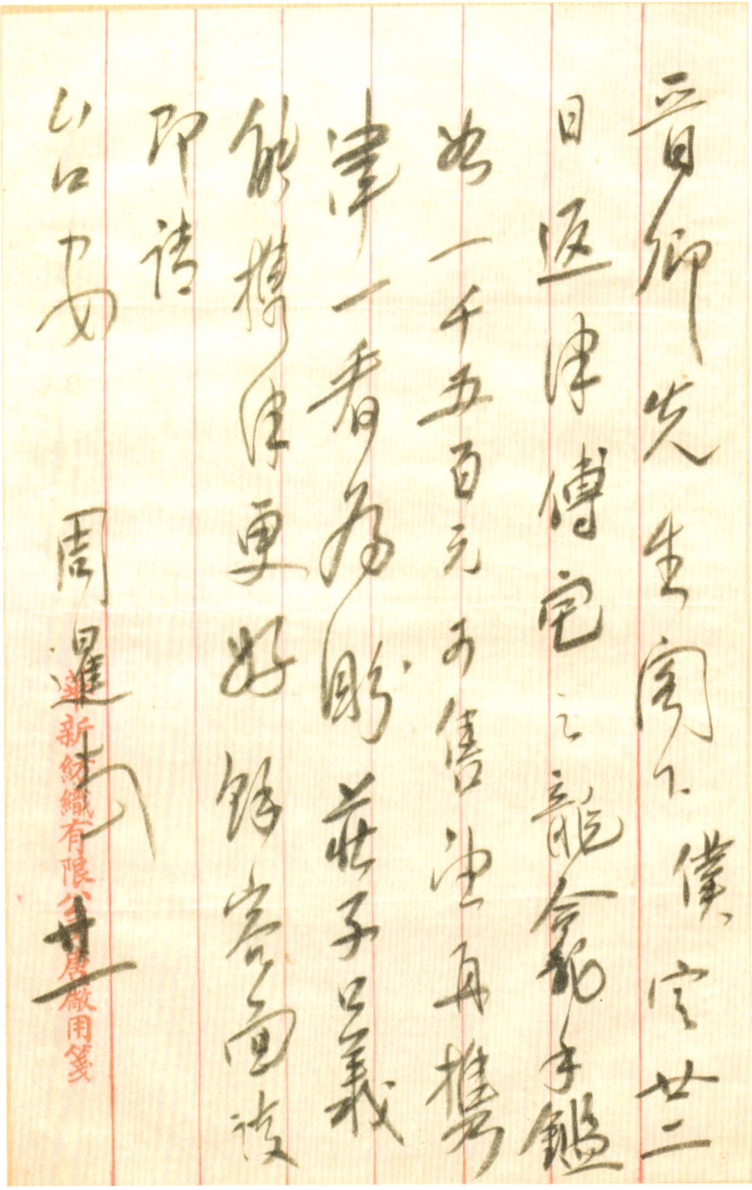

晉卿先生閣下：僕定廿二
日返津。傅宅之龍龕手鑑
如一千五百元可售，望再携
津一看爲盼。莊子口義
能携津更好。餘容面談。
即請
台安。
周暹頓首。廿一
華新紡織有限公司唐廠用箋

第三〇通

晉卿先生閣下：

僕定廿二日返津。傅宅之《龍龕手鑑》如一千五百元可售，望再携津一看爲盼。《莊子口義》能携津更好。餘容面談。即請台安。周暹頓首。廿一。

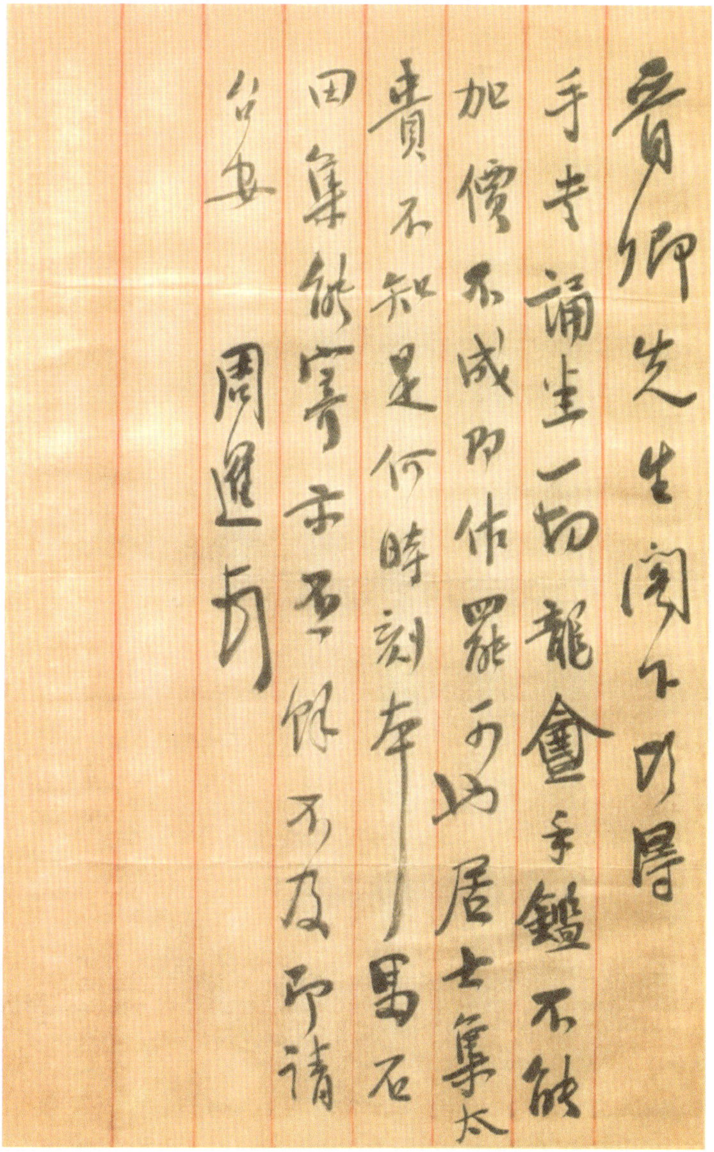
晉卿先生閣下頃得
手書誦悉一切龍龕手鑑不能
加價不成即作罷可也居士集太
貴不知是何時刻本馬石
田集能寄示否餘不及即請
周暹頓首
台安

第三一通

晋卿先生閣下：

頃得手書，誦悉一切。《龍龕手鑑》不能加價，不成即作罷可也。《居士集》太貴，不知是何時刻本？《馬石田集》能寄示否？餘不及。即請台安。周暹頓首。

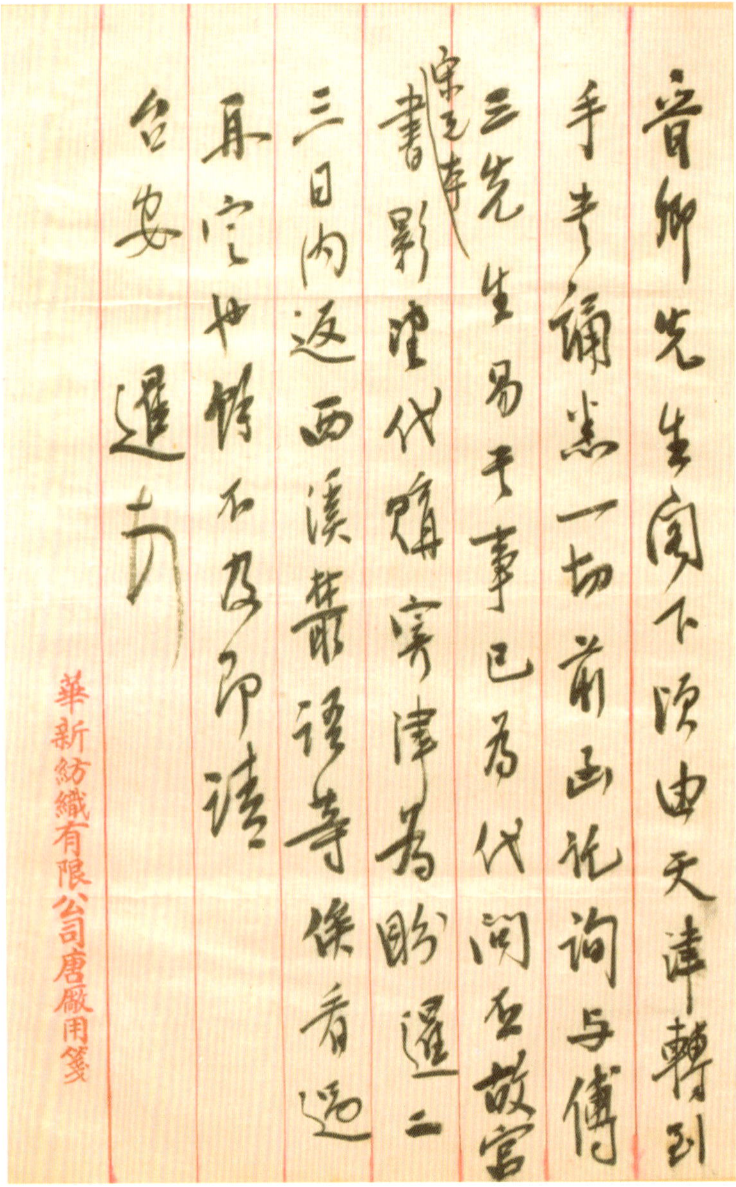
晉卿先生閣下：頃由天津轉到手書，誦悉一切。前函托詢與傅三先生易書事，已爲代問否？故宫宋元本書影望代購寄津爲盼。暹二三日内返。西溪叢語等俟看過再定也。餘不及。即請台安。暹頓首。
華新紡織有限公司唐廠用箋

第三二通

晋卿先生閣下：

頃由天津轉到手書，誦悉一切。前函托詢與傅三先生易書事，已爲代問否？《故宫宋元本書影》望代購寄津爲盼。暹二三日内返。《西溪叢語》等俟看過再定也。餘不及。即請台安。暹頓首。

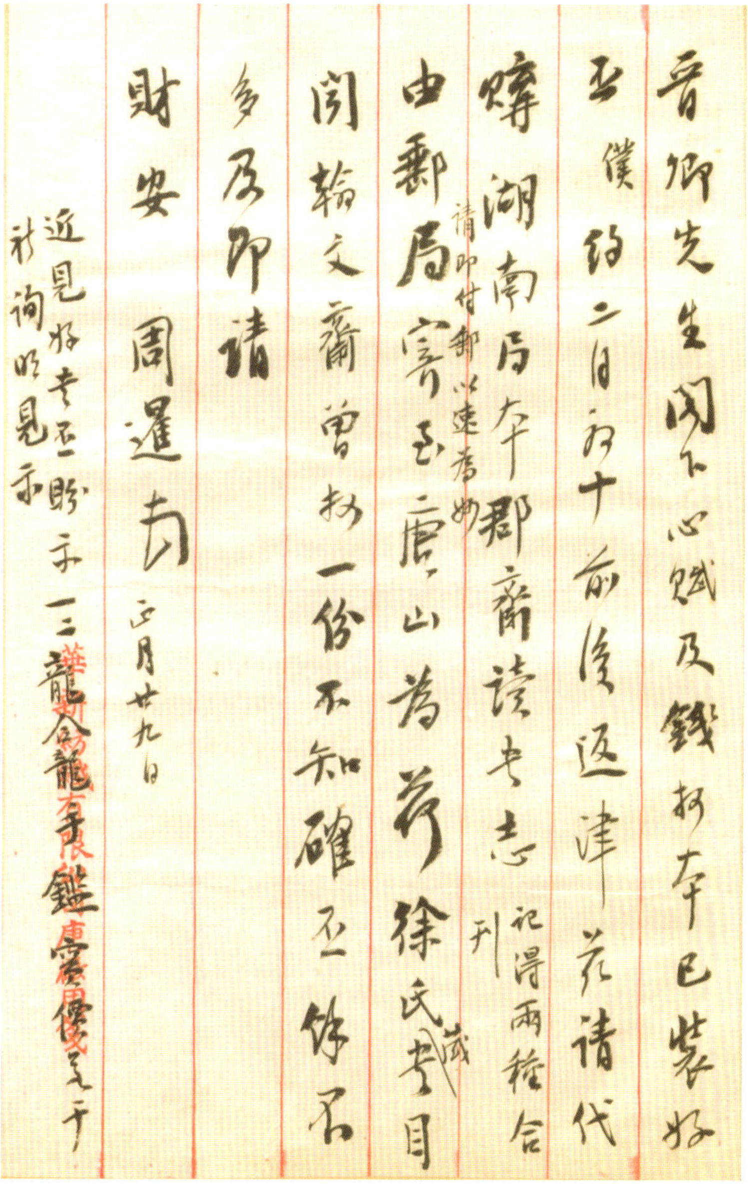
晉卿先生閣下：《心賦》及錢鈔本已裝好否？僕約二月初十前後返津。茲請代購湖南局本《郡齋讀書志》（記得兩種合刊），由郵局寄至唐山爲荷（請即付郵，以速爲妙）。《徐氏藏書目》聞翰文齋曾鈔一份，不知確否？餘不多及。即請財安。周暹頓首。正月廿九日。近見好書否？盼示一二。《龍龕手鑑》實價若干？祈詢明見示。

第三三通

晉卿先生閣下：

《心賦》及錢鈔本已裝好否?僕約二月初十前後返津。茲請代購湖南局本《郡齋讀書志》(記得兩種合刊),由郵局寄至唐山爲荷(請即付郵,以速爲妙)。《徐氏藏書目》聞翰文齋曾鈔一份,不知確否？餘不多及。即請財安。周暹頓首。正月廿九日。

近見好書否？盼示一二。《龍龕手鑑》實價若干？祈詢明見示。

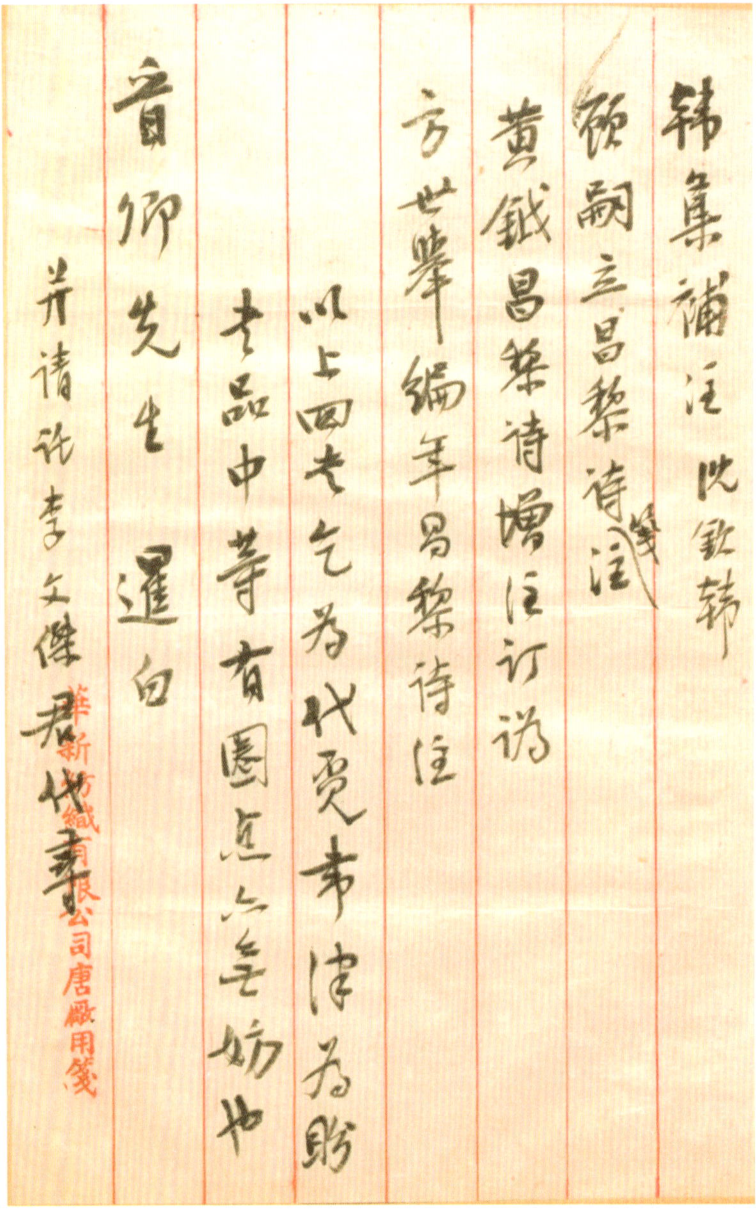
韓集補注　沈欽韓
顧嗣立昌黎詩箋注
黄鉞昌黎詩增注訂譌
方世舉編年昌黎詩注
以上四書乞爲代覓帶津爲盼
書品中等有圈點亦無妨也
晉卿先生　遲白
并請托李文傑君代尋
華新紡織有限公司唐廠用箋

第三四通

《韓集補注》（沈欽韓）、顧嗣立《昌黎詩箋注》、黄鉞《昌黎詩增注訂譌》、方世舉《編年昌黎詩注》，以上四書乞爲代覓帶津爲盼。書品中等，有圈點亦無妨也。晉卿先生。遲白。

并請托李文傑君代尋。

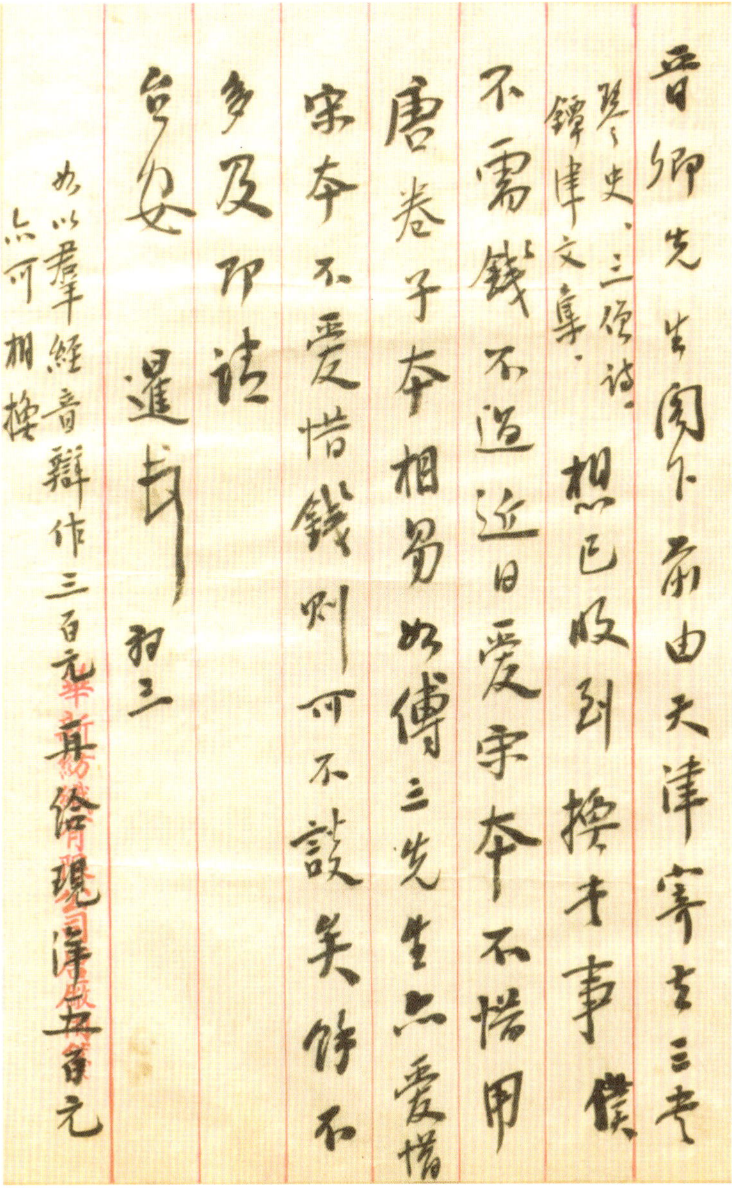
晉卿先生閣下前由天津寄去三書
琴史、三僧詩、鐔津文集，想已收到換書事僕
不需錢不過近日愛宋本不惜用
唐卷子本相易如傅三先生亦愛惜
宋本不愛惜錢則可不談矣餘不
多及即請
台安
暹頓首
初三
如以群經音辨作三百元再給現洋五百元
亦可相換

第三五通

晉卿先生閣下：

前由天津寄去三書(《琴史》《三僧詩》《鐔津文集》),想已收到。換書事僕不需錢,不過近日愛宋本,不惜用唐卷子本相易。如傅三先生亦愛惜宋本,不愛惜錢,則可不談矣。餘不多及。即請台安。暹頓首。初三。

如以《群經音辨》作三百元,再給現洋五百元,亦可相换。

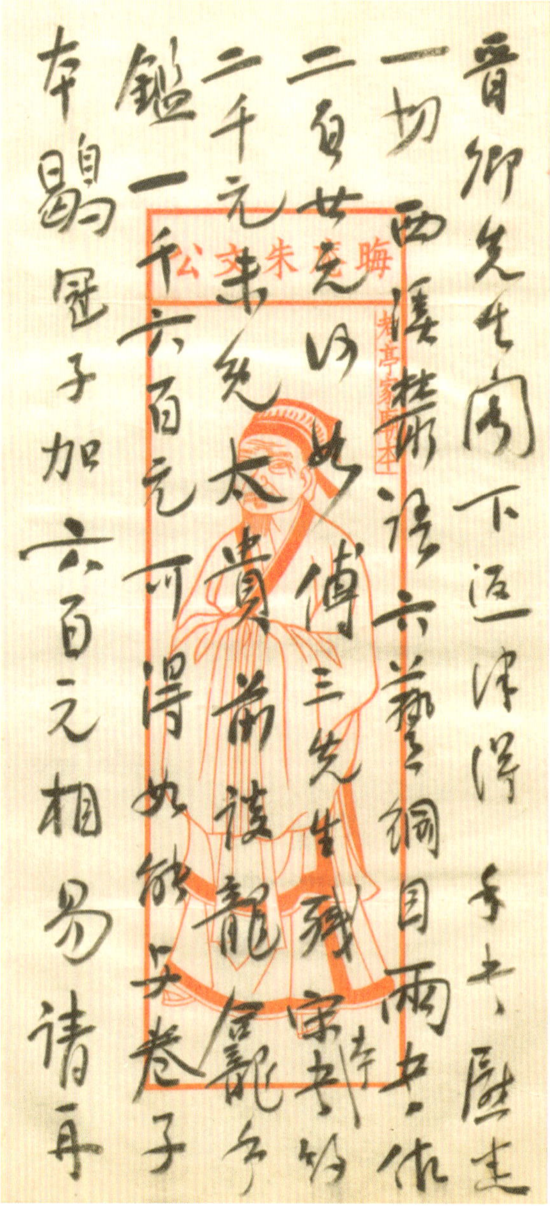
晉卿先生閣下返津得手書慰悉
一切西溪叢語六藝綱目兩書作
二百廿元何如傅三先生殘宋本書約
二千元未免太貴前談龍龕手
鑑一千六百元可得如能與卷子
本鶡冠子加六百元相易請再

第三六通

晉卿先生閣下：

返津得手書，慰悉一切。《西溪叢語》《六藝綱目》兩書，作二百廿元何如？傅三先生殘宋本書約二千元，未免太貴。前談《龍龕手鑑》一千六百元可得，如能與卷子本《鶡冠子》加六百元相易，請再往一談爲盼。專此。即請台安。周暹頓首。

殘宋本二種作一千四百元，《鶡冠子》作一千元。宋本《龍龕手鑑》一千六百元，《鶡冠子》作一千元。茲寄還鈔本《蘇集》一函。

往一讀茀卿來書即請
公安　周暹上
又　殘宋本二種作一千四百元　鄧冠子作一千元
宋本龍龕手鑑一千六百元　鶡冠子作一千元
前寄還鈔本蘆集一函

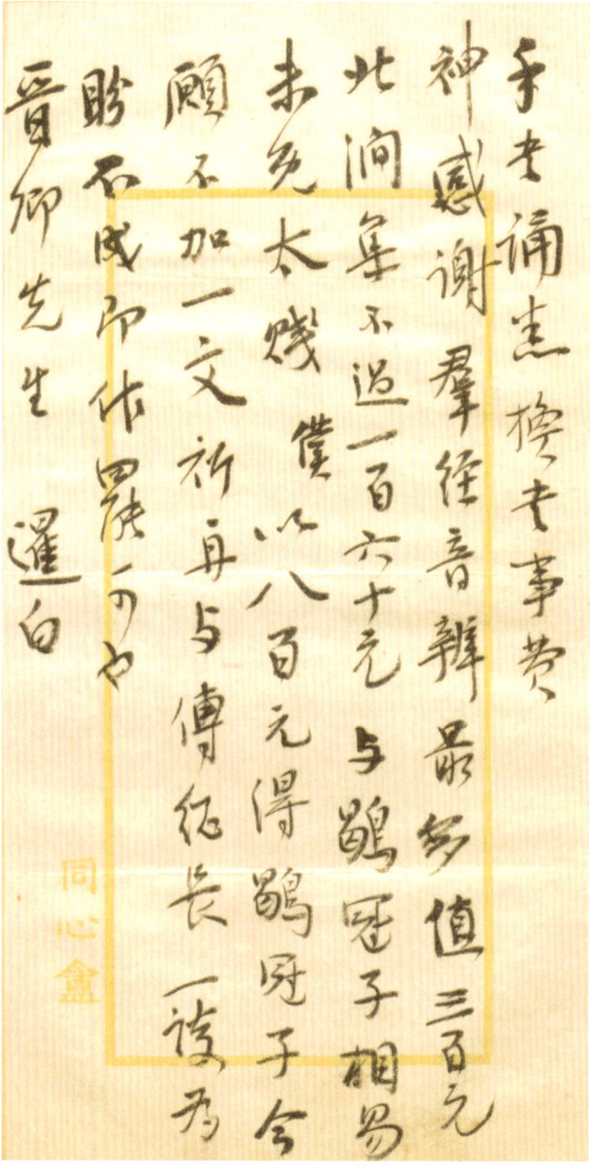
手書誦悉。換書事費
神，感謝。群經音辨最多值三百元，
北澗集不過一百六十元，與鶡冠子相易
未免太賤。僕以八百元得鶡冠子，今
願不加一文，祈再與傅總長一談為
盼，不成即作罷可也。
晉卿先生　暹白
同心盦

第三七通

手書誦悉。換書事費神，感謝。《群經音辨》最多值三百元，《北澗集》不過一百六十元，與《鶡冠子》相易未免太賤。僕以八百元得《鶡冠子》，今願不加一文，祈再與傅總長一談爲盼，不成即作罷可也。晉卿先生。暹白。

《龍龕手鑑》一千六百元，《鶡冠子》八百元再加八百元。《廣韵》《群經音辨》一千四百元，《鶡冠子》八百元再加六百元。

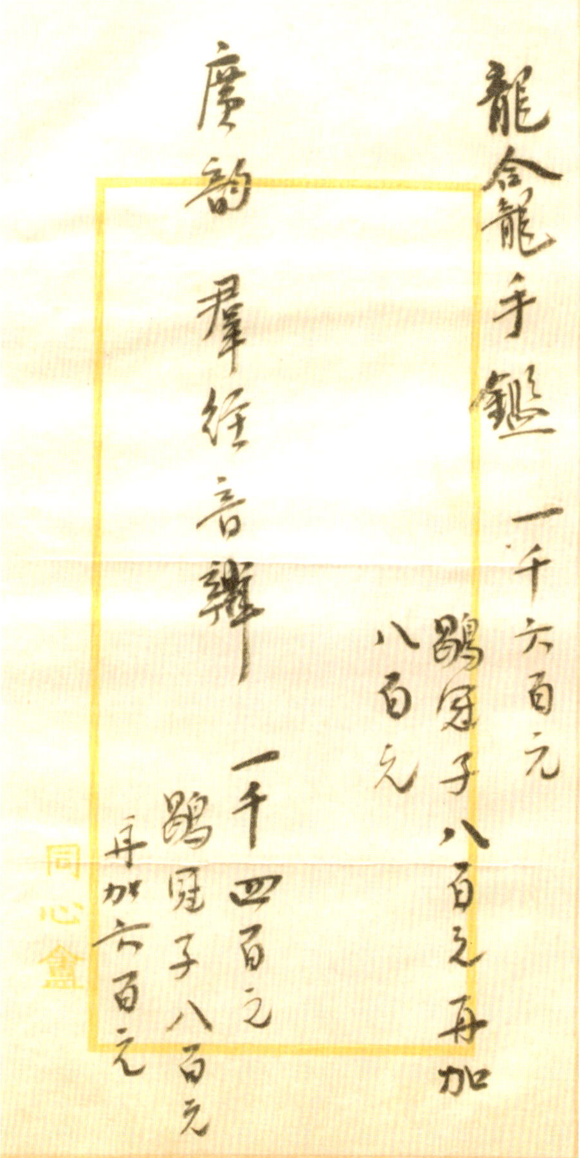

龍龕手鑑 一千六百元
鶡冠子八百元再加八百元

廣韻 羣經音辨 一千四百元
鶡冠子八百元 再加六百元

同心盦

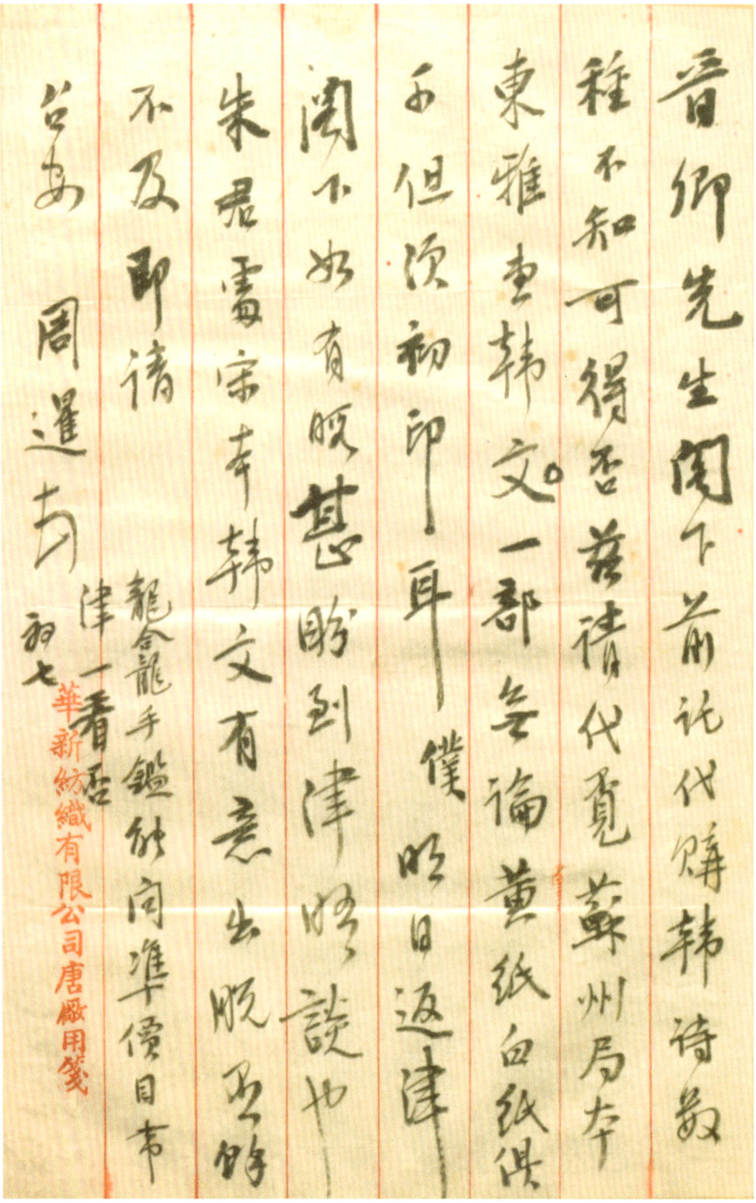
晉卿先生閣下：前託代購韓詩數種，不知可得否？茲請代覓蘇州局本東雅堂韓文一部，無論黃紙白紙俱可，但須初印耳。僕明日返津，閣下如有暇，甚盼到津晤談也。朱君處宋本韓文有意出脫否？餘不及。即請台安。周暹頓首。

龍龕手鑑能問準價目帶津一看否

初七

華新紡織有限公司唐廠用箋

第三八通

晉卿先生閣下：

前托代購《韓詩》數種，不知可得否？茲請代覓蘇州局本《東雅堂韓文》一部，無論黃紙、白紙俱可，但須初印耳。僕明日返津，閣下如有暇，甚盼到津晤談也。朱君處宋本《韓文》有意出脱否？餘不及。即請台安。周暹頓首。初七。

《龍龕手鑑》能問準價目帶津一看否？

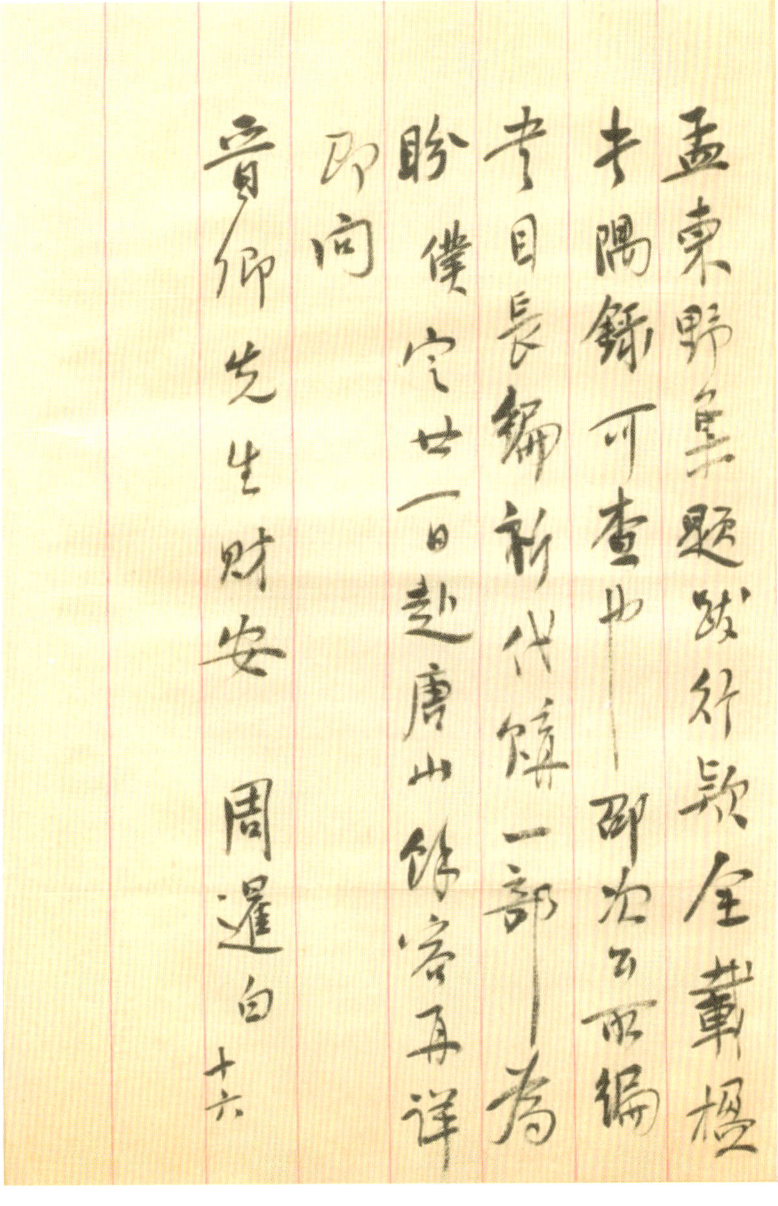
孟東野集題跋行款全載楹
書隅録可查也　邵次公所編
書目長編祈代購一部為
盼　僕定廿一日赴唐山餘容再詳
即問
晉卿先生財安　周暹白
十六

第三九通

《孟東野集》題跋、行款全載《楹書隅録》，可查也。邵次公所編《書目長編》祈代購一部爲盼。僕定廿一日赴唐山，餘容再詳。即問晉卿先生財安。周暹白。十六。

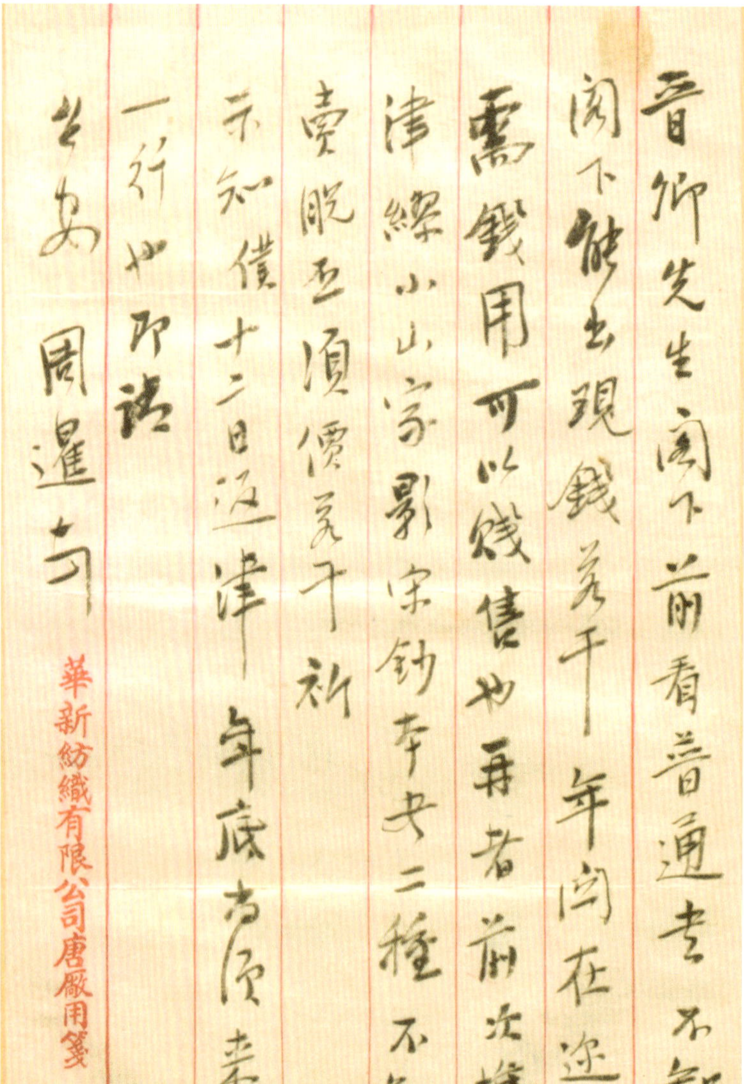
晉卿先生閣下前看普通書不知
閣下能出現錢若干年關在邇頗
需錢用可以賤售也再者前次攜
津繆小山家影宋鈔本書二種不知已
賣脱否須價若干祈
示知僕十二日返津年底尚須來唐
一行也即請
台安 周暹頓首
華新紡織有限公司唐廠用箋

第四〇通

晉卿先生閣下：

前看普通書，不知閣下能出現錢若干？年關在邇，頗需錢用，可以賤售也。再者，前次攜津繆小山家影宋鈔本書二種，不知已賣脱否？須價若干？祈示知。僕十二日返津。年底尚須來唐一行也。即請台安。周暹頓首。

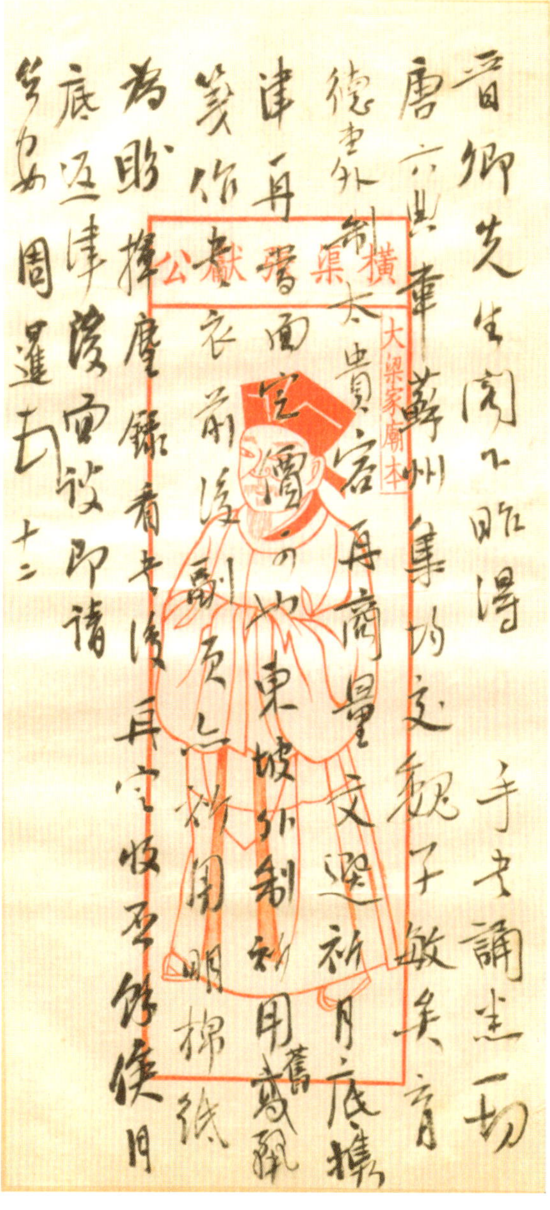

第四一通

晋卿先生閣下：

昨得手書，誦悉一切。《唐六典》《韋蘇州集》均交魏子敏矣。《育德堂外制》太貴，容再商量。《文選》祈月底携津，再當面定價可也。《東坡外制》祈用舊高麗箋作書衣，前後副頁亦祈用明棉紙爲盼。《揮麈録》看書後再定收否。餘俟月底返津後面談。即請台安。周暹頓首。十二。

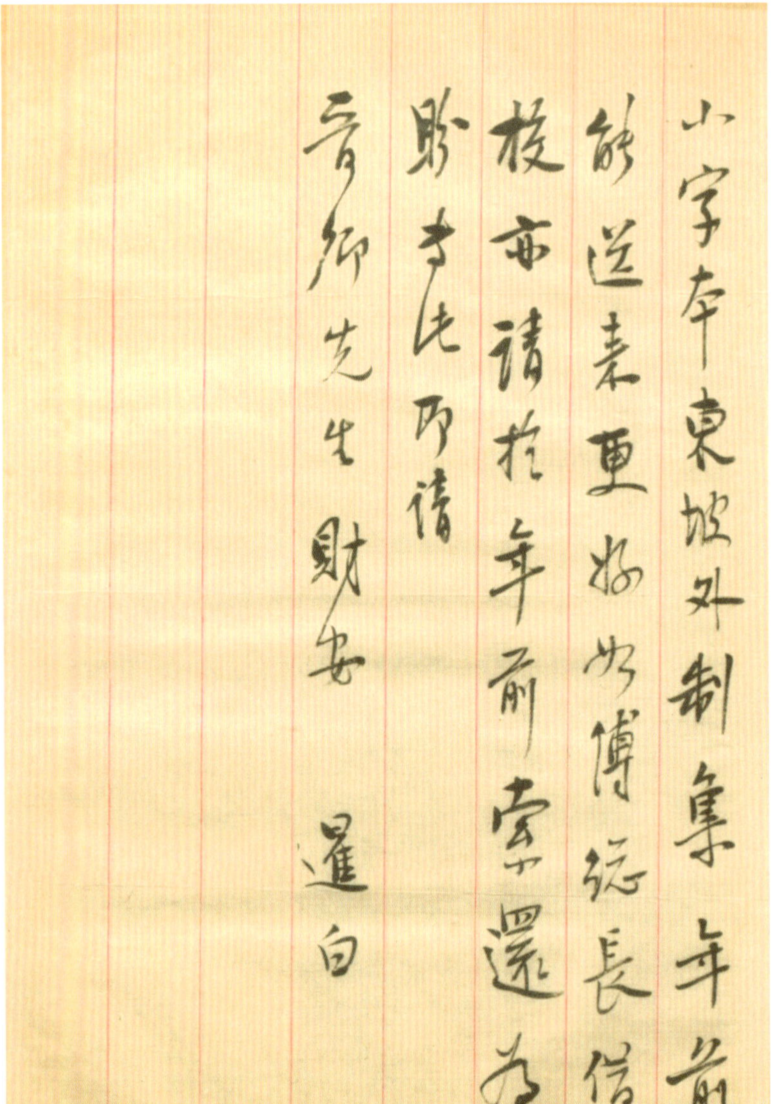
小字本東坡外制集年前
能送來更好如傅總長借
校亦請於年前索還爲
盼專此即請
晋卿先生財安
遲白

第四二通

小字本《東坡外制集》，年前能送來更好。如傅總長借校，亦請於年前索還爲盼。專此。即請晋卿先生財安。遲白。

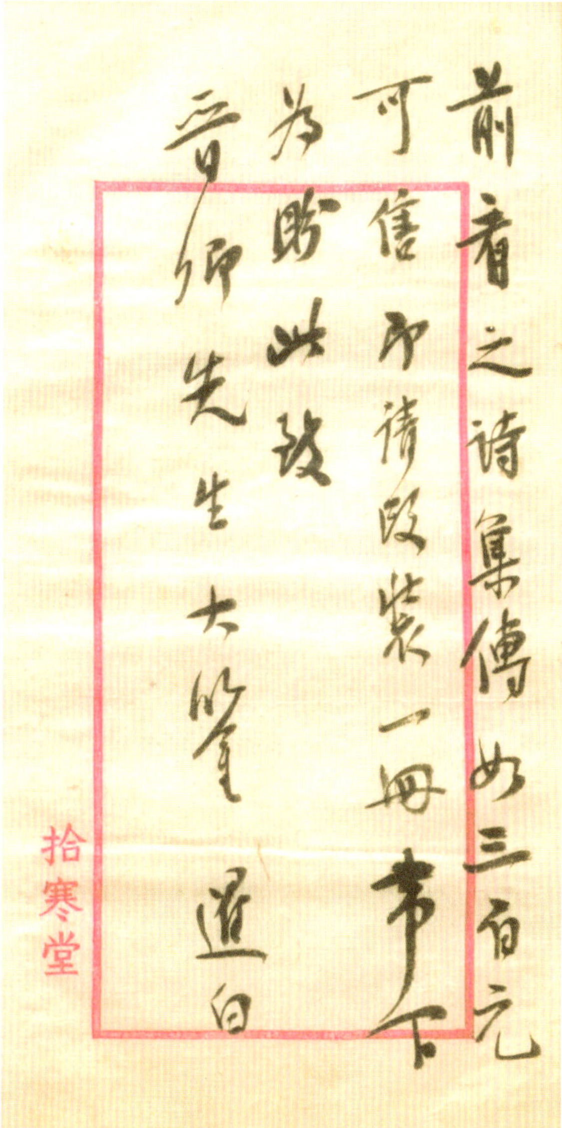
前看之詩集傳如三百元
可售即請改裝一册帶下
為盼此致
晉卿先生大鑒 遲白
拾寒堂

第四三通

前看之《詩集傳》，如三百元可售，即請改裝一册，帶下爲盼。此致。晉卿先生大鑒。遲白。

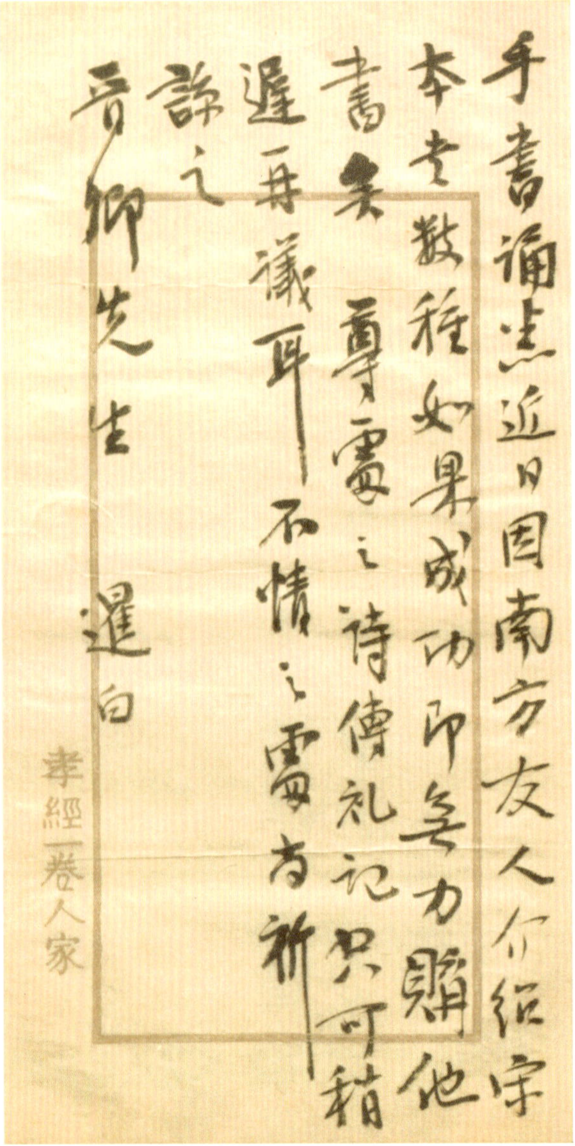
手書誦悉近日因南方友人介紹宋
本書數種如果成功即無力購他
書矣 尊處之詩傳禮記只可稍
遲再議耳 不情之處尚祈
諒之
晉卿先生 暹白
孝經一卷人家

第四四通

手書誦悉。近日因南方友人介紹宋本書數種，如果成功，即無力購他書矣。尊處之《詩傳》《禮記》，祇可稍遲再議耳。不情之處尚祈諒之。晉卿先生。暹白。

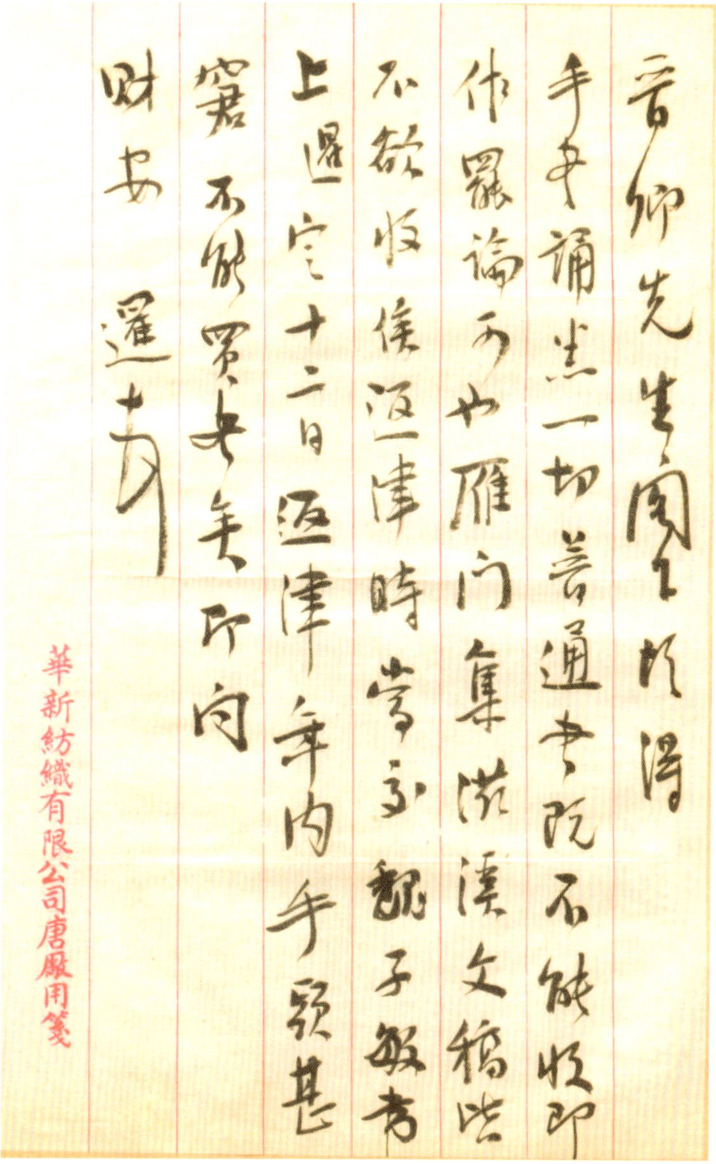

第四五通

晋卿先生閣下：

頃得手書，誦悉一切。普通書既不能收，即作罷論可也。《雁門集》《滋溪文稿》皆不欲收，俟返津時當交魏子敏帶上。暹定十二日返津，年内手頭甚窘，不能買書矣。即問財安。暹頓首。

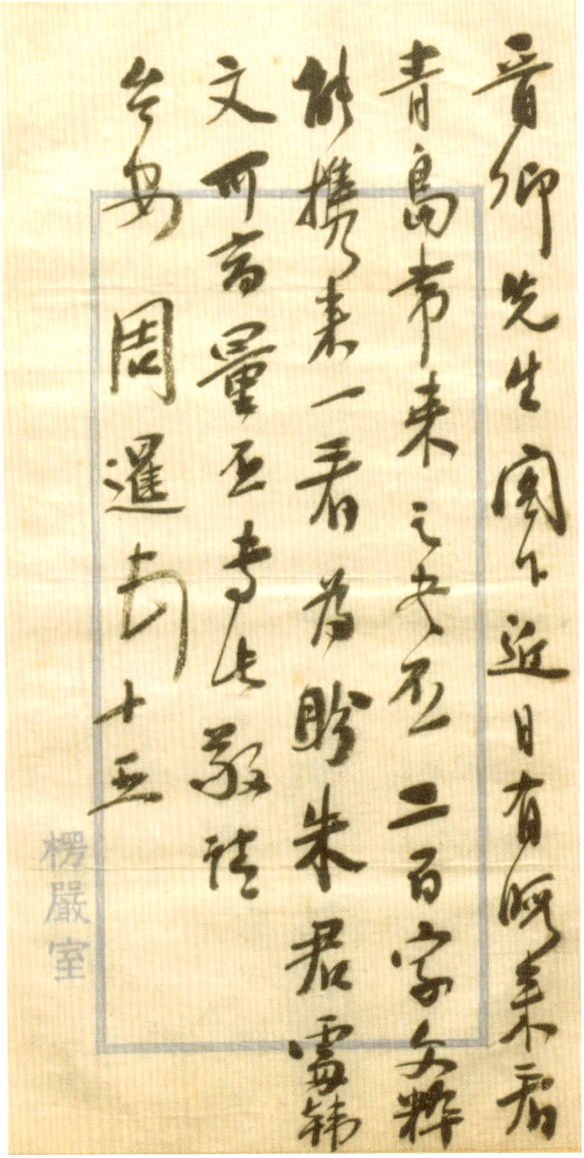
晉卿先生閣下近日有暇來看青島帶來之書否二百家文粹能攜來一看爲盼朱君處韓文可商量否專此敬請台安 周暹頓首 十五
楞嚴室

第四六通

晉卿先生閣下：

近日有暇來看青島帶來之書否?《二百家文粹》能攜來一看爲盼。朱君處《韓文》可商量否？專此。敬請台安。周暹頓首。十五。

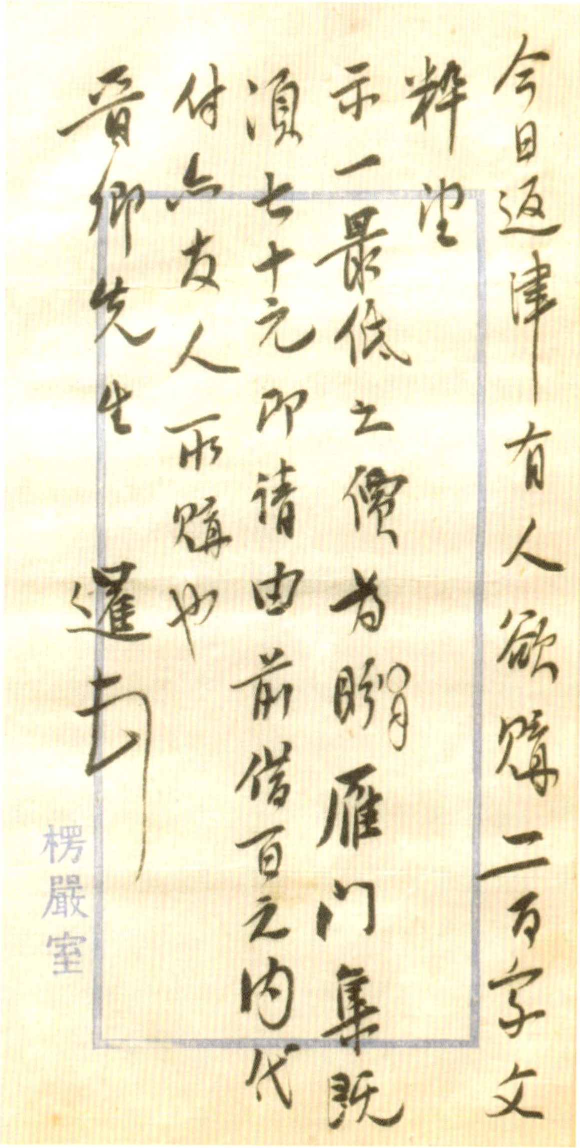
今日返津有人欲購二百家文
粹望
示一最低之價爲盼雁門集既
須七十元即請由前借百元内代
付亦友人所購也
晋卿先生
遲頓首
楞嚴室

第四七通

今日返津，有人欲購《二百家文粹》，望示一最低之價爲盼。《雁門集》既須七十元，即請由前借百元内代付，亦友人所購也。晋卿先生。遲頓首。

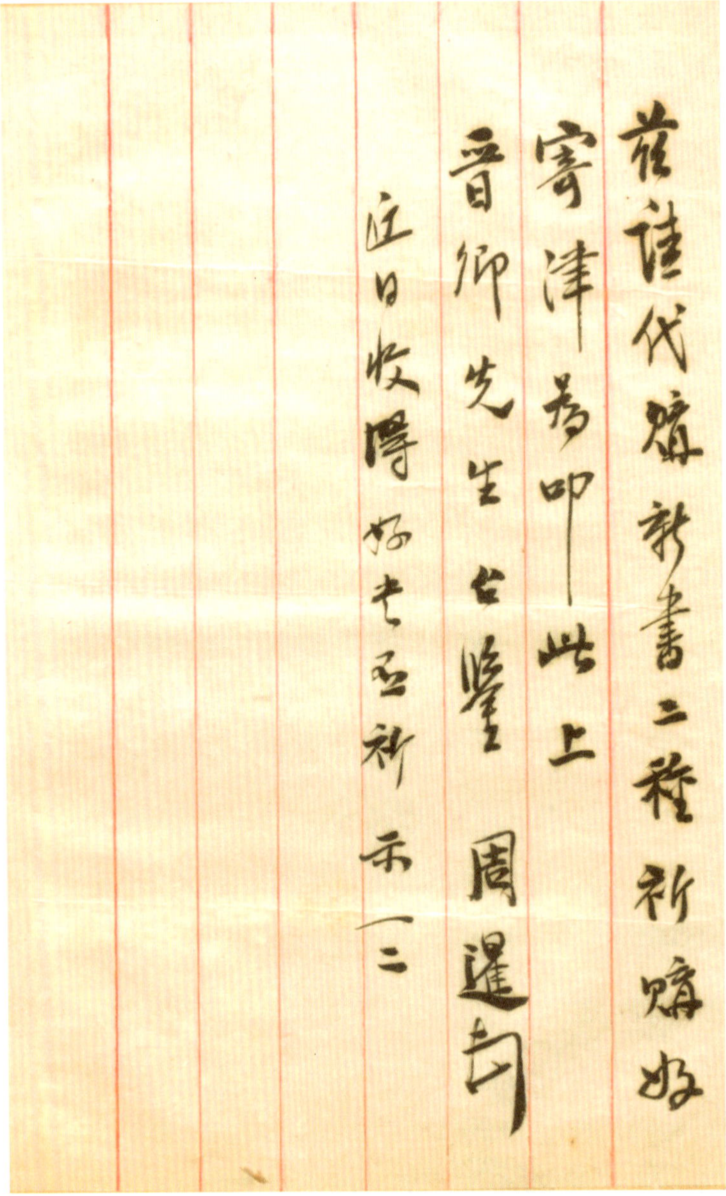
茲請代購新書二種祈購好
寄津爲叩此上
晋卿先生台鑒 周暹頓首
近日收得好書否祈示一二

第四八通

茲請代購新書二種，祈購好寄津爲叩。此上。晋卿先生台鑒。周暹頓首。

近日收得好書否？祈示一二。

《冷雪盦叢書》：第一種（書名忘記）、第二種《士禮居藏書題跋補録》。東城漢花園九號紫玉書局。

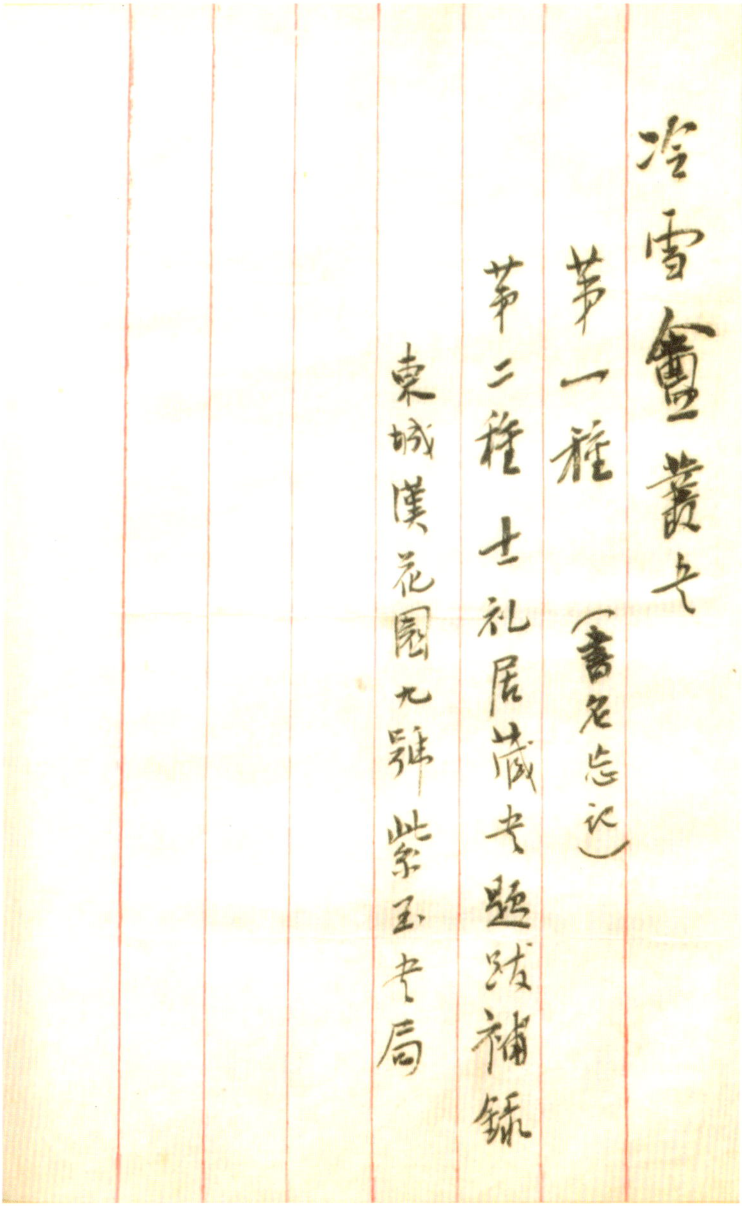
冷雪盦叢書
第一種（書名忘記）
第二種 士礼居藏書題跋補録
東城漢花園九號 紫玉書局

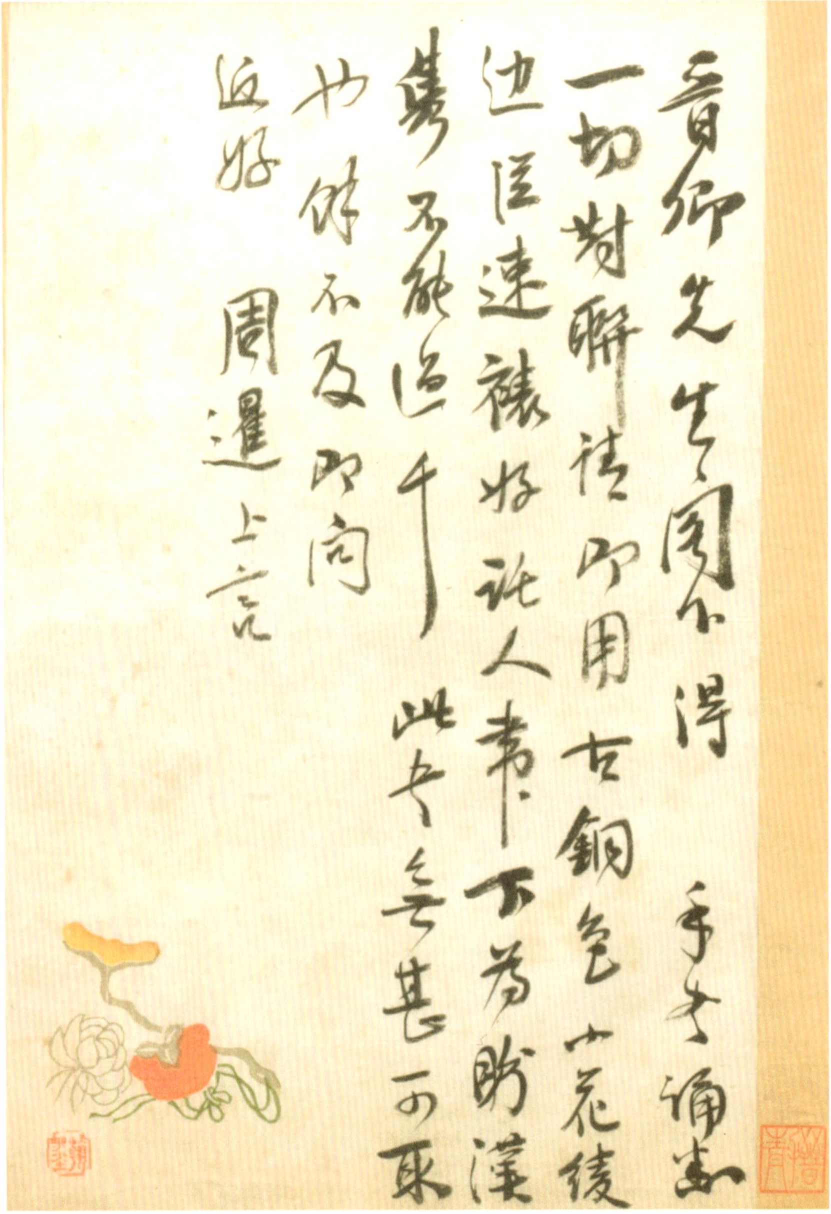
晉卿先生閣下　得
手書誦悉
一切對聯請即用古銅色小花綾
邊從速裱好托人帶下爲盼漢
雋不能過千此書無甚可取
也餘不及即問
近好　周暹上言

第四九通

晉卿先生閣下:

得手書,誦悉一切。對聯請即用古銅色小花綾邊從速裱好,托人帶下爲盼。《漢雋》不能過千,此書無甚可取也。餘不及。即問近好。周暹上言。

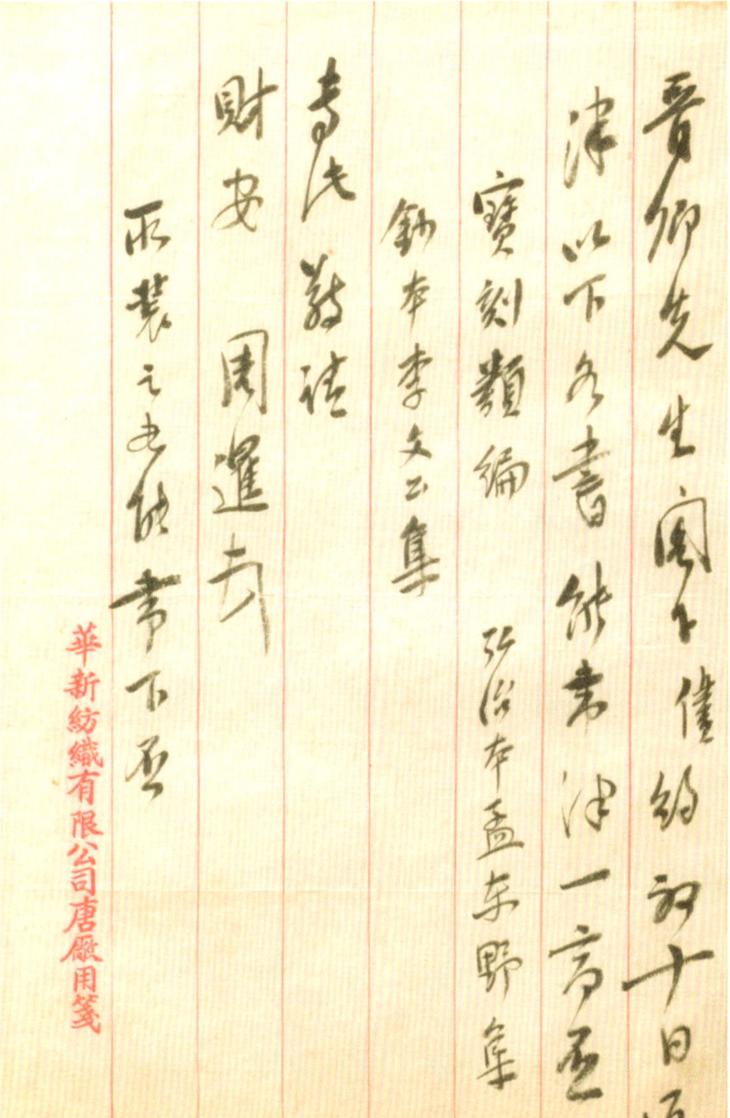

晉卿先生閣下：僕約初十日返
津。以下各書能帶津一商否？
《寶刻類編》　弘治本《孟東野集》
鈔本《李文公集》
專此。敬請
財安。周暹頓首
所裝之書能帶下否？
華新紡織有限公司唐廠用箋

第五〇通

晉卿先生閣下：

僕約初十日返津。以下各書能帶津一商否？《寶刻類編》、弘治本《孟東野集》、鈔本《李文公集》。專此。敬請財安。周暹頓首。

所裝之書能帶下否？

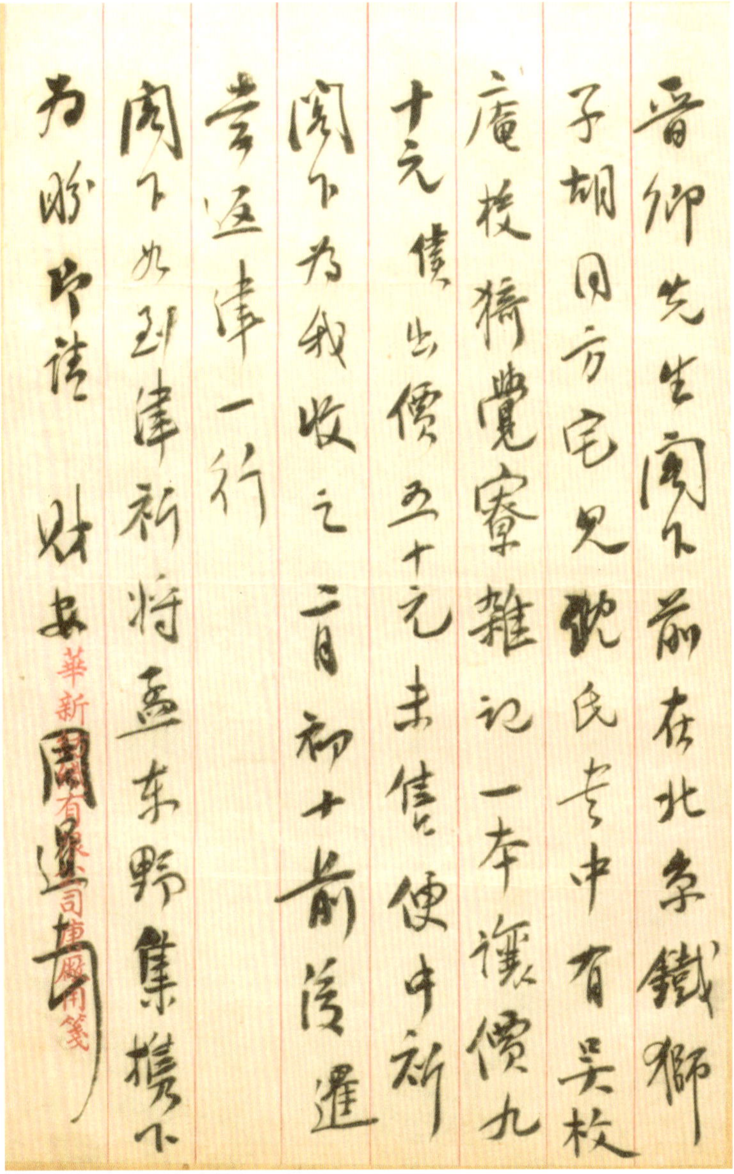
晉卿先生閣下前在北京鐵獅
子胡同方宅見沈氏書中有吴校
庵校猗覺寮雜記一本讓價九
十元僕出價五十元未售便中祈
閣下爲我收之二月初十前後暹
當返津一行
閣下如到津祈將孟東野集携下
爲盼即請
財安　周暹頓首
華新紡織有限公司津廠用箋

第五一通

晉卿先生閣下：

前在北京鐵獅子胡同方宅見沈氏書中有吴枚庵校《猗覺寮雜記》一本，讓價九十元，僕出價五十元，未售。便中祈閣下爲我收之。二月初十前後，暹當返津一行，閣下如到津，祈將《孟東野集》携下爲盼。即請財安。周暹頓首。

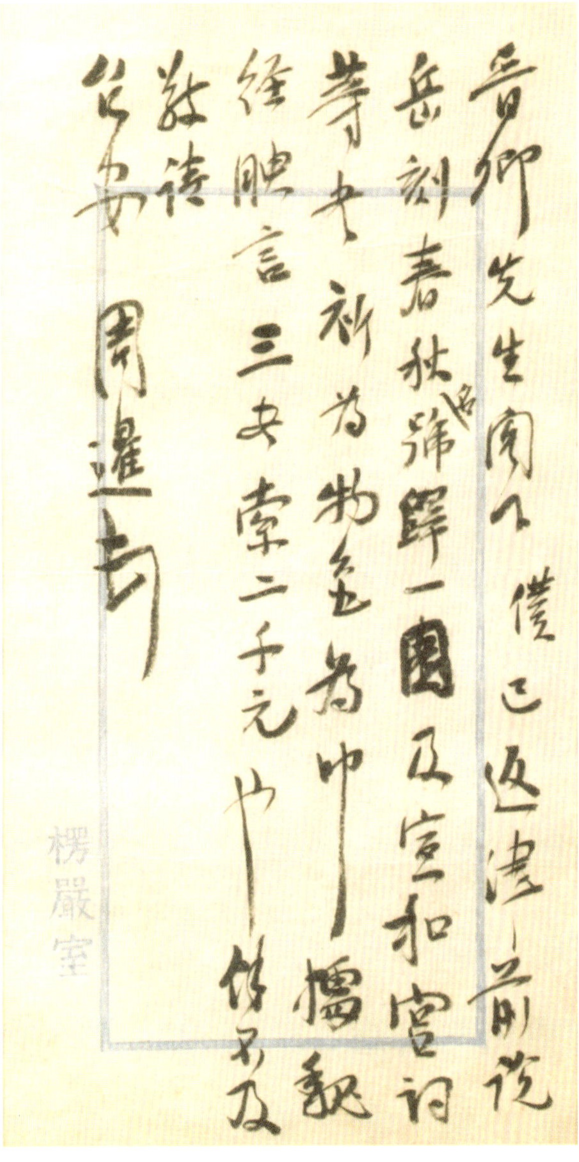

第五二通

晋卿先生閣下:

僕已返津。前説岳刻《春秋名號歸一圖》及《宣和宫詞》等書,祈爲物色爲叩。據魏經腴言,三書索二千元也。餘不及。敬請台安。周暹頓首。

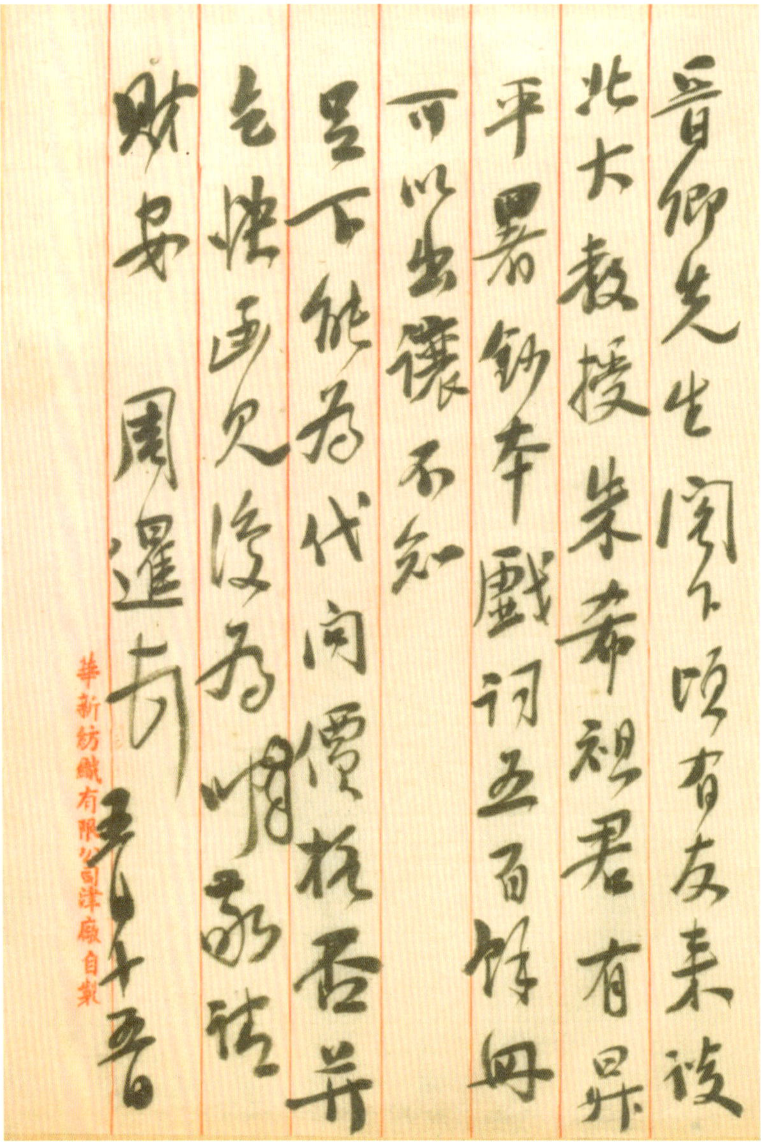

第五三通

晋卿先生閣下:

頃有友來談,北大教授朱希祖君有昇平署鈔本《戲詞》五百餘册可以出讓,不知足下能爲代問價格否?并乞快函見復爲叩。敬請財安。周暹頓首。五月十五日。

晋卿先生閣下所裱對聯祈
日内送津爲盼寶刻叢
編容面談可也此請
台安
周暹頓首

第五四通

晋卿先生閣下：

所裱對聯，祈日内送津爲盼。《寶刻叢編》容面談可也。此請台安。周暹頓首。

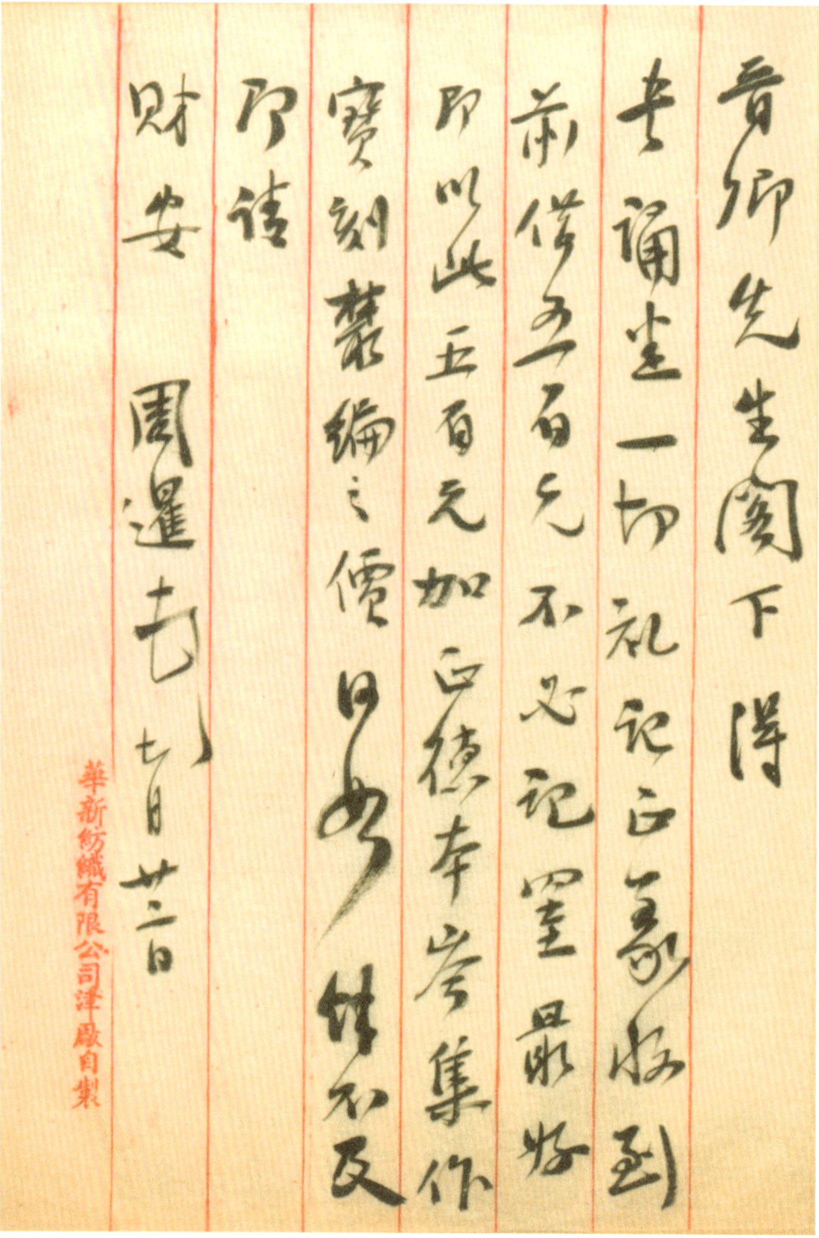
晉卿先生閣下 得
書 誦悉一切 禮記正義收到
前借五百元 不必記罣 最好
即以此五百元 加正德本岑集 作
寶刻叢編之價 何如 餘不及
即請
財安
周暹頓首 七月廿二日
華新紡織有限公司津廠自製

第五五通

晉卿先生閣下：

得書，誦悉一切。《禮記正義》收到。前借五百元，不必記罣。最好即以此五百元，加正德本《岑集》，作《寶刻叢編》之價，何如？餘不及。即請財安。周暹頓首。七月廿二日。

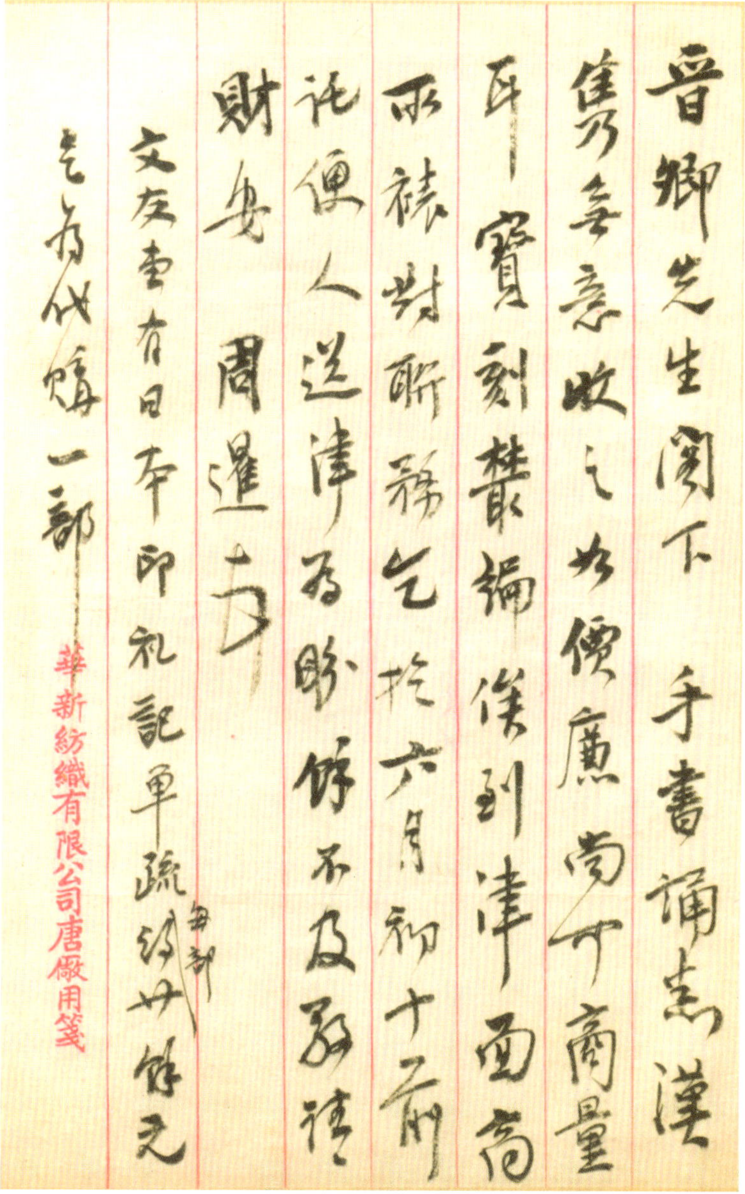
晉卿先生閣下　手書誦悉漢
雋無意收之如價廉尚可商量
耳寶刻叢編俟到津面商
所裱對聯務乞於六月初十前
託便人送津爲盼餘不及敬請
財安　周暹頓首
文友堂有日本印禮記單疏每部約廿餘元
乞爲代購一部
華新紡織有限公司唐廠用箋

第五六通

晉卿先生閣下：

手書誦悉。《漢雋》無意收之，如價廉尚可商量耳。《寶刻叢編》俟到津面商。所裱對聯，務乞於六月初十前托便人送津爲盼。餘不及。敬請財安。周暹頓首。

文友堂有日本印《禮記單疏》，每部約廿餘元，乞爲代購一部。

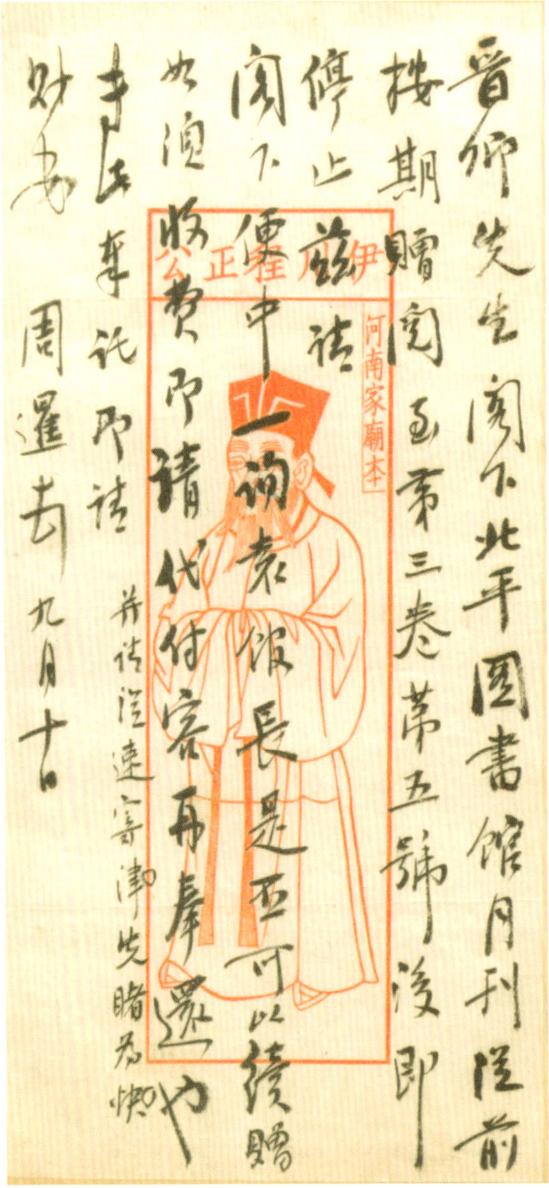
晉卿先生閣下北平圖書館月刊從前
按期贈閱至第三卷第五號後即
停止茲請
閣下便中一詢袁館長是否可以續贈
如須收費即請代付容再奉還也
并請從速寄津先睹為快
專此奉托即請
財安 周暹頓首 九月十日

第五七通

晉卿先生閣下：

《北平圖書館月刊》從前按期贈閱，至第三卷第五號後即停止。茲請閣下便中一詢袁館長是否可以續贈？如須收費即請代付，容再奉還也（并請從速寄津，先睹爲快）。專此奉托。即請財安。周暹頓首。九月十日。

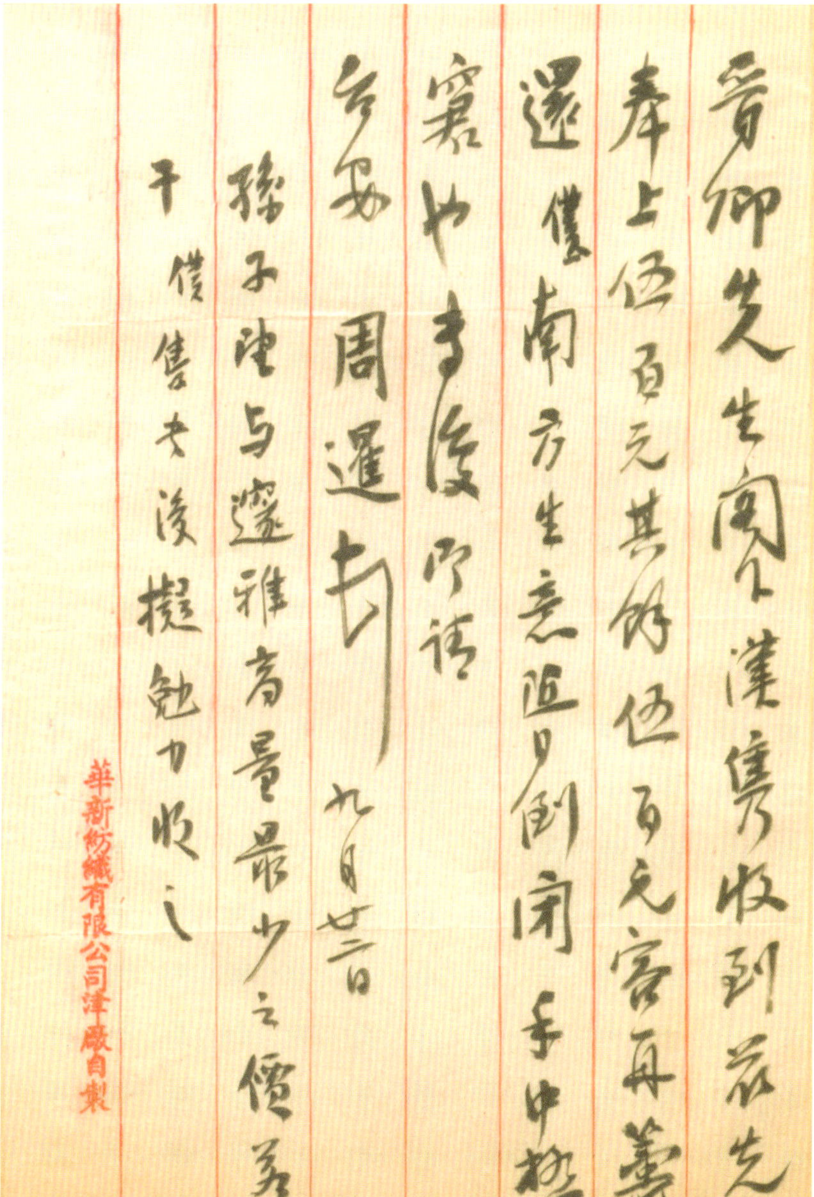
晋卿先生閣下：
漢雋收到。兹先
奉上伍百元，其餘伍百元容再籌
還。僕南方生意近日倒閉，手中極
窘也。專復。即請
台安。周暹頓首。
九月廿二日
孫子望與邃雅商量最少之價若
干？僕售書後擬勉力收之。
華新紡織有限公司津廠自製

第五八通

晋卿先生閣下：

《漢雋》收到。兹先奉上伍百元，其餘伍百元容再籌還。僕南方生意近日倒閉，手中極窘也。專復。即請台安。周暹頓首。九月廿二日。

《孫子》望與邃雅商量，最少之價若干？僕售書後擬勉力收之。

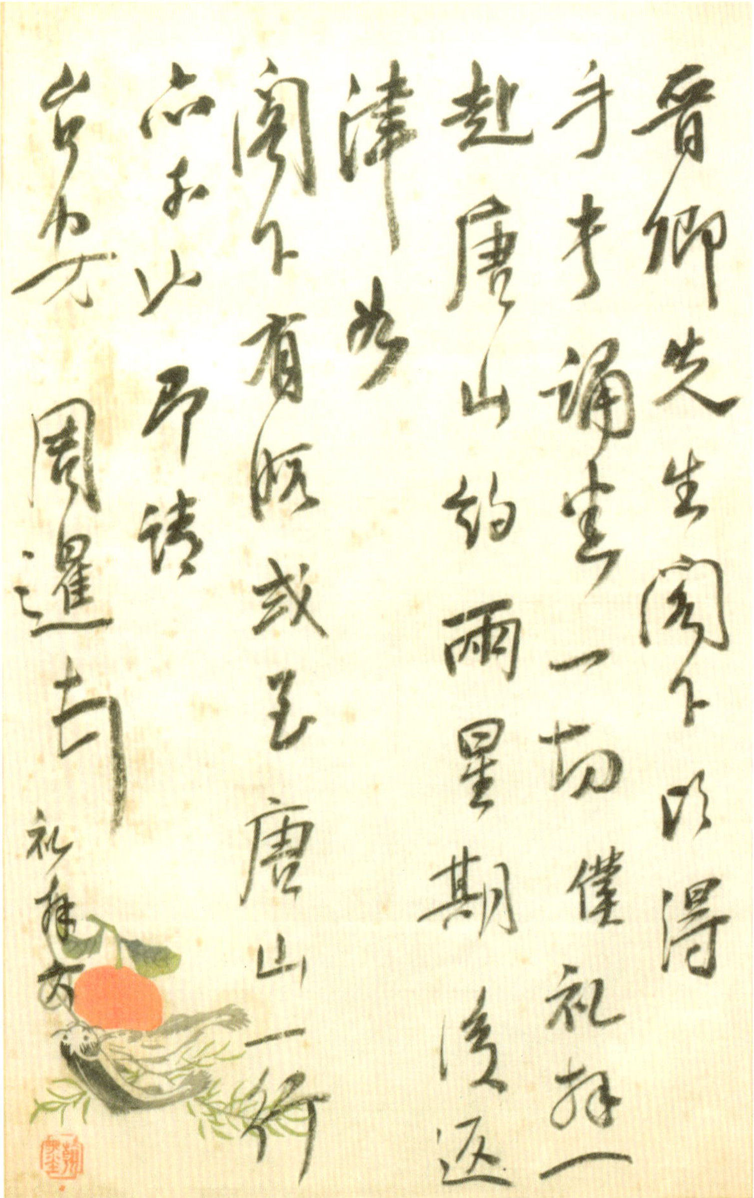
晉卿先生閣下：頃得手書，誦悉一切。僕禮拜一赴唐山，約兩星期後返津。如閣下有暇或至唐山一行亦可也。即請台安。周暹頓首。禮拜六。

第五九通

晉卿先生閣下：

頃得手書，誦悉一切。僕禮拜一赴唐山，約兩星期後返津。如閣下有暇或至唐山一行亦可也。即請台安。周暹頓首。禮拜六。

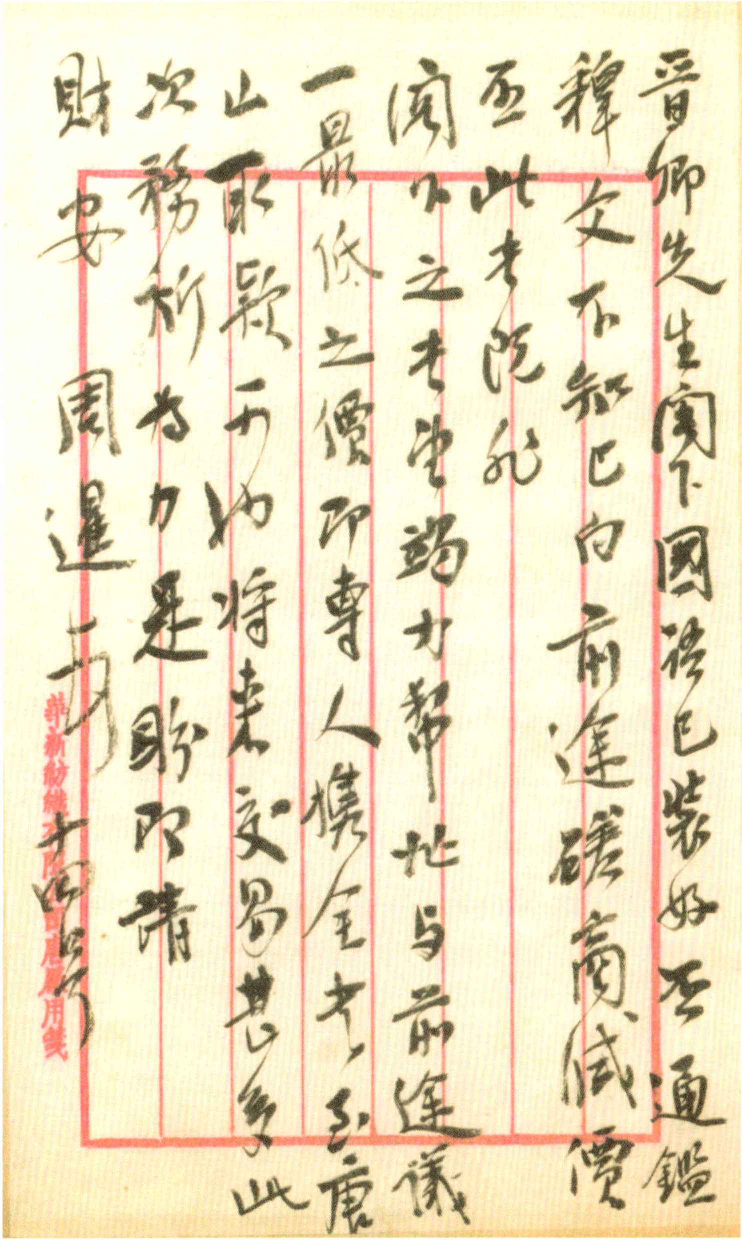

晉卿先生閣下國語已裝好否通鑑
釋文不知已向前途磋商減價
否此書既非
閣下之書望竭力幫忙與前途議
一最低之價即專人携全書至唐
山取款可也將來交易甚多此
次務祈為力是盼即請
財安 周暹頓首 十四號

第六〇通

晉卿先生閣下:

《國語》已裝好否?《通鑑釋文》不知已向前途磋商減價否?此書既非閣下之書,望竭力幫忙,與前途議一最低之價,即專人携全書至唐山取款可也。將來交易甚多,此次務祈爲力是盼。即請財安。周暹頓首。十四號。

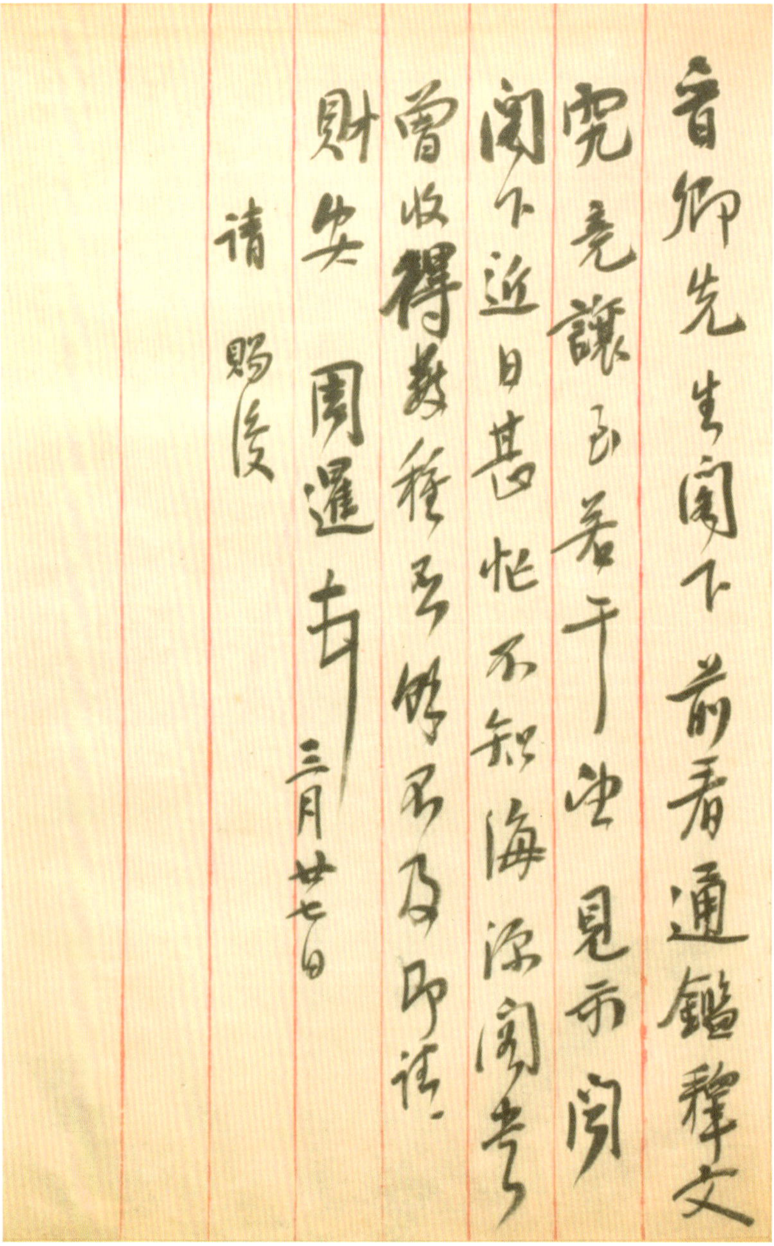

晉卿先生閣下 前看通鑑釋文
究竟讓至若干望見示聞
閣下近日甚忙不知海源閣書
曾收得數種否餘不及即請
財安 周暹頓首 三月廿七日
請 賜復

第六一通

晉卿先生閣下：

前看《通鑑釋文》究竟讓至若干？望見示。聞閣下近日甚忙，不知海源閣書曾收得數種否？餘不及。即請財安。周暹頓首。三月廿七日。

請賜復。

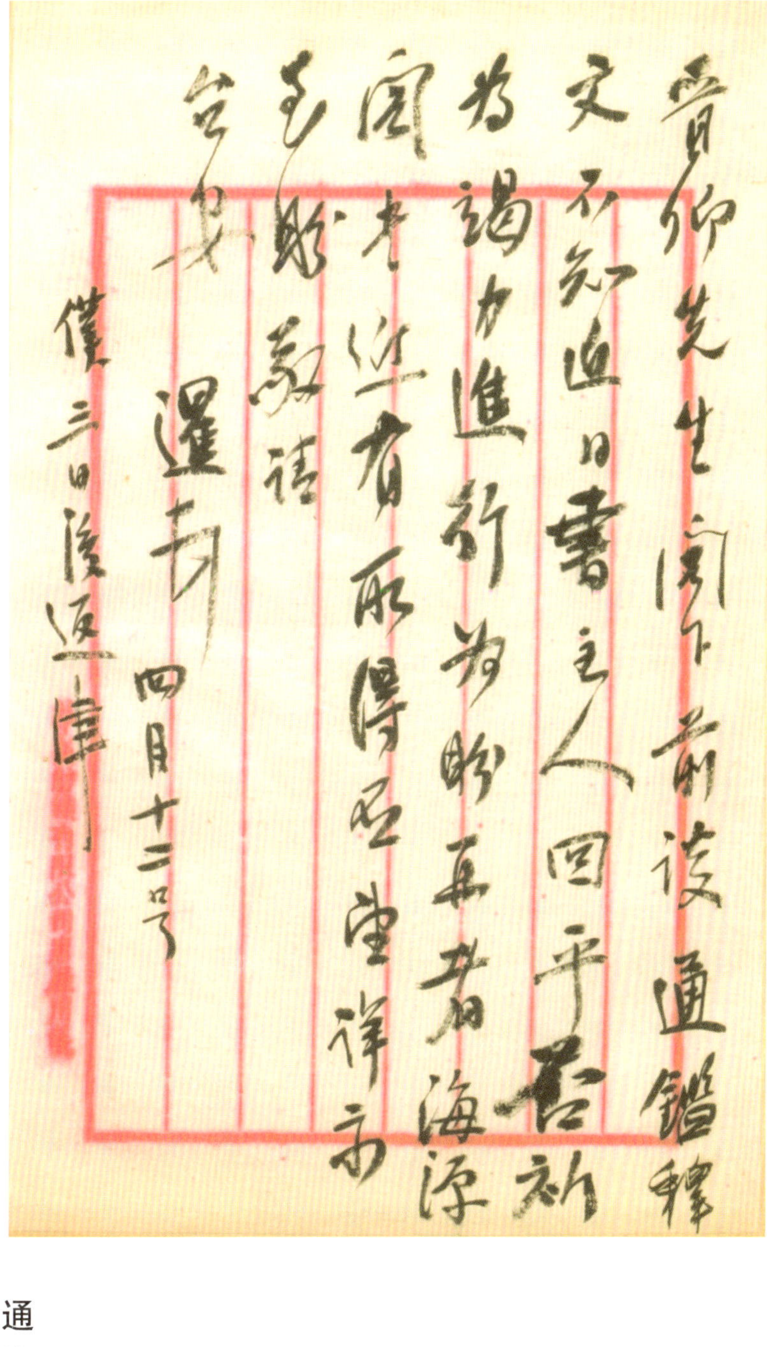
晉卿先生閣下前談通鑑釋
文不知近日書主人回平否祈
爲竭力進行爲盼再者海源
閣書近有所得否望詳示
至盼敬請
台安
暹頓首
四月十二號
僕三日後返津

第六二通

晉卿先生閣下：

前談《通鑑釋文》，不知近日書主人回平否？祈爲竭力進行爲盼。再者，海源閣書近有所得否？望詳示，至盼。敬請台安。暹頓首。四月十二號。

僕三日後返津。

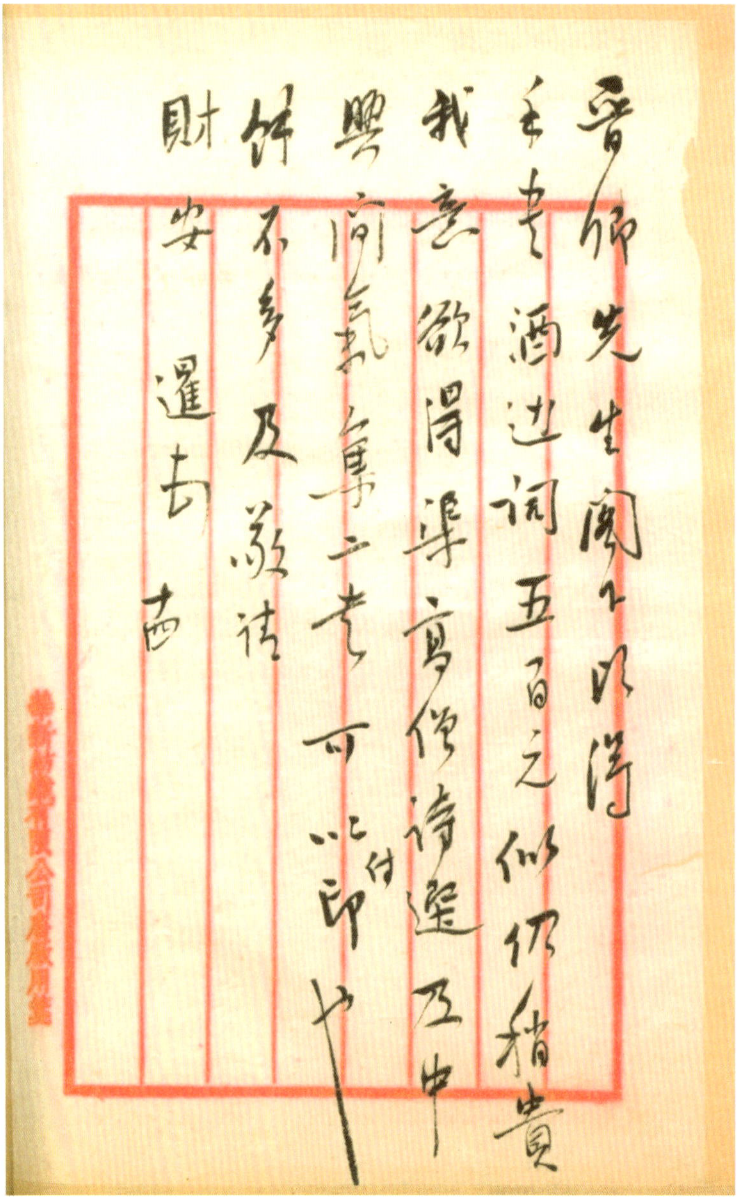
晉卿先生閣下頃得
手書酒邊詞五百元似仍稍貴
我意欲得渠高僧詩選及中
興間氣集二書可以付印也
餘不多及敬請
財安　暹頓首
十四

第六三通

晉卿先生閣下：

頃得手書。《酒邊詞》五百元似仍稍貴。我意欲得渠《高僧詩選》及《中興間氣集》二書，可以付印也。餘不多及。敬請財安。暹頓首。十四。

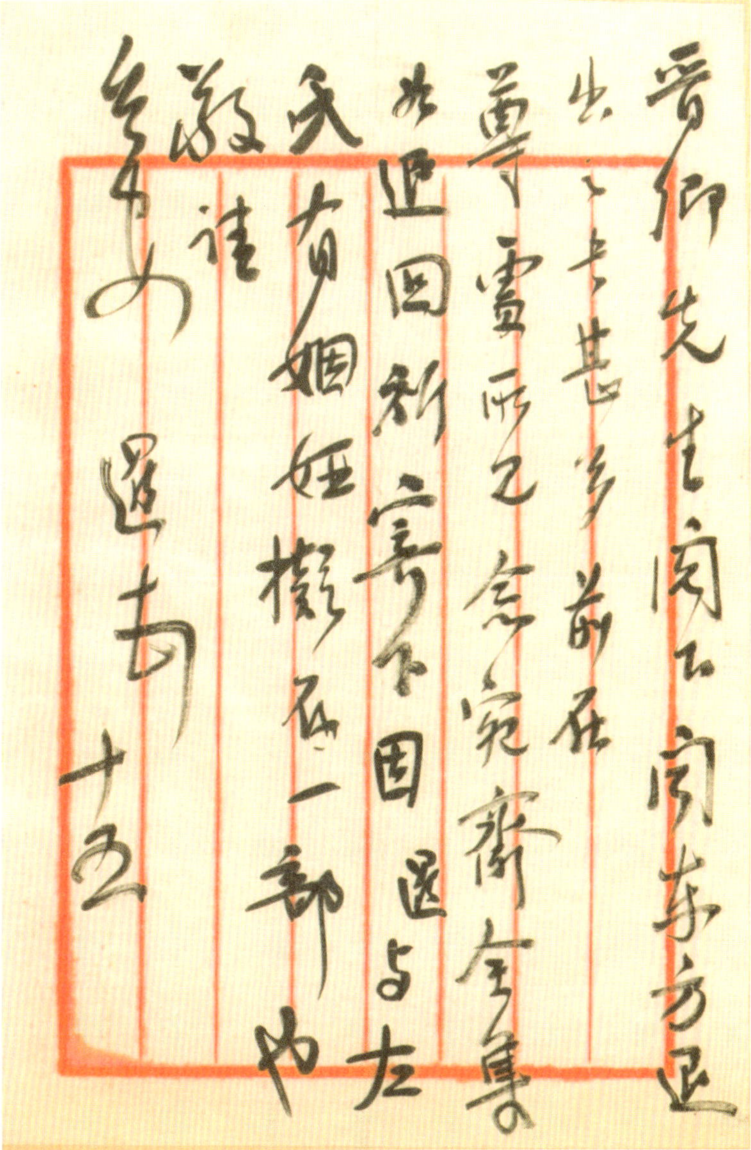
晉卿先生閣下聞東方退
出之書甚多前在
尊處所見念宛齋全集
如退回祈寄下因遲與左
氏有姻婭擬存一部也
敬請台安
遲頓首 十五

第六四通

晉卿先生閣下：

聞東方退出之書甚多，前在尊處所見《念宛齋全集》如退回，祈寄下。因遲與左氏有姻婭，擬存一部也。敬請台安。遲頓首。十五。

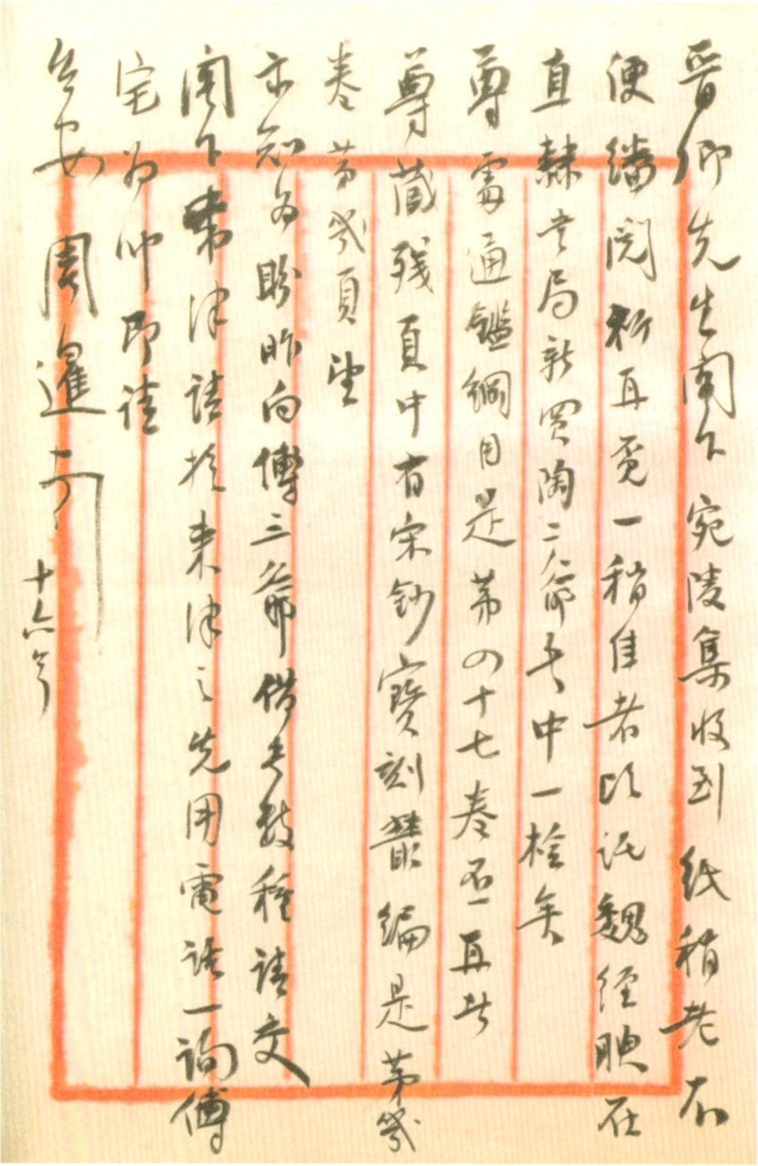
晉卿先生閣下宛陵集收到紙稍老不
便翻閲祈再覓一稍佳者頃托魏經腴在
直隸書局新買陶二爺書中一檢矣
尊處通鑑綱目是第四十七卷否再者
尊藏殘頁中有宋鈔寶刻叢編是第幾
卷第幾頁望
示知爲盼昨向傅三爺借書數種請交
閣下帶津請於來津之先用電話一詢傅
宅爲叩即請
台安周暹頓首
十六號

第六五通

晉卿先生閣下：

《宛陵集》收到，紙稍老，不便翻閲，祈再覓一稍佳者。頃托魏經腴在直隸書局新買陶二爺書中一檢矣。尊處《通鑑綱目》是第四十七卷否？再者，尊藏殘頁中有宋鈔《寶刻叢編》，是第幾卷，第幾頁，望示知爲盼。昨向傅三爺借書數種，請交閣下帶津，請於來津之先用電話一詢傅宅爲叩。即請台安。周暹頓首。十六號。

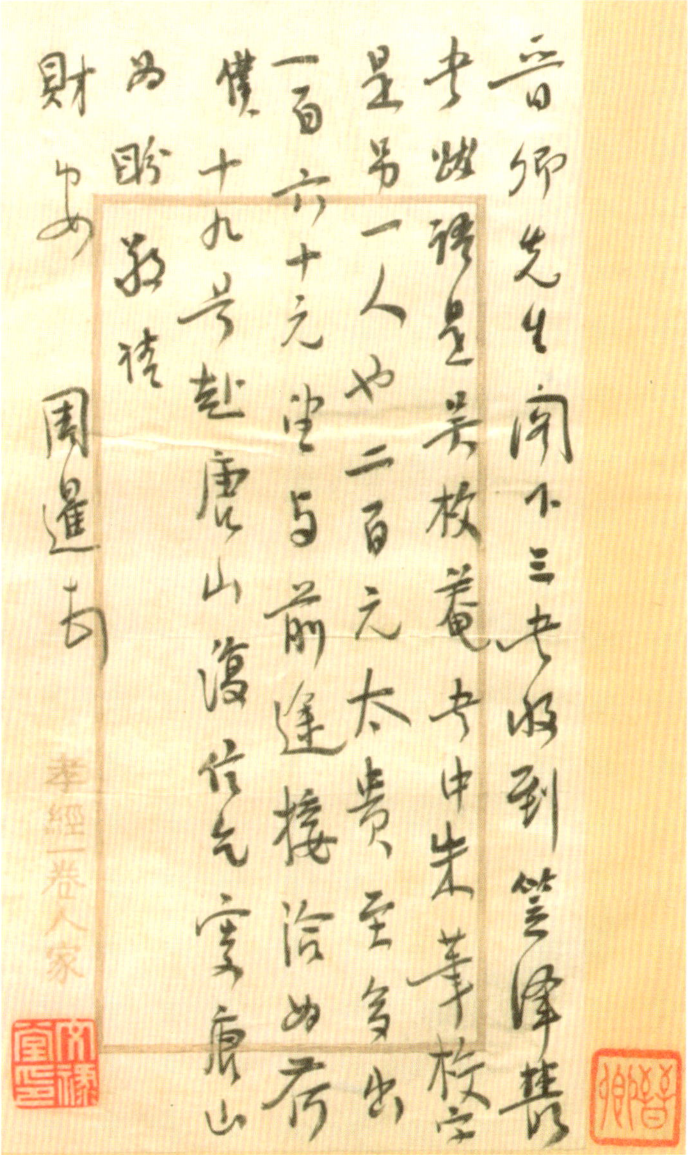
晉卿先生閣下：三書收到。笠澤叢書跋語是吳枚庵，書中朱筆校字是另一人也。二百元太貴，至多出一百六十元，望與前途接洽爲荷。僕十九號赴唐山，復信乞寄唐山爲盼。敬請財安。周暹頓首

孝經一卷人家

第六六通

晉卿先生閣下：

三書收到。《笠澤叢書》跋語是吴枚庵，書中朱筆校字是另一人也。二百元太貴，至多出一百六十元，望與前途接洽爲荷。僕十九號赴唐山，復信乞寄唐山爲盼。敬請財安。周暹頓首。

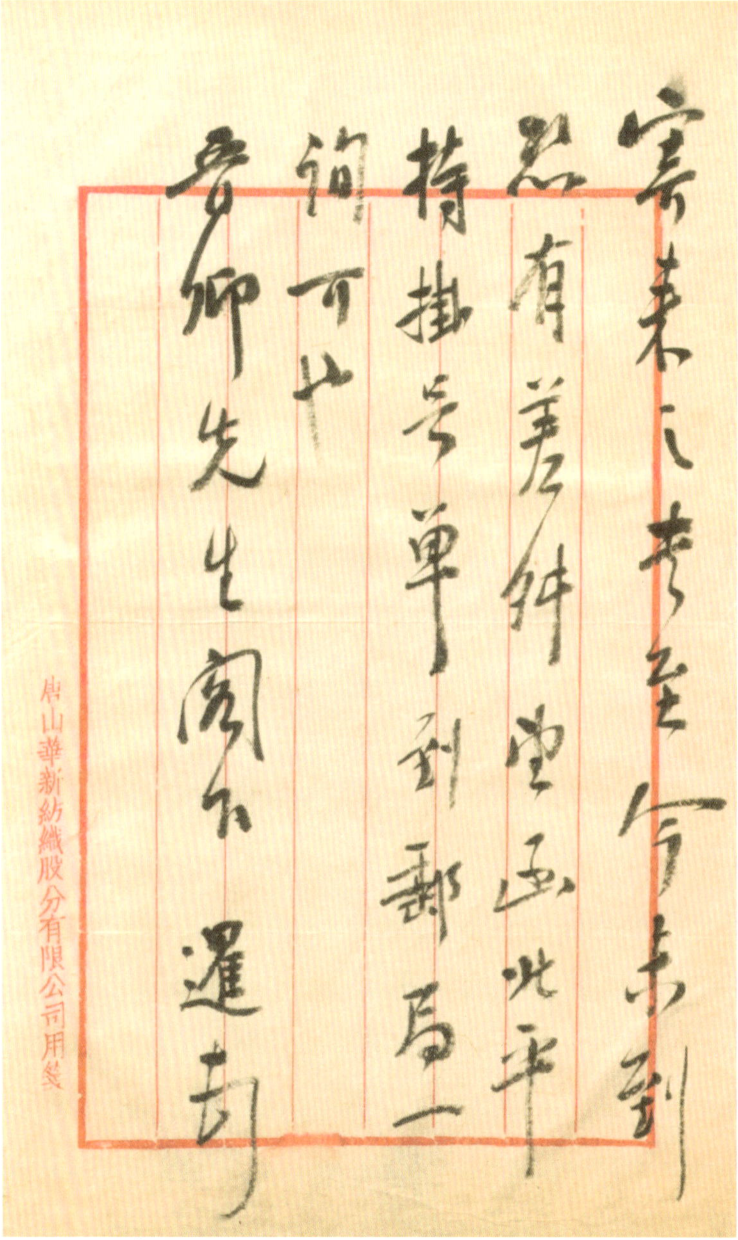

第六七通

寄來之書至今未到，恐有差舛，望函北平，持掛號單，到郵局一詢可也。晉卿先生閣下。遲頓首。

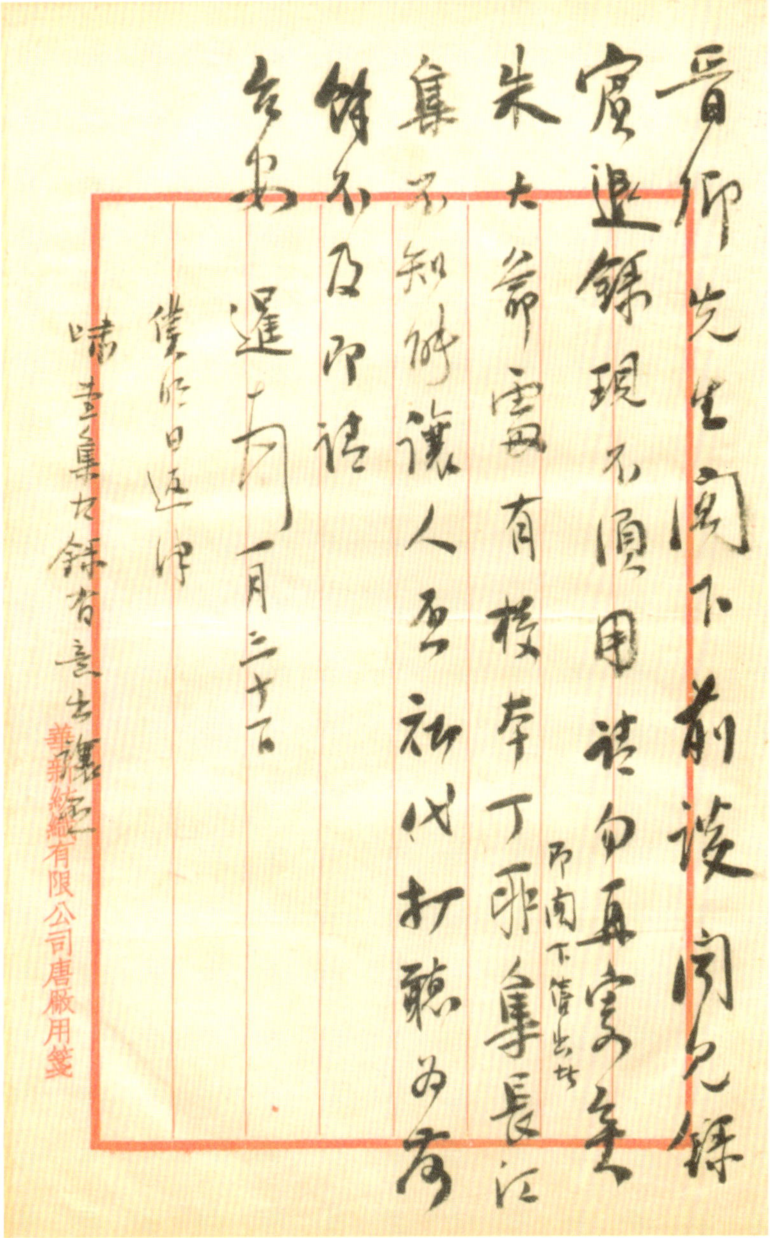
晉卿先生閣下：前談聞見録
賓退録現不須用，請勿再寄矣。
朱大爺處有校本丁卯集（即閣下售出者）長江
集，不知能讓人否？祈代打聽為荷。
餘不及。即請
台安。暹頓首。一月三十一日
僕明日返津
嘯堂集古録有意出讓
華新紡織有限公司唐廠用箋

第六八通

晉卿先生閣下：

前談《聞見録》《賓退録》現不須用，請勿再寄矣。朱大爺處有校本《丁卯集》(即閣下售出者)、《長江集》，不知能讓人否？祈代打聽爲荷。餘不及。即請台安。暹頓首。一月三十一日。

僕明日返津。《嘯堂集古録》有意出讓否？

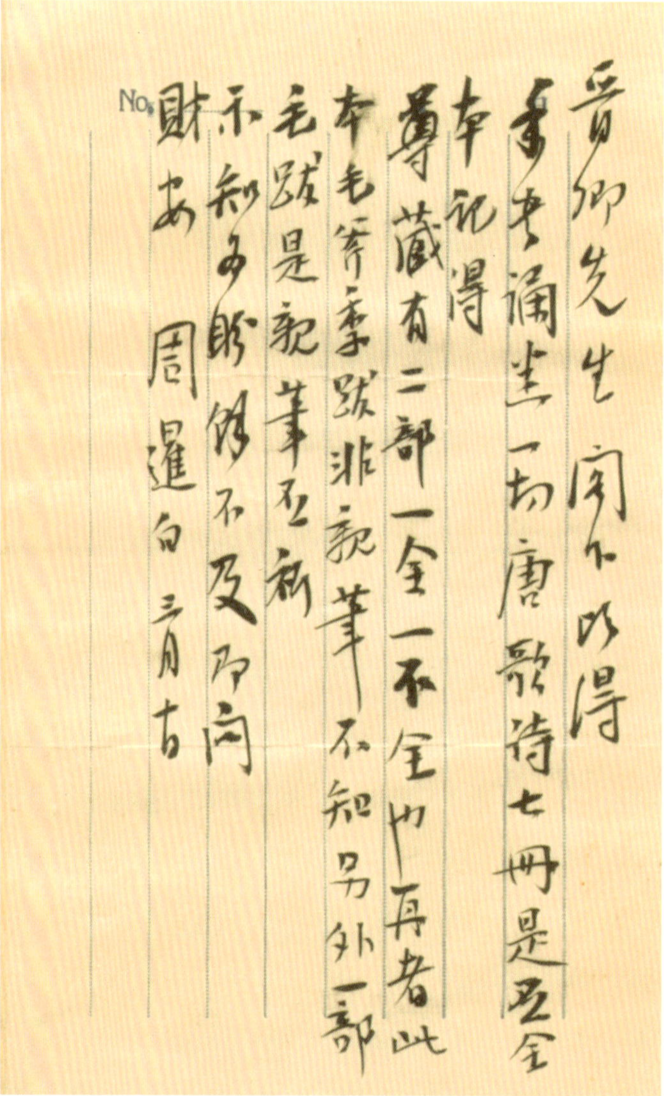
晉卿先生閣下頃得
手書誦悉一切唐歌詩七册是否全
本記得
尊藏有二部一全一不全也再者此
本毛斧季跋非親筆不知另外一部
毛跋是親筆否祈
示知爲盼餘不及即問
財安　周暹白　三月十日

第六九通

晉卿先生閣下：

頃得手書，誦悉一切。《唐歌詩》七册是否全本？記得尊藏有二部，一全一不全也。再者，此本毛斧季跋非親筆，不知另外一部毛跋是親筆否？祈示知爲盼。餘不及。即問財安。周暹白。三月十日。

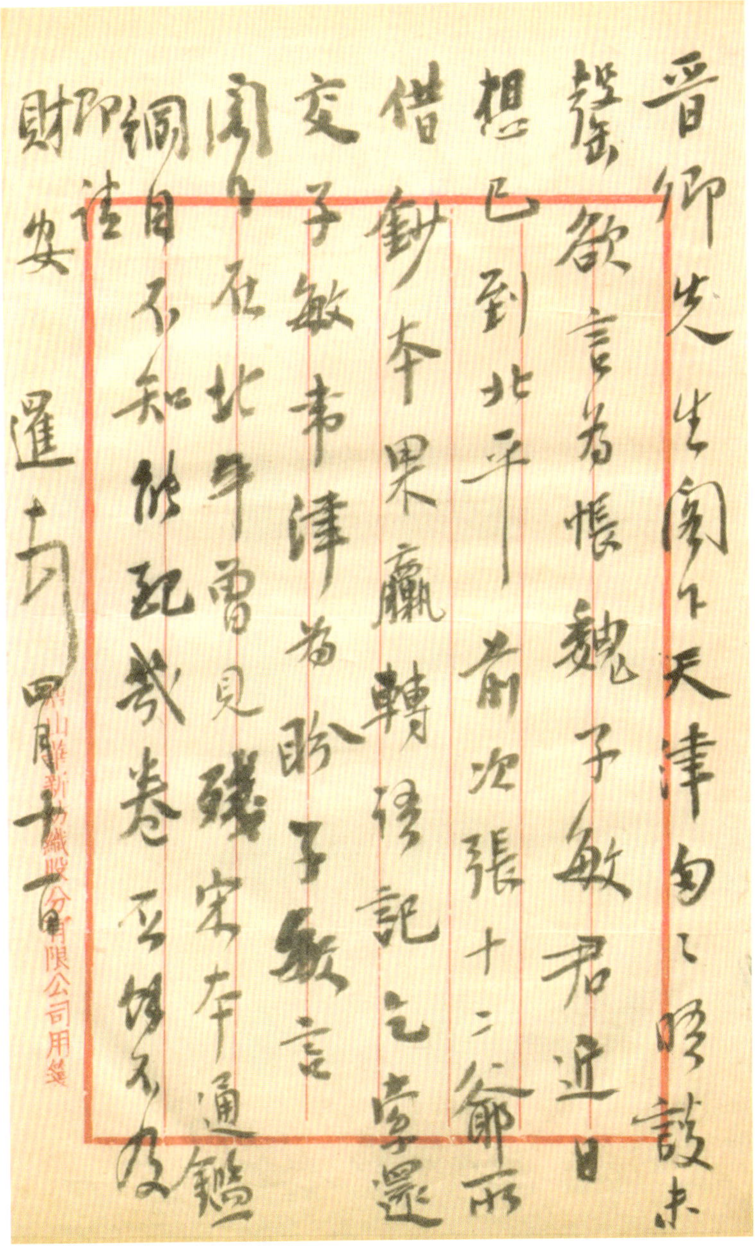
晉卿先生閣下天津匆匆晤談未
罄欲言爲悵魏子敏君近日
想已到北平前次張十二爺所
借鈔本果贏轉語記乞索還
交子敏帶津爲盼子敏言
閣下在北平曾見殘宋本通鑑
綱目不知能配幾卷否餘不及
即請
財安 暹頓首 四月十一日
唐山華新紡織股份有限公司用箋

第七〇通

晉卿先生閣下：

天津匆匆晤談，未罄欲言爲悵。魏子敏君近日想已到北平。前次張十二爺所借鈔本《果贏轉語記》乞索還，交子敏帶津爲盼。子敏言閣下在北平曾見殘宋本《通鑑綱目》，不知能配幾卷否？餘不及。即請財安。暹頓首。四月十一日。

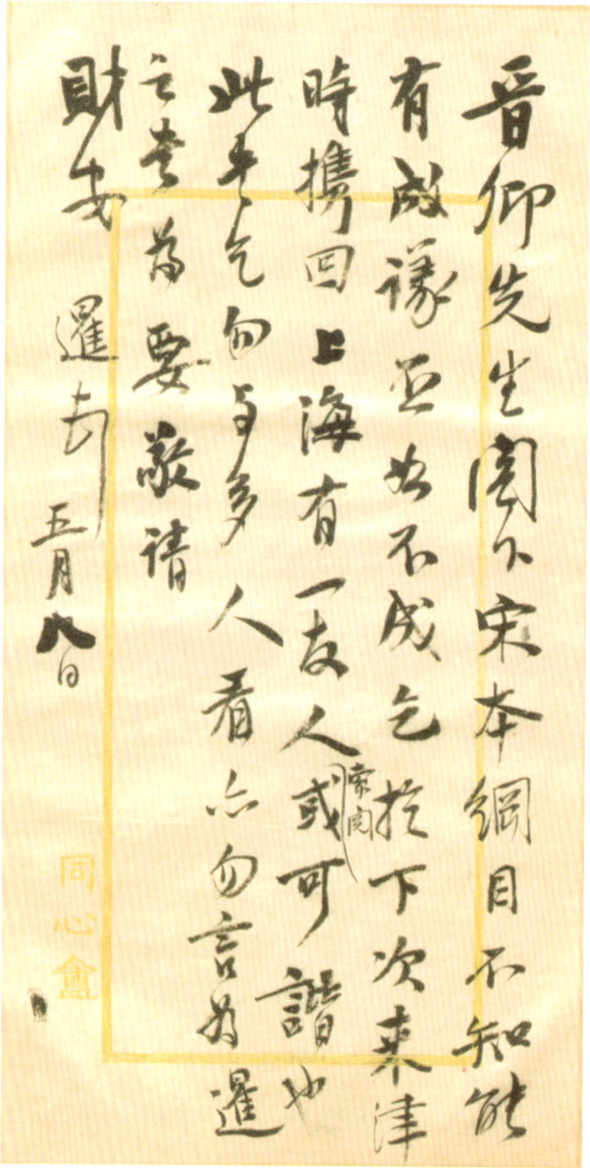
晋卿先生閣下：宋本綱目不知能有成議否？如不成，乞於下次來津時携回上海，有一友人索閲，或可諧也。此書乞勿與多人看，亦勿言爲暹之書爲要。敬請財安。暹頓首。五月八日。
同心盦

第七一通

晋卿先生閣下：

宋本《綱目》不知能有成議否？如不成，乞於下次來津時携回上海，有一友人索閲，或可諧也。此書乞勿與多人看，亦勿言爲暹之書爲要。敬請財安。暹頓首。五月八日。

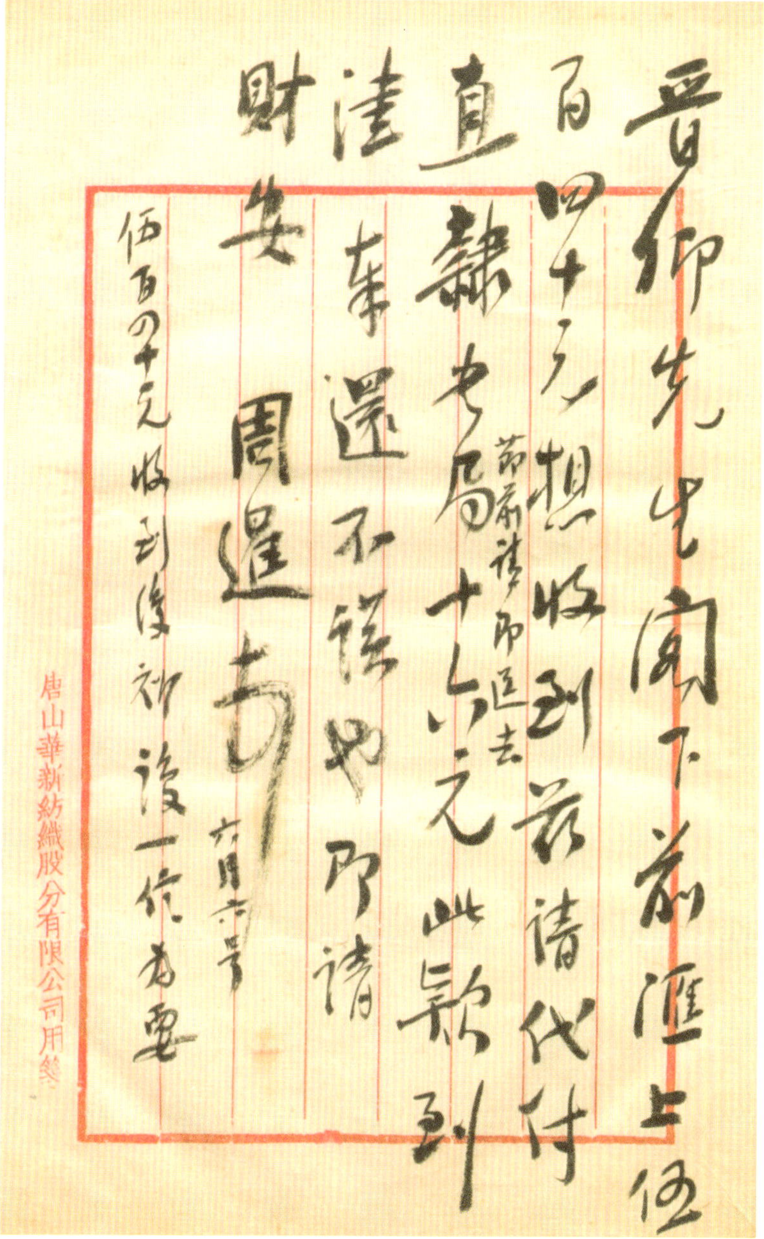
晋卿先生閣下：前匯上伍百四十元，想收到。茲請代付直隸書局十六元（節前請即送去），此款到津奉還不誤也。即請財安。周暹頓首。六月六號。
伍百四十元收到後，祈復一信爲要。
唐山華新紡織股份有限公司用箋

第七二通

晋卿先生閣下：

前匯上伍百四十元，想收到。茲請代付直隸書局十六元（節前請即送去），此款到津奉還不誤也。即請財安。周暹頓首。六月六號。

伍百四十元收到後，祈復一信爲要。

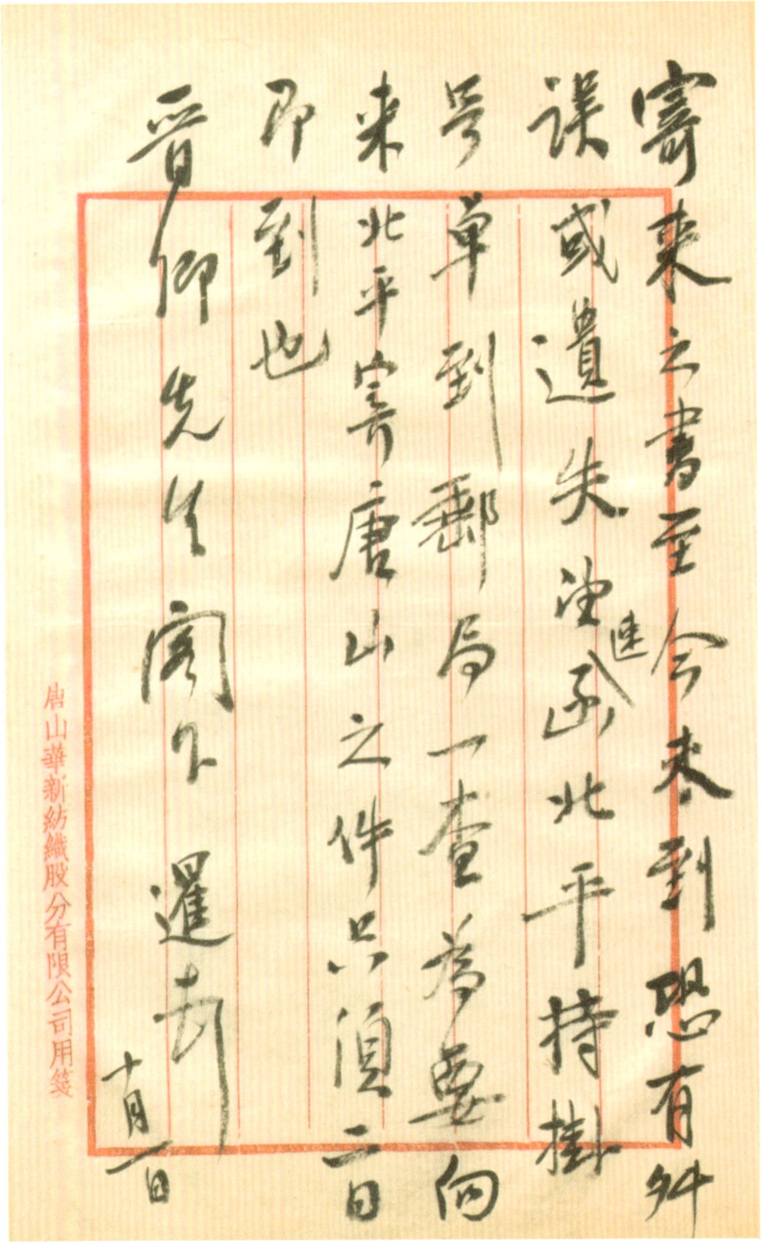
寄來之書至今未到恐有外誤或遺失望速函北平持掛號單到郵局一查爲要向來北平寄唐山之件只須二日即到也
晉卿先生閣下 暹頓首
十月一日
唐山華新紡織股分有限公司用箋

第七三通

寄來之書至今未到，恐有外誤或遺失，望速函北平，持掛號單到郵局一查爲要。向來北平寄唐山之件衹須二日即到也。晉卿先生閣下。暹頓首。十月一日。

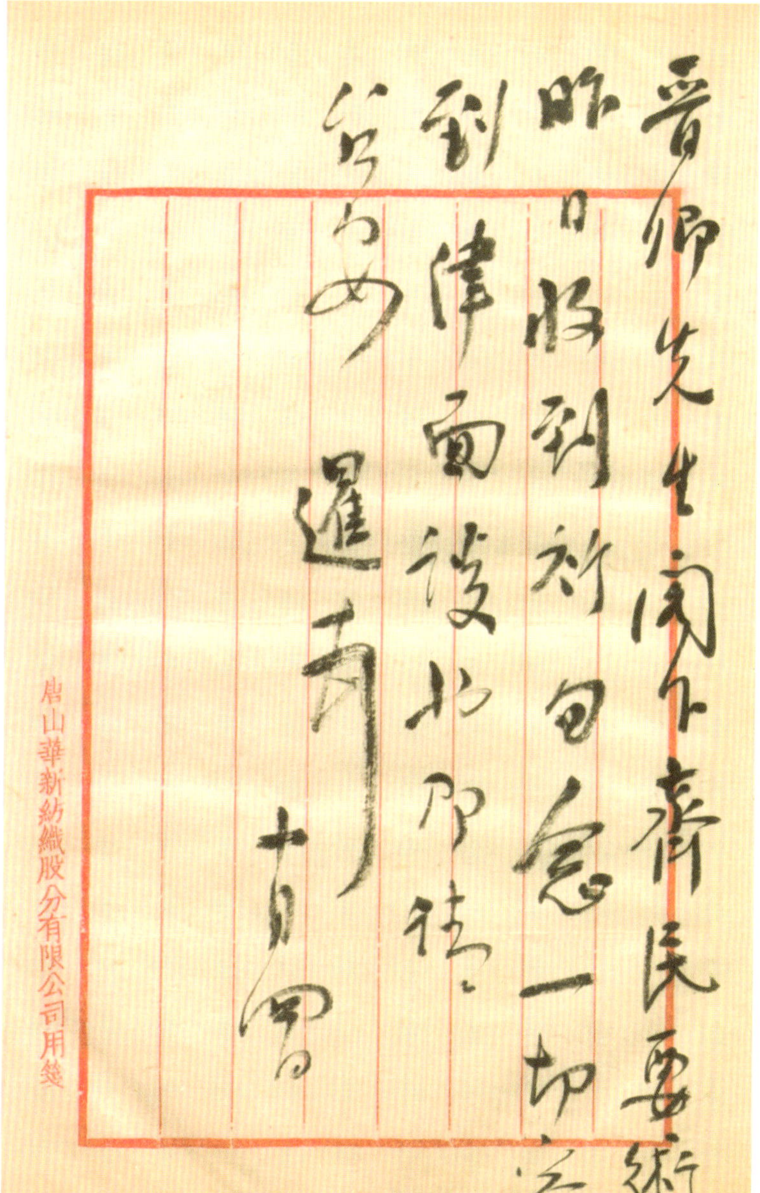
晉卿先生閣下：齊民要術
昨日收到，祈勿念，一切容
到津面談也。即請台安。
暹頓首。十月四日。
唐山華新紡織股分有限公司用箋

第七四通

晉卿先生閣下：

《齊民要術》昨日收到，祈勿念，一切容到津面談也。即請台安。暹頓首。十月四日。

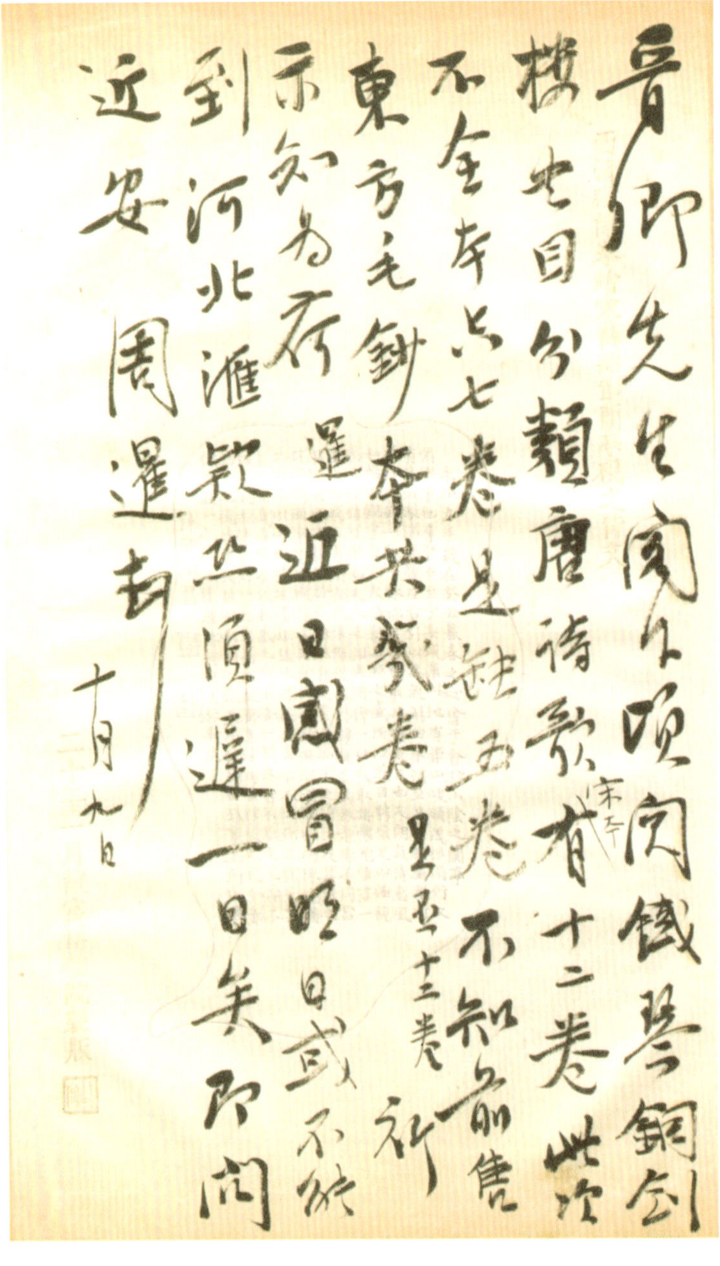
晉卿先生閣下：頃閱鐵琴銅劍樓書目分類唐詩歌宋本有十二卷，此次不全本祇七卷，是缺五卷，不知前售東方毛鈔本共幾卷是否十二卷？祈示知為荷。暹近日感冒，明日或不能到河北匯款，恐須遲一日矣。即問近安。周暹頓首。十月九日

第七五通

晉卿先生閣下：

頃閲《鐵琴銅劍樓書目》，《分類唐詩歌》宋本有十二卷，此次不全本祇七卷，是缺五卷，不知前售東方毛鈔本共幾卷（是否十二卷）？祈示知爲荷。暹近日感冒，明日或不能到河北匯款，恐須遲一日矣。即問近安。周暹頓首。十月九日。

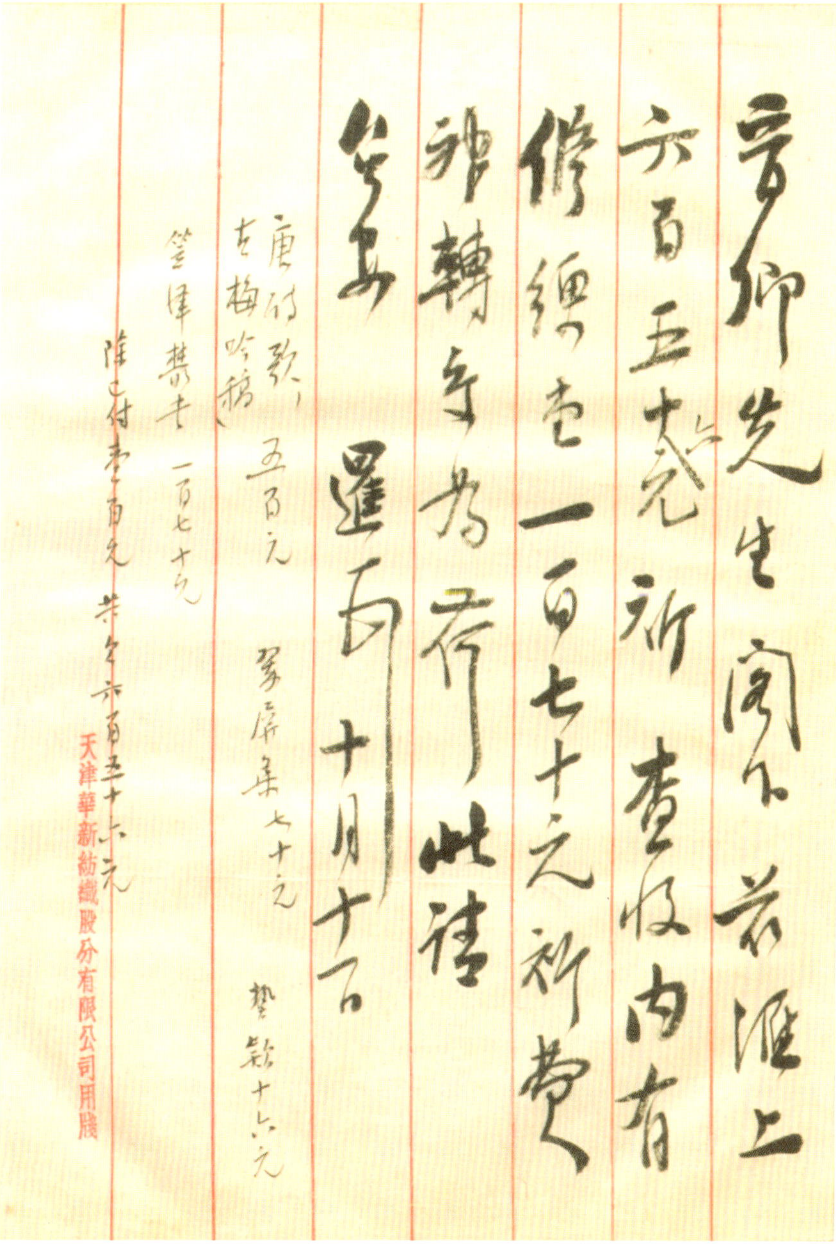

第七六通

晋卿先生閣下：

兹匯上六百五十六元，祈查收。内有修綆堂一百七十元，祈費神轉交爲荷。此請台安。暹頓首。十月十一日。

《唐詩歌》《古梅吟稿》五百元，《翠屏集》七十元，墊款十六元，《笠澤叢書》一百七十元，除已付壹百元，共合六百五十六元。

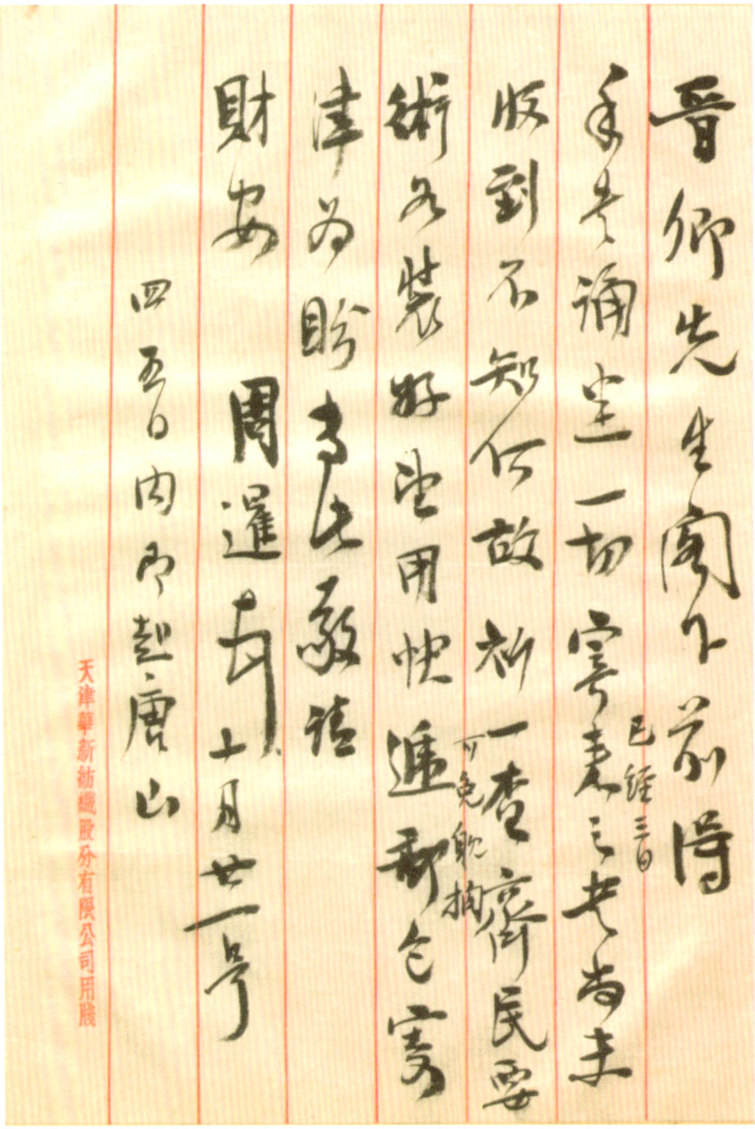
晋卿先生閣下：前得手書，誦悉一切。寄來之書（已經三日）尚未收到，不知何故？祈一查。《齊民要術》如裝好，望用快遞郵包（可免耽擱）寄津爲盼。專此。敬請財安。周暹頓首。十月廿一號。四五日内即赴唐山。

天津華新紡織股份有限公司用牋

第七七通

晋卿先生閣下：

前得手書，誦悉一切。寄來之書（已經三日）尚未收到，不知何故？祈一查。《齊民要術》如裝好，望用快遞郵包（可免耽擱）寄津爲盼。專此。敬請財安。周暹頓首。十月廿一號。

四五日内即赴唐山。

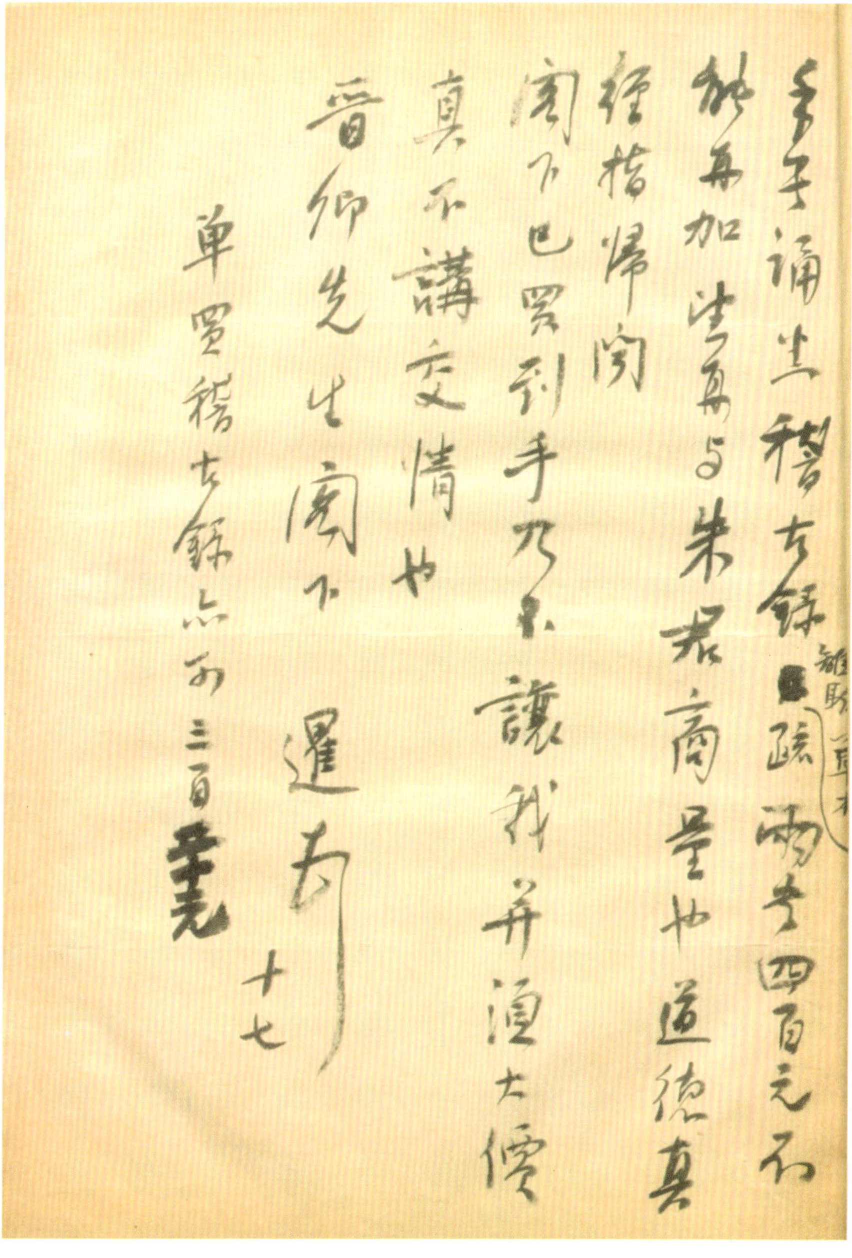
手書誦悉稽古録離騷草木疏兩書四百元不
能再加望再與朱君商量也道德真
經指歸聞
閣下已買到手乃不讓我并須大價
真不講交情也
晉卿先生閣下　遲頓首
十七
單買稽古録亦可三百廿元

第七八通

手書誦悉。《稽古録》《離騷草木疏》兩書四百元不能再加，望再與朱君商量也。《道德真經指歸》聞閣下已買到手，乃不讓我，并須大價，真不講交情也。晉卿先生閣下。遲頓首。十七。

單買《稽古録》亦可三百二十元。

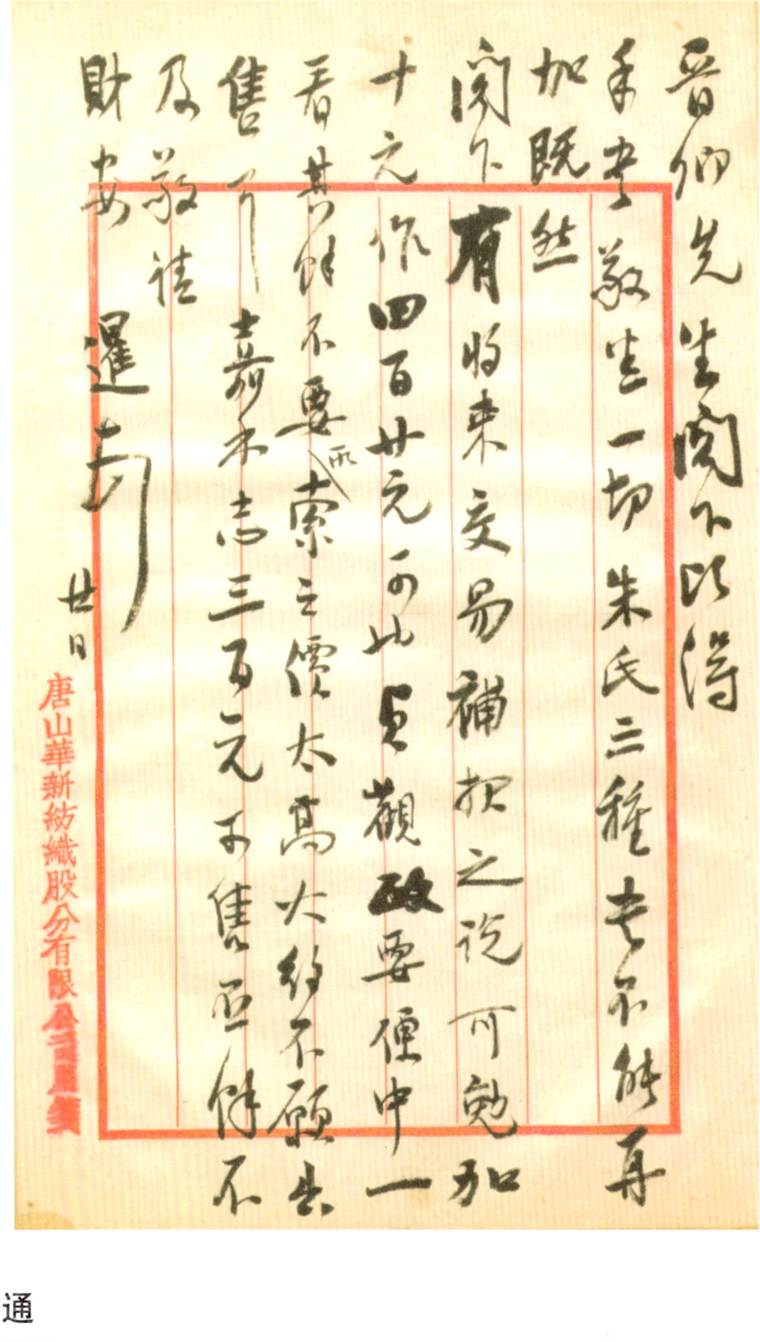
晋卿先生閣下：頃得手書，敬悉一切。朱氏三種書不能再加，既然閣下有將來交易補款之說，可勉加十元，作四百廿元可也。貞觀政要便中一看，其餘不要。所索之價太高，大約不願出售耳。嘉禾志三百元可售否？餘不及。敬請財安。暹頓首。廿日。

唐山華新紡織股份有限公司用箋

第七九通

晋卿先生閣下：

頃得手書，敬悉一切。朱氏三種書不能再加，既然閣下有將來交易補款之説，可勉加十元，作四百廿元可也。《貞觀政要》便中一看，其餘不要。所索之價太高，大約不願出售耳。《嘉禾志》三百元可售否？餘不及。敬請財安。暹頓首。廿日。

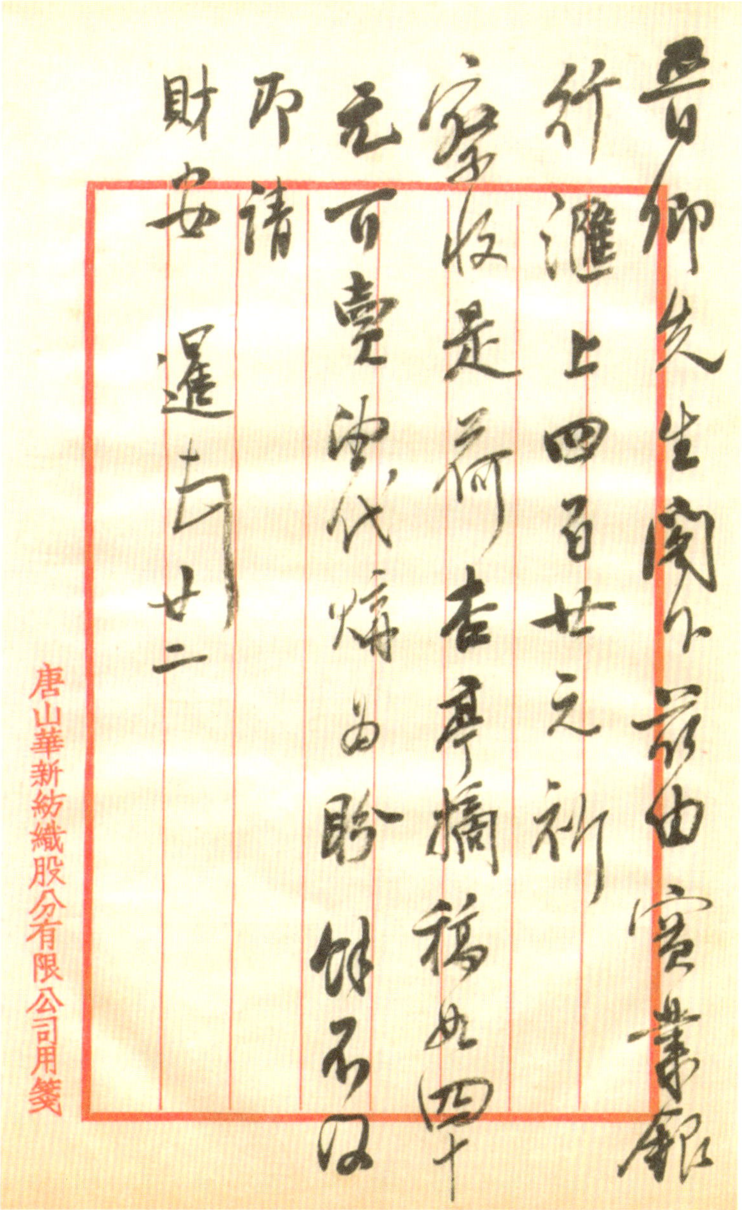
晉卿先生閣下茲由實業銀
行滙上四百廿元祈
察收是荷杏亭摘稿如四十
元可賣望代購爲盼餘不及
即請
財安　暹頓首　廿二

唐山華新紡織股分有限公司用箋

第八〇通

晉卿先生閣下：

茲由實業銀行匯上四百廿元，祈察收是荷。《杏亭摘稿》如四十元可賣，望代購爲盼。餘不及。即請財安。暹頓首。廿二。

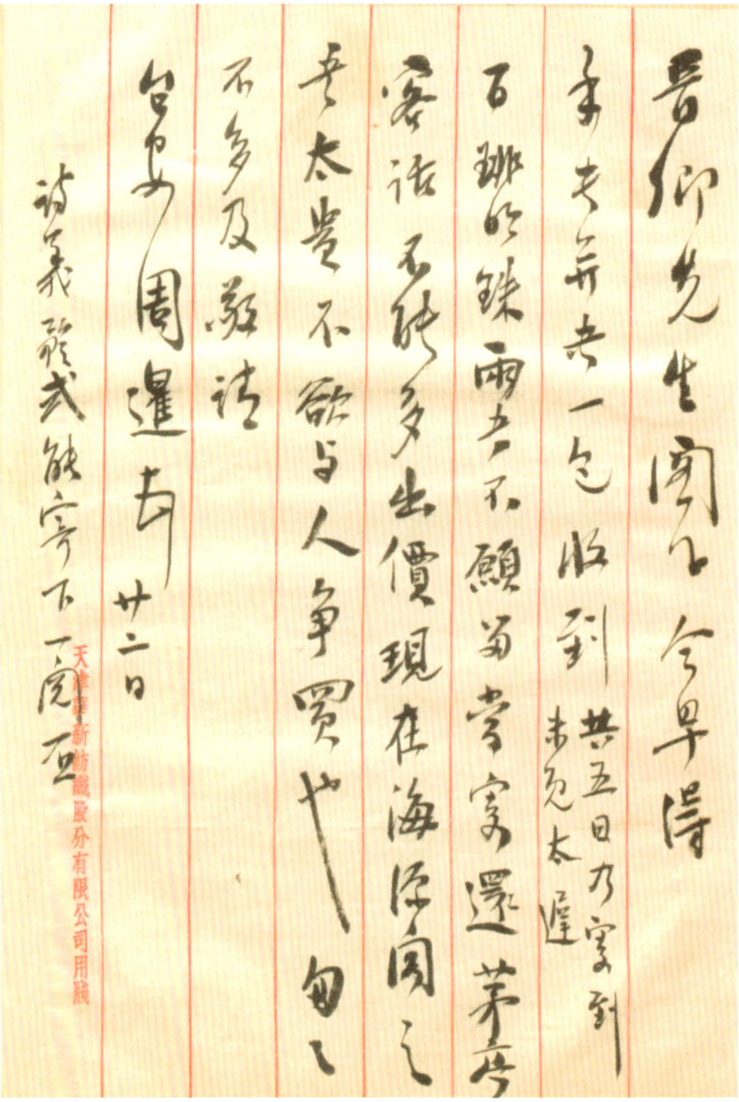

第八一通

晉卿先生閣下：

今早得手書，并書一包收到（共五日乃寄到，未免太遲）。《百琲》《明珠》兩書不願留，當寄還。《茅亭客話》不能多出價。現在海源閣之書太貴，不欲與人爭買也。匆匆不多及。敬請台安。周暹頓首。廿二日。

《詩義矜式》能寄下一閱否？

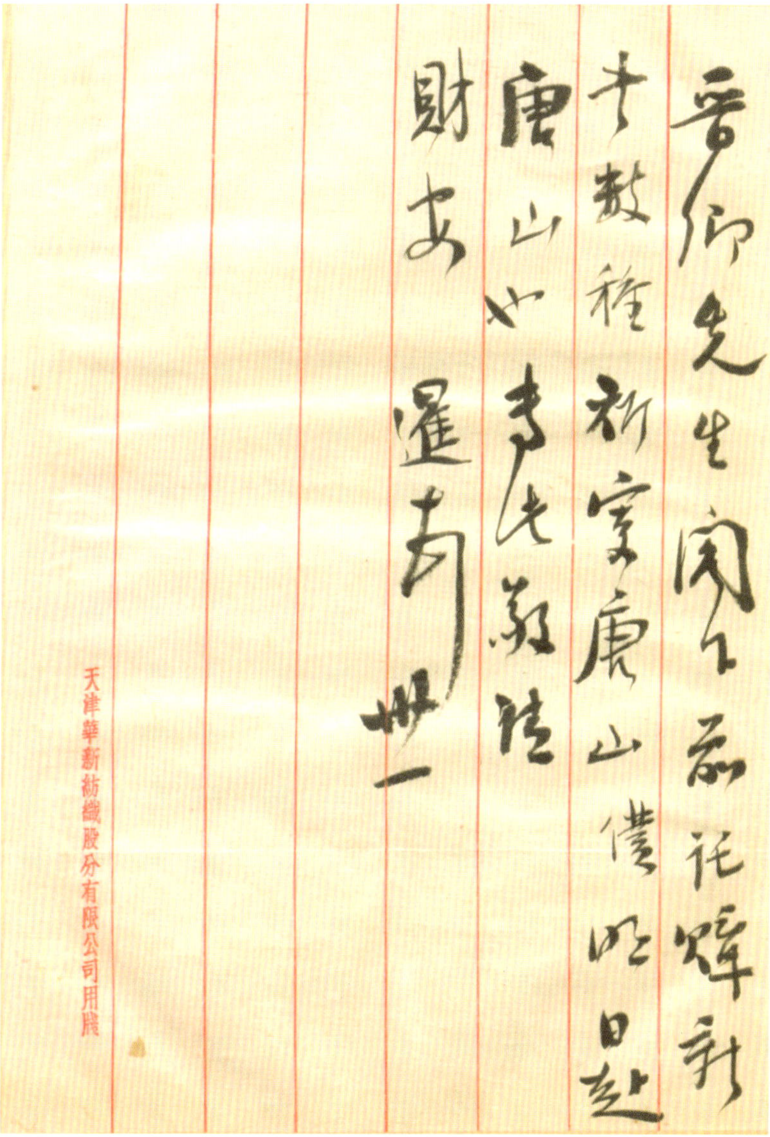
晉卿先生閣下：前托購新書數種，祈寄唐山。僕明日赴唐山也。專此。敬請財安。暹頓首。卅一

天津華新紡織股份有限公司用牋

第八二通

晉卿先生閣下：

前托購新書數種，祈寄唐山。僕明日赴唐山也。專此。敬請財安。暹頓首。卅一。

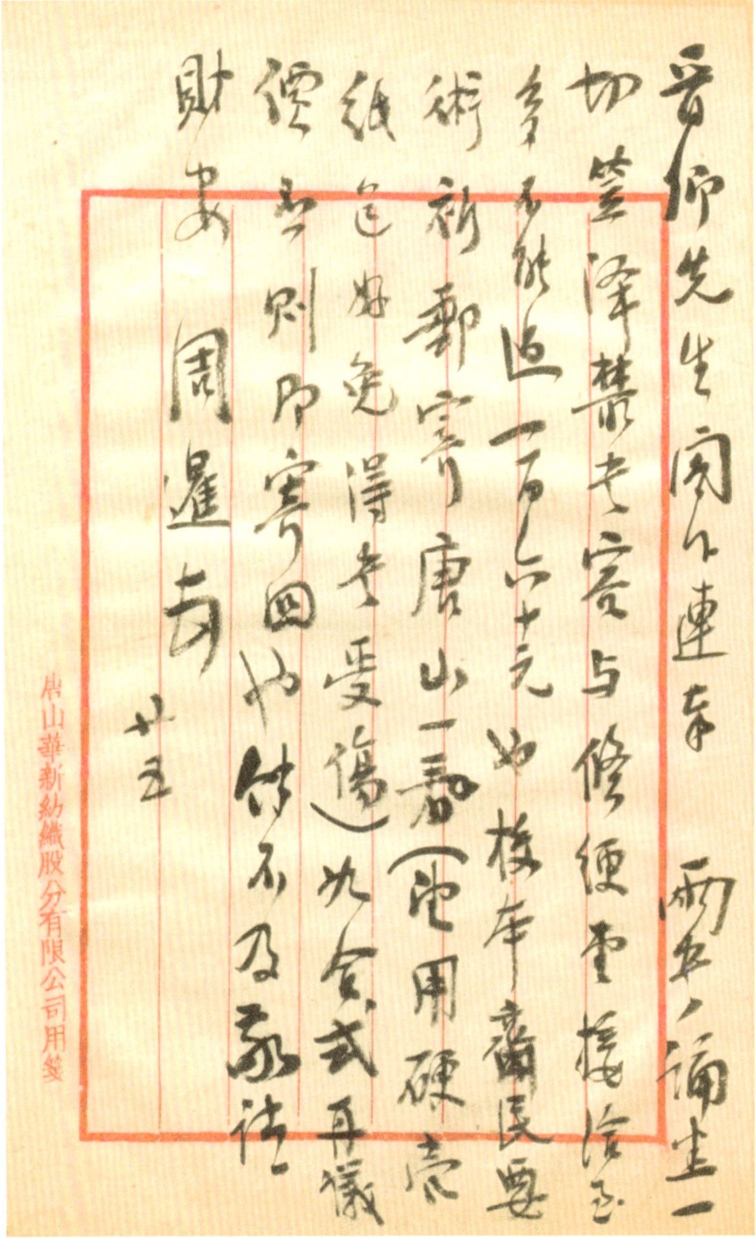
晉卿先生閣下：連奉兩書，誦悉一切。笠澤叢書容與修綆堂接洽，至多不能過一百六十元也。校本齊民要術，祈郵寄唐山一看（望用硬殼紙包好，免得書受傷），如合式再議價，否則即寄回也。餘不及。敬請財安。周暹頓首 廿五

唐山華新紡織股分有限公司用箋

第八三通

晉卿先生閣下：

連奉兩書，誦悉一切。《笠澤叢書》容與修綆堂接洽，至多不能過一百六十元也。校本《齊民要術》，祈郵寄唐山一看（望用硬殼紙包好，免得書受傷），如合式再議價，否則即寄回也。餘不及。敬請財安。周暹頓首。廿五。

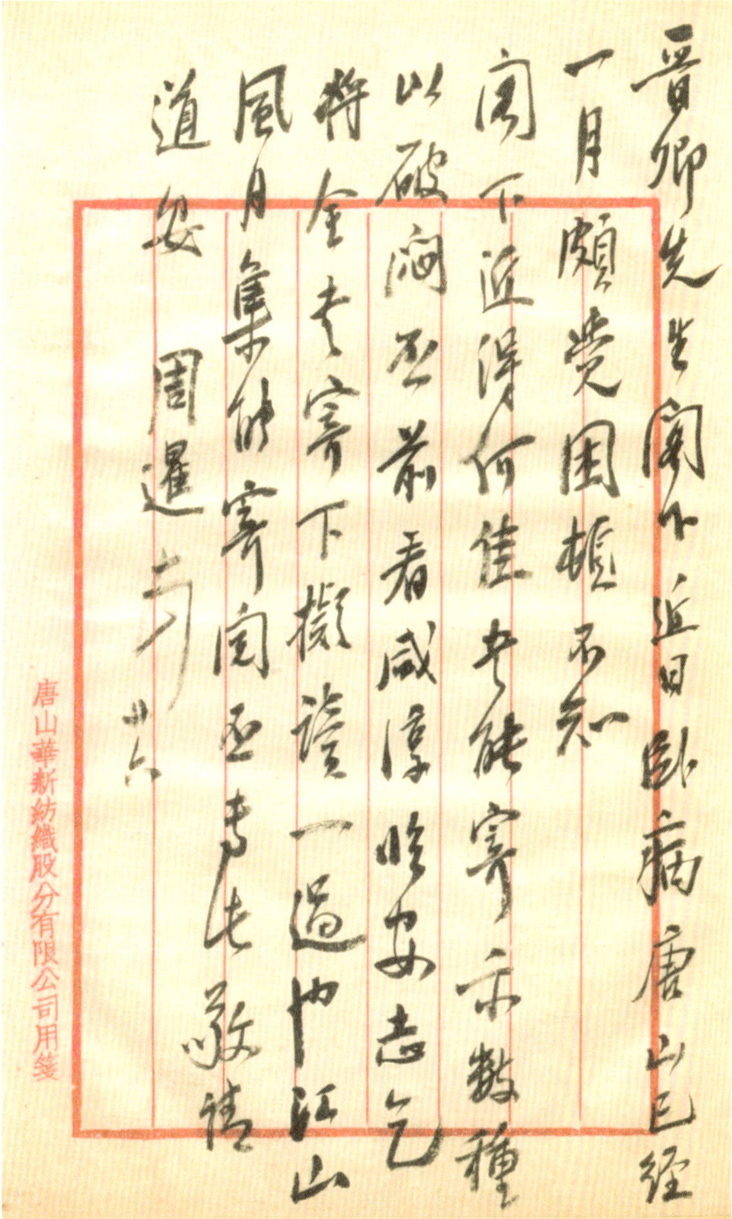
晋卿先生閣下：近日卧病唐山已經
一月，頗覺困頓。不知
閣下近得何佳書，能寄示數種
以破悶否？前看《咸淳臨安志》，乞
將全書寄下，擬讀一過也。《江山
風月集》能寄閱否？專此。敬請
道安。周暹頓首。
廿六
唐山華新紡織股分有限公司用箋

第八四通

晋卿先生閣下：

近日卧病唐山已經一月，頗覺困頓。不知閣下近得何佳書，能寄示數種以破悶否？前看《咸淳臨安志》，乞將全書寄下，擬讀一過也。《江山風月集》能寄閲否？專此。敬請道安。周暹頓首。廿六。

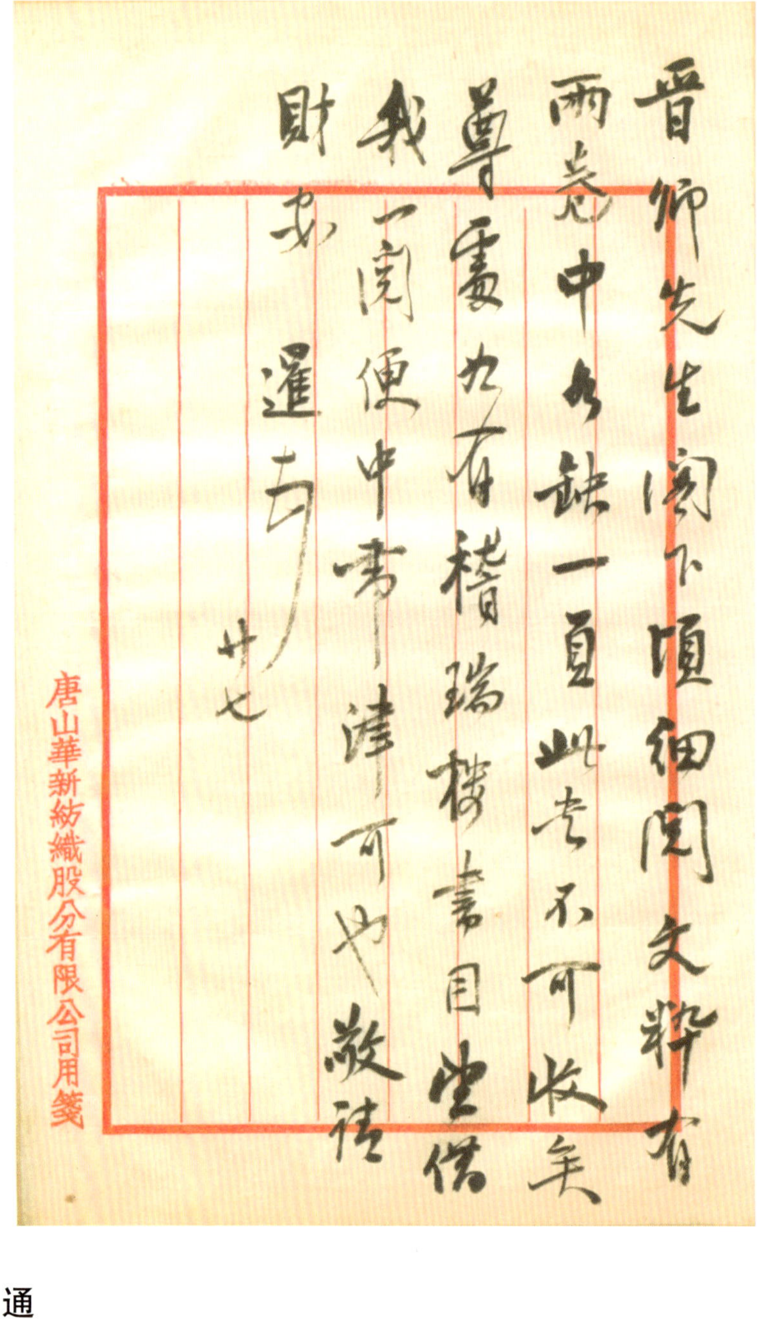
晉卿先生閣下頃細閱文粹有兩卷中各缺一頁此書不可收矣尊處如有稽瑞樓書目望借我一閱便中帶津可也敬請財安暹頓首 廿七
唐山華新紡織股分有限公司用箋

第八五通

晉卿先生閣下：

頃細閱《文粹》，有兩卷中各缺一頁，此書不可收矣。尊處如有《稽瑞樓書目》，望借我一閱，便中帶津可也。敬請財安。暹頓首。廿七。

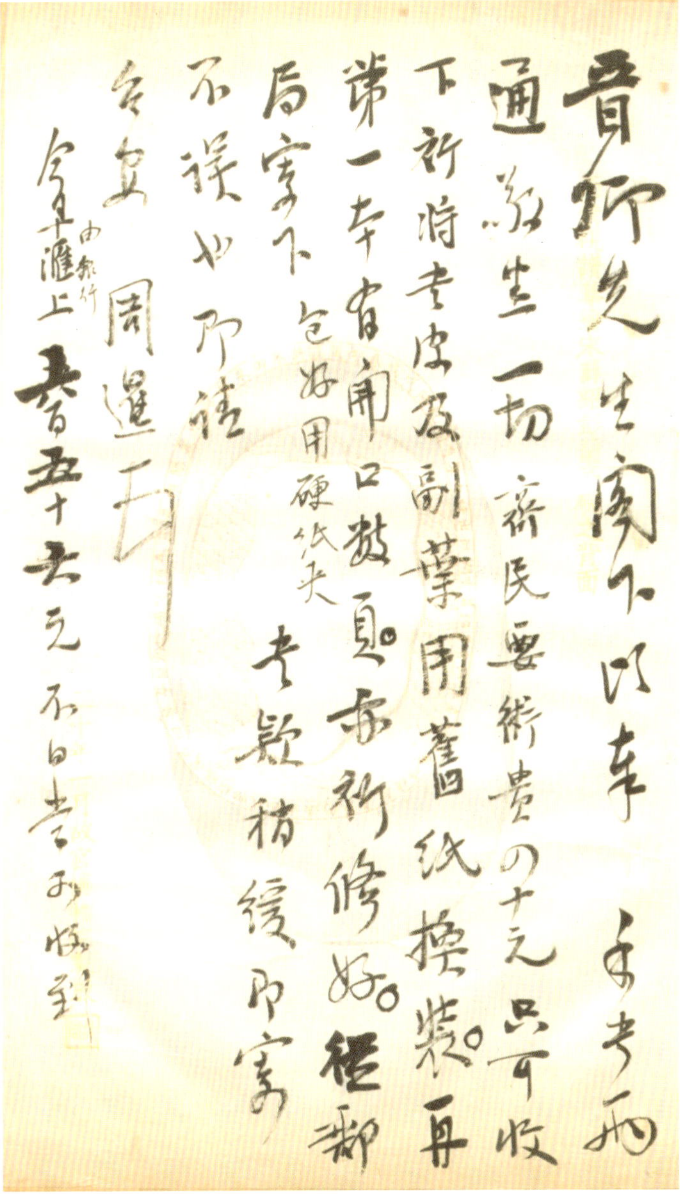

第八六通

晋卿先生閣下：

頃奉手書兩通，敬悉一切。《齊民要術》貴四十元，祇可收下，祈將書皮及副葉用舊紙换裝。再，第一本有開口數頁，亦祈修好，從郵局寄下（包好，用硬紙夾）。書款稍緩即寄不誤也。即請台安。周暹頓首。

今早（由銀行）匯上六百五十六元，不日當可收到。

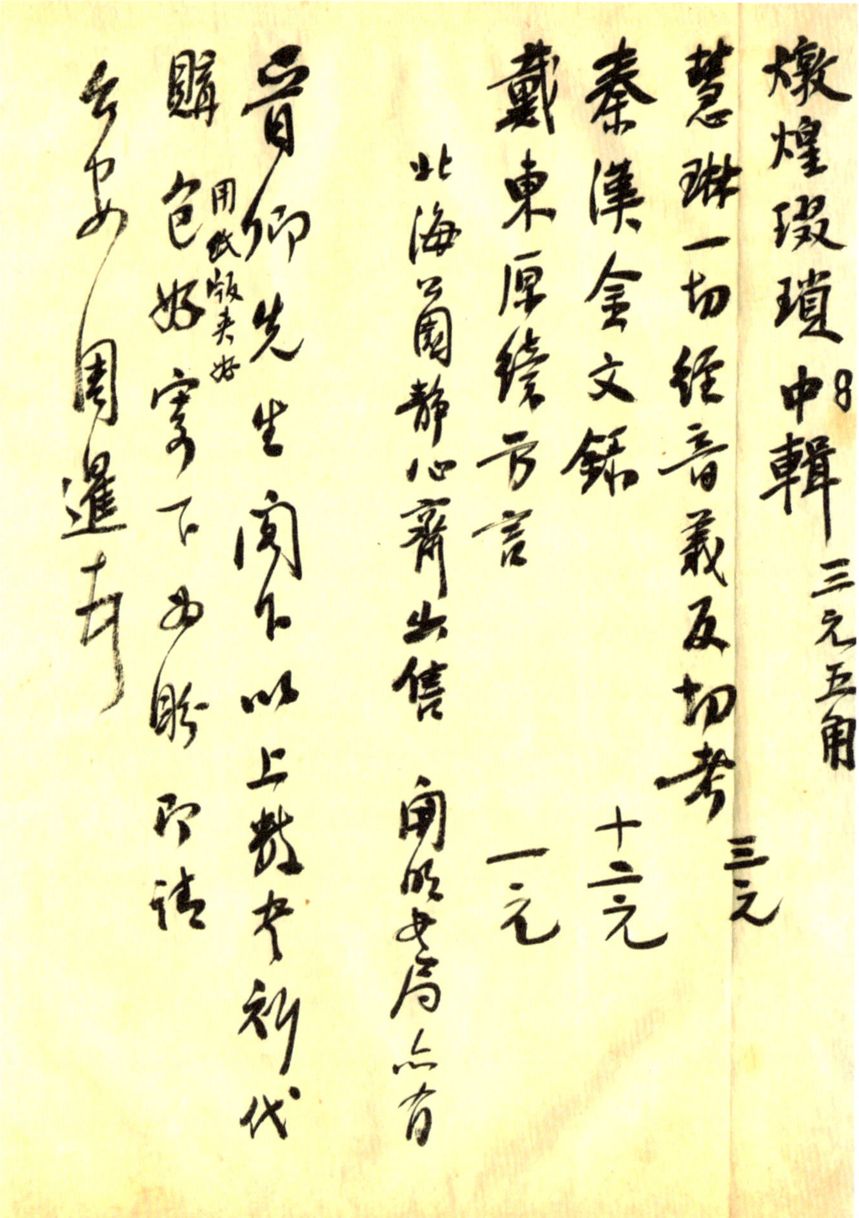
燉煌瑣瑣中輯 三元五角
慧琳一切經音義反切考 三元
秦漢金文錄 十二元
戴東原續方言 一元
北海公園靜心齋出售 開明書局亦有
晉卿先生閣下以上數書祈代
購包好（用紙版夾好）寄下爲盼即請
台安 周暹頓首

第八七通

《敦煌瓊瑣》（中輯）三元五角，慧琳《一切經音義反切考》三元，《秦漢金文録》十二元，戴東原《續方言》一元。北海公園静心齋出售，開明書局亦有。

晋卿先生閣下，以上數書祈代購，包好（用紙版夾好）寄下爲盼。即請台安。周暹頓首。

明年廠甸恐不能來游翰
苑新書開年仍祈寄下為
荷
晉卿先生閣下　遲頓首
王先生
濂溪周元公

第八八通

明年廠甸恐不能來游。《翰苑新書》開年仍祈寄下爲荷。晉卿先生閣下。遲頓首。王先生。

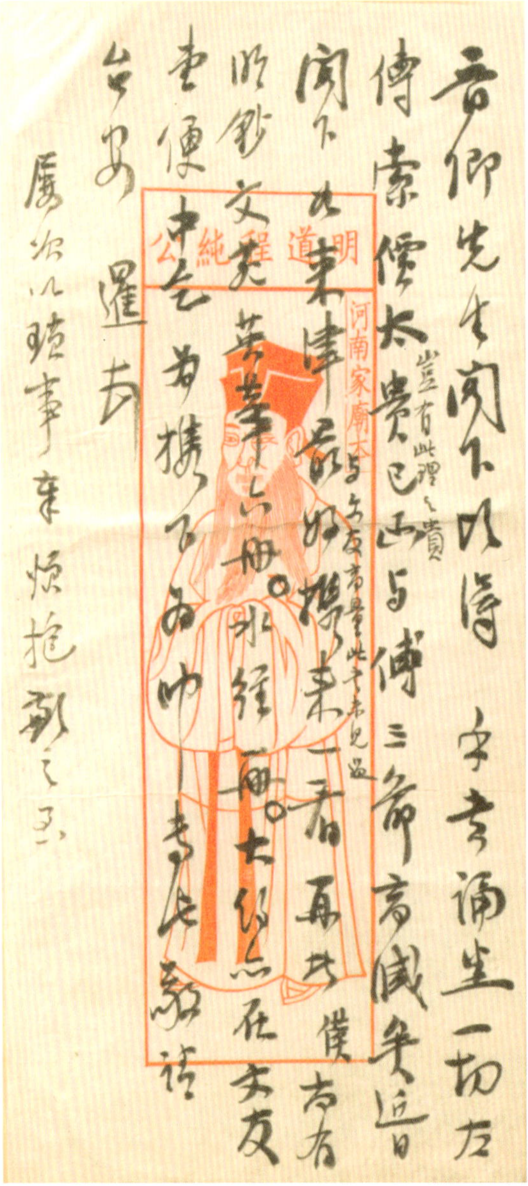
晋卿先生閣下頃得手書誦悉一切左
傳索價太貴（豈有此理之貴）已函與傅三爺商減矣近
日閣下如來津最好携來一看（與文友商量此書未見過）再者僕尚有
明鈔文苑英華六册。水經一册。大約亦在文友
堂便中乞爲携下爲叩專此敬請
台安　暹頓首
屢次以瑣事奉煩抱歉之至

第八九通

晋卿先生閣下：

頃得手書，誦悉一切。《左傳》索價太貴（豈有此理之貴），已函與傅三爺商減矣。近日閣下如來津，最好携來一看（與文友商量，此書未見過）。再者，僕尚有明鈔《文苑英華》六册、《水經》一册，大約亦在文友堂，便中乞爲携下爲叩。專此。敬請台安。暹頓首。

屢次以瑣事奉煩，抱歉之至。

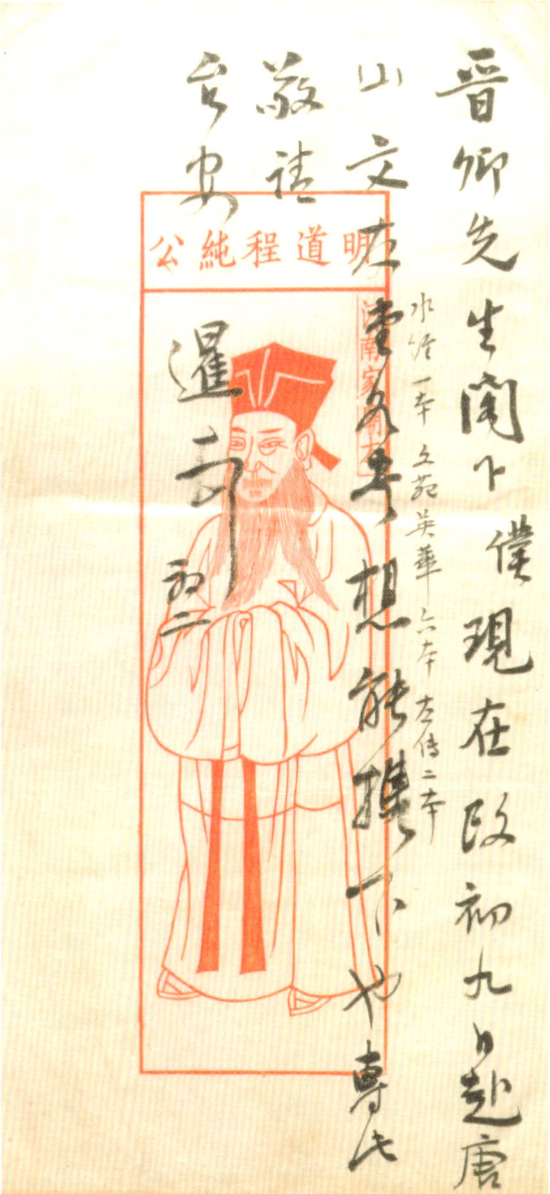

第九〇通

晋卿先生閣下:

僕現在改初九日赴唐山。文友堂各書(《水經》一本、《文苑英華》六本、《左傳》二本),想能携下也。專此。敬請台安。暹頓首。初二。

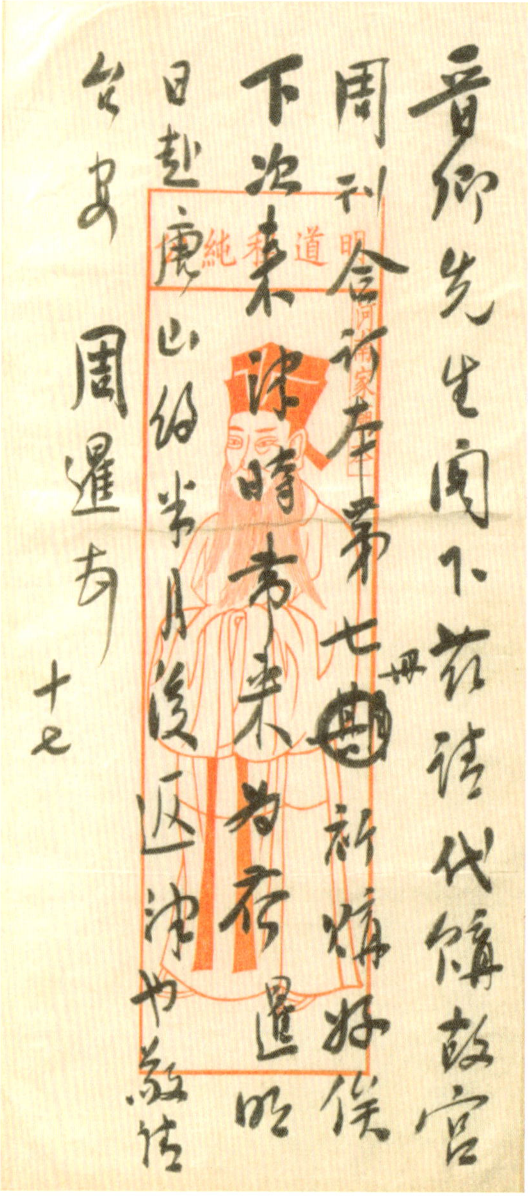
晉卿先生閣下：茲請代購故宮周刊合訂本第七冊，祈購好，俟下次來津時帶來為荷。遲明日赴唐山，約半月後返津也。敬請台安。周暹頓首。十七

第九一通

晉卿先生閣下：

茲請代購《故宫周刊》合訂本第七册，祈購好，俟下次來津時帶來爲荷。暹明日赴唐山，約半月後返津也。敬請台安。周暹頓首。十七。

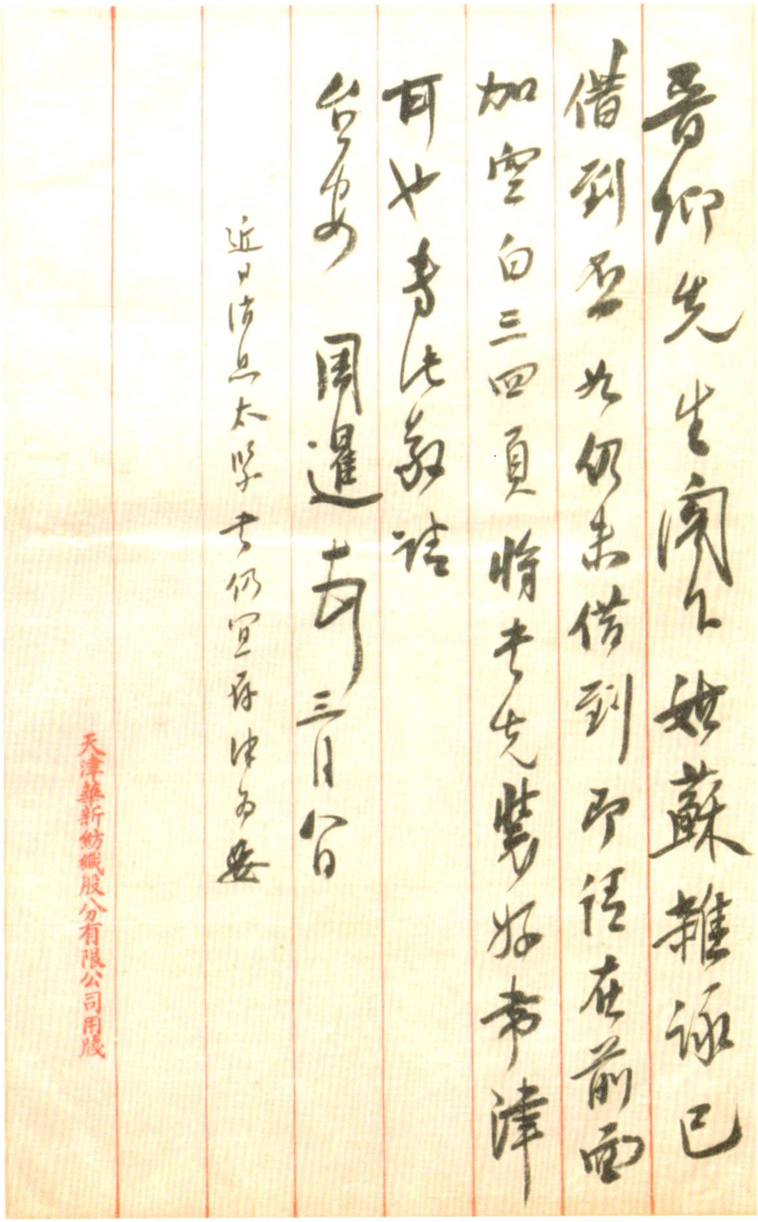
晉卿先生閣下：姑蘇雜詠已
借到否？如仍未借到，即請在前面
加空白三四頁，將書先裝好帶津
可也。專此。敬請
台安 周暹頓首 三月八日
近日消息太緊，書仍宜存津爲要
天津華新紡織股份有限公司用箋

第九二通

晉卿先生閣下：

《姑蘇雜咏》已借到否？如仍未借到，即請在前面加空白三四頁，將書先裝好帶津可也。專此。敬請台安。周暹頓首。三月八日。

近日消息太緊，書仍宜存津爲要。

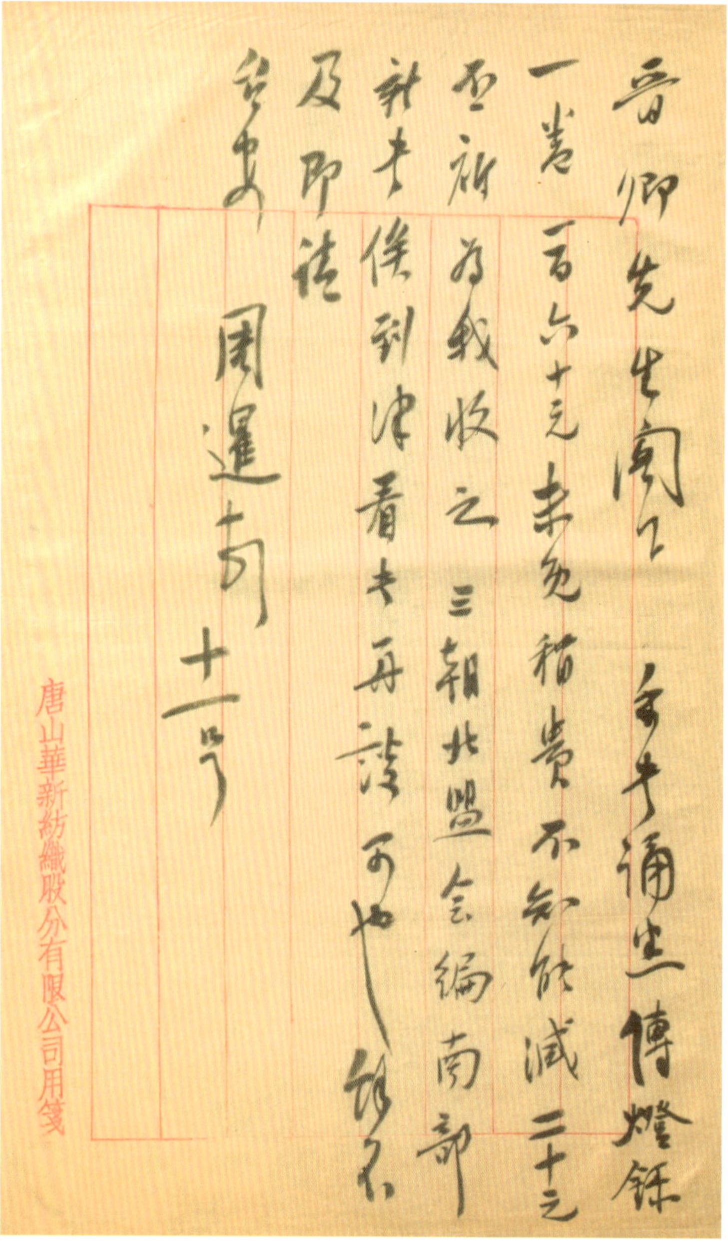

第九三通

晋卿先生閣下：

手書誦悉。《傳燈録》一卷一百六十元，未免稍貴，不知能減二十元否？祈爲我收之。《三朝北盟會編》《南部新書》俟到津看書再談可也。餘不及。即請台安。周暹頓首。十一號。

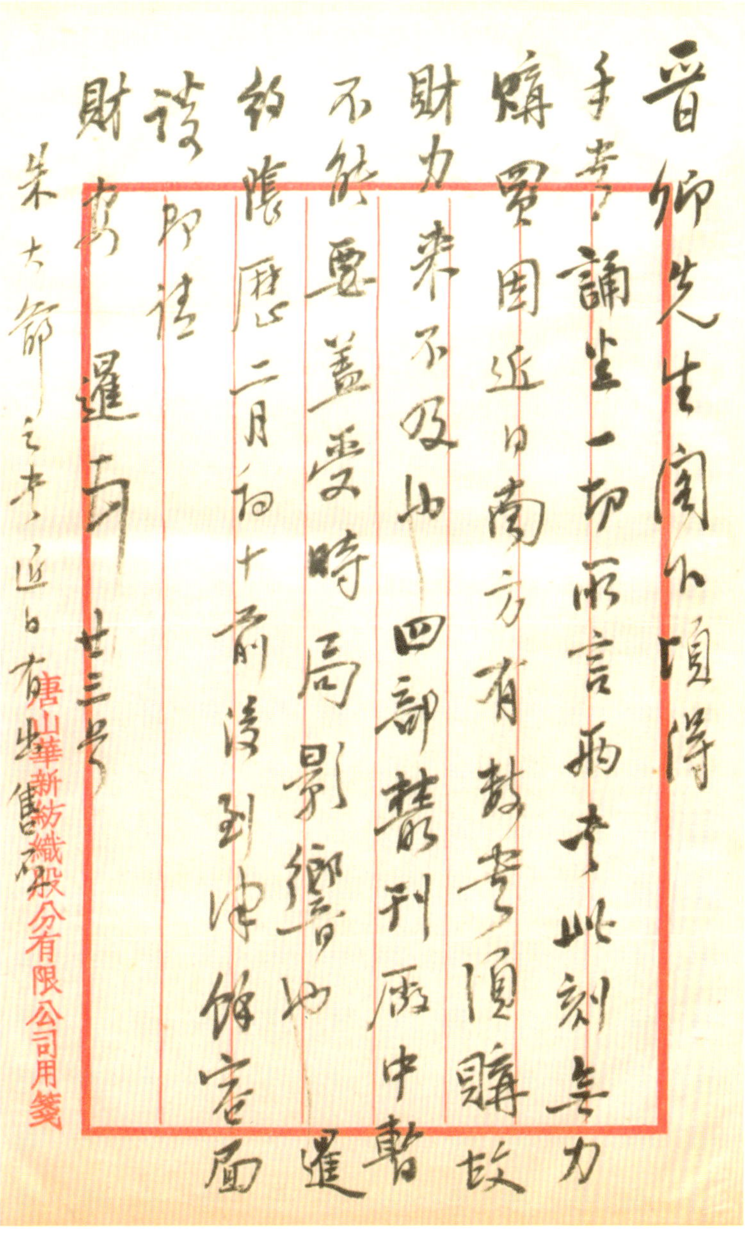
晉卿先生閣下頃得
手書誦悉一切所言兩書此刻無力
購買因近日南方有數書須購故
財力來不及也　四部叢刊廠中暫
不能要蓋受時局影響也　暹
約陰歷二月初十前後到津餘容面
談即請
財安　暹頓首　廿三號
朱大爺之書近日有出售否
唐山華新紡織股分有限公司用箋

第九四通

晉卿先生閣下：

頃得手書，誦悉一切。所言兩書此刻無力購買，因近日南方有數書須購，故財力來不及也。《四部叢刊》廠中暫不能要，蓋受時局影響也。暹約陰曆二月初十前後到津，餘容面談。即請財安。暹頓首。廿三號。

朱大爺之書近日有出售否？

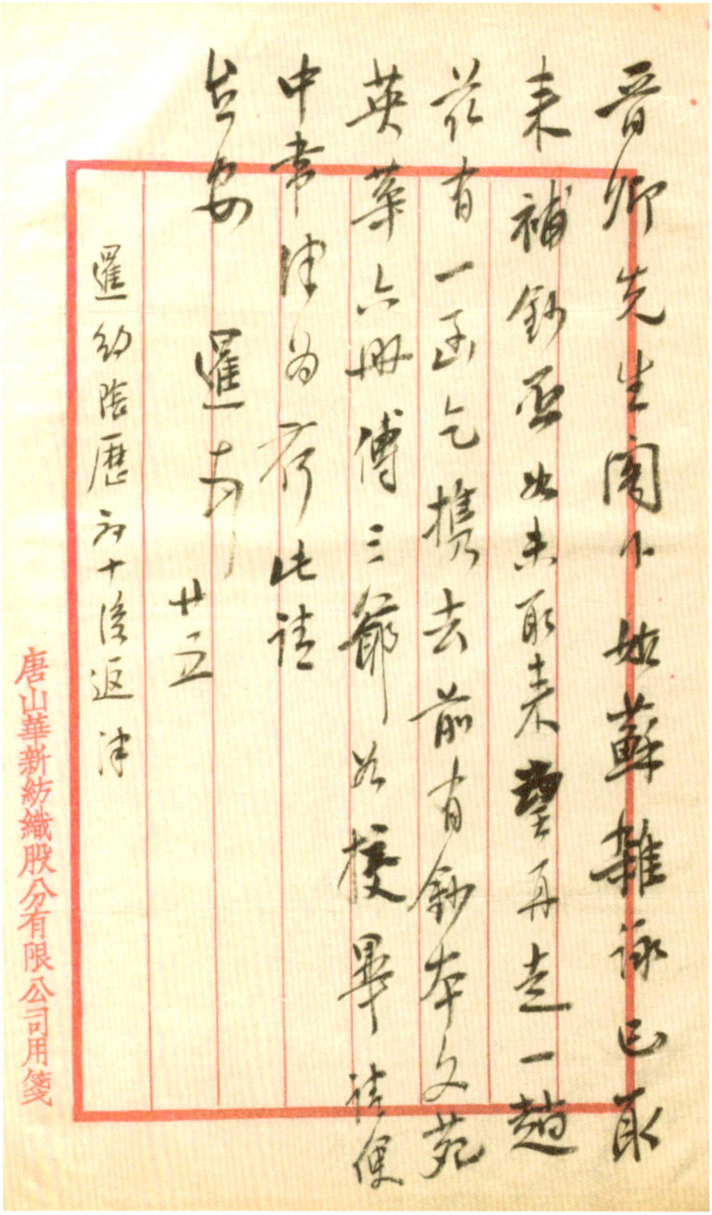

第九五通

晉卿先生閣下：

《姑蘇雜咏》已取來補鈔否？如未取來，望再走一趟。茲有一函，乞携去。前有鈔本《文苑英華》六册，傅三爺如校畢，請便中帶津爲荷。此請台安。暹頓首。廿五。

暹約陰曆初十後返津。

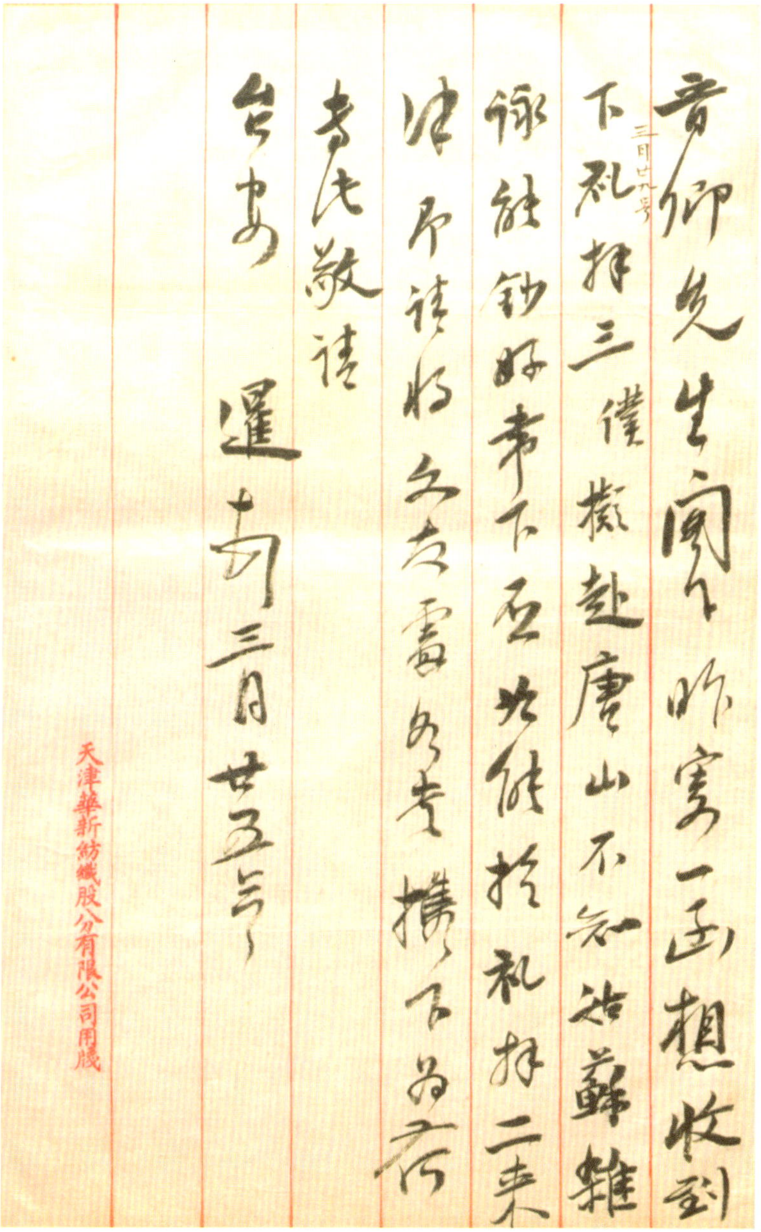
晉卿先生閣下：昨寄一函，想收到。下禮拜三（三月廿九號）僕擬赴唐山，不知《姑蘇雜詠》能鈔好帶下否？如能於禮拜二來津，即請將文友處各書携下為荷。專此。敬請台安。暹頓首。三月廿五號。

天津華新紡織股分有限公司用牋

第九六通

晉卿先生閣下：

昨寄一函，想收到。下禮拜三（三月廿九號），僕擬赴唐山，不知《姑蘇雜咏》能鈔好帶下否？如能於禮拜二來津，即請將文友處各書携下爲荷。專此。敬請台安。暹頓首。三月廿五號。

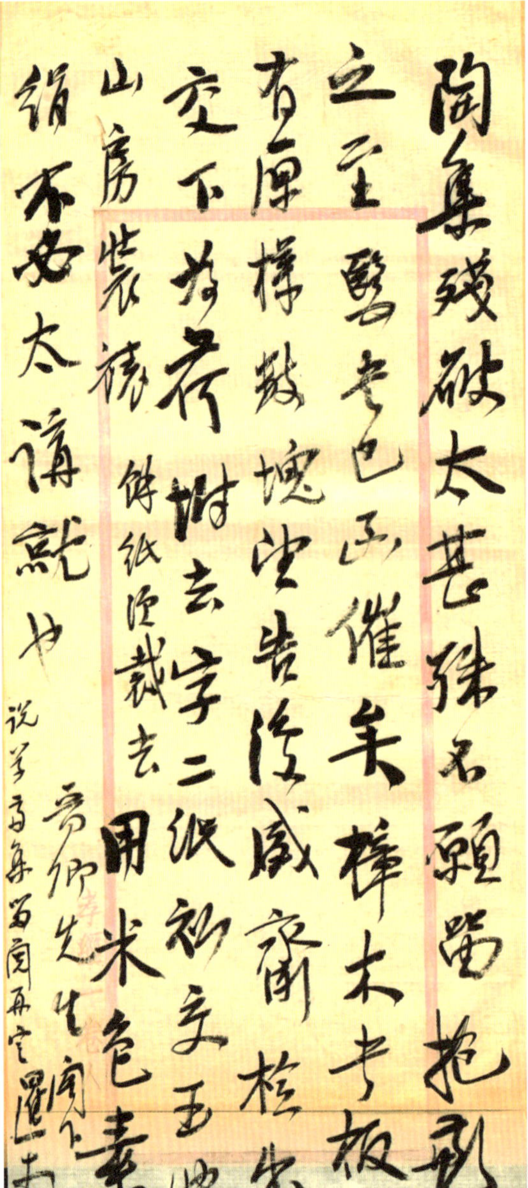

第九七通

《陶集》殘破太甚，殊不願留，抱歉之至。醫書已函催矣。樟木書板尚有原樣數塊，望告復盛齋檢出交下爲荷。附去字二紙，祈交玉池山房裝裱（餘紙須裁去），用米色素絹，不必太講就也。晋卿先生閣下。暹頓首。

《説學齋集》留閲再定。

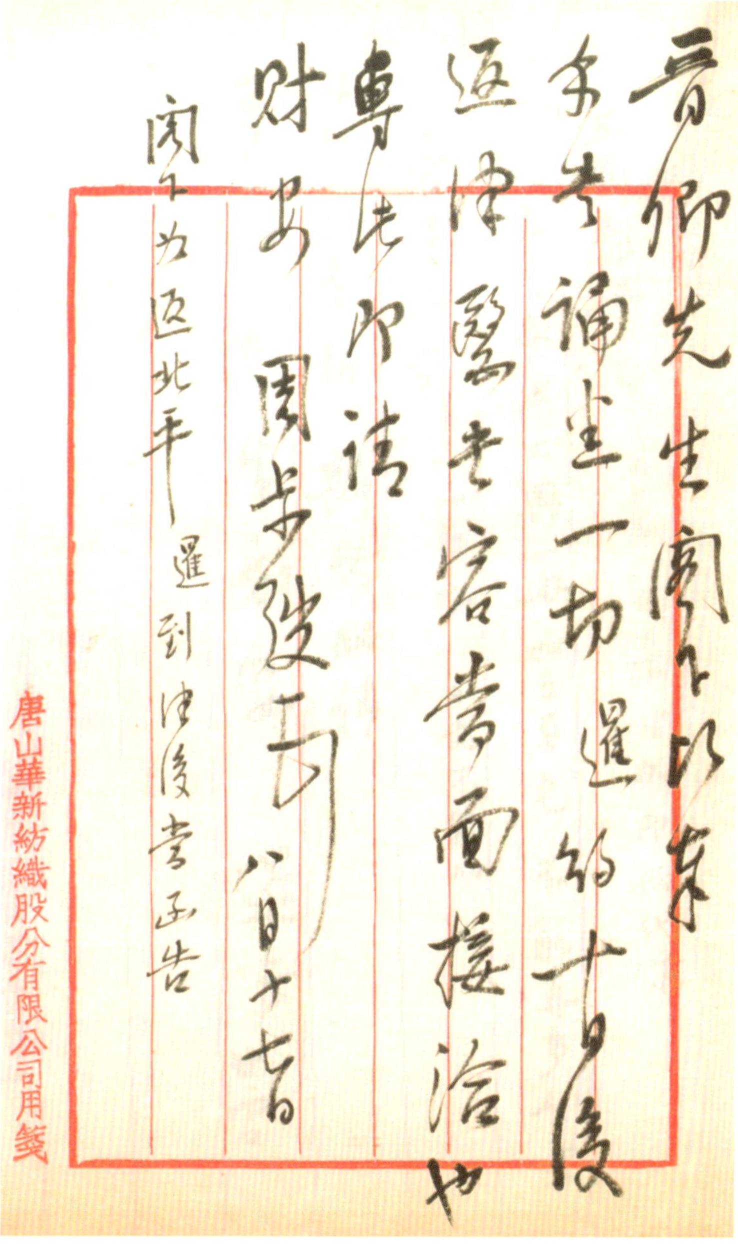
晉卿先生閣下頃奉
手書誦悉一切暹約十日後
返津醫書容當面接洽也
專此即請
財安 周叔弢頓首 八月十七日
閣下如返北平暹到津後當函告
唐山華新紡織股分有限公司用箋

第九八通

晉卿先生閣下：

頃奉手書，誦悉一切。暹約十日後返津，醫書容當面接洽也。專此。即請財安。周叔弢頓首。八月十七日。

閣下如返北平，暹到津後當函告。

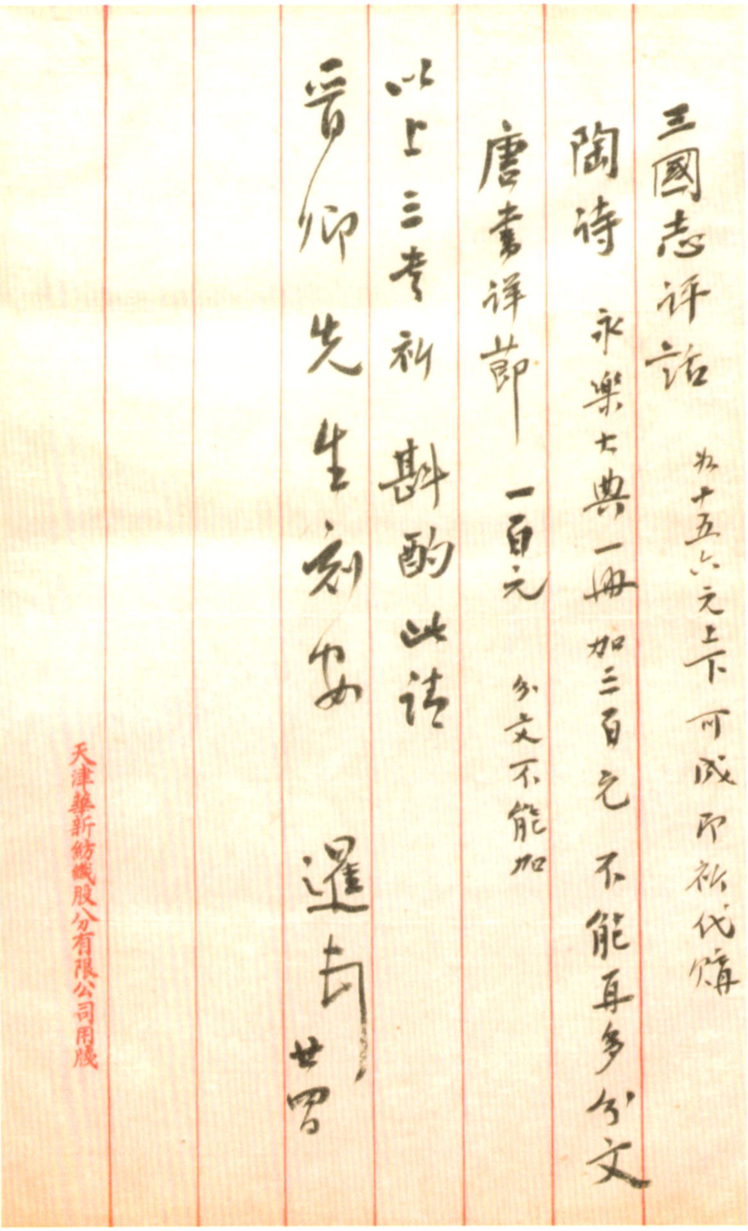
三國志評話　如十五六元上下可成即祈代購
陶詩　永樂大典一册加三百元不能再多分文
唐書詳節　一百元　分文不能加
以上三書祈斟酌此請
晉卿先生刻安
暹頓首　廿四日
天津華新紡織股分有限公司用牋

第九九通

《三國志評話》(如十五六元上下可成,即祈代購)。《陶詩》(《永樂大典》一册,加三百元,不能再多分文)。《唐書詳節》(一百元,分文不能加)。以上三書祈斟酌。此請晉卿先生刻安。暹頓首。廿四日。

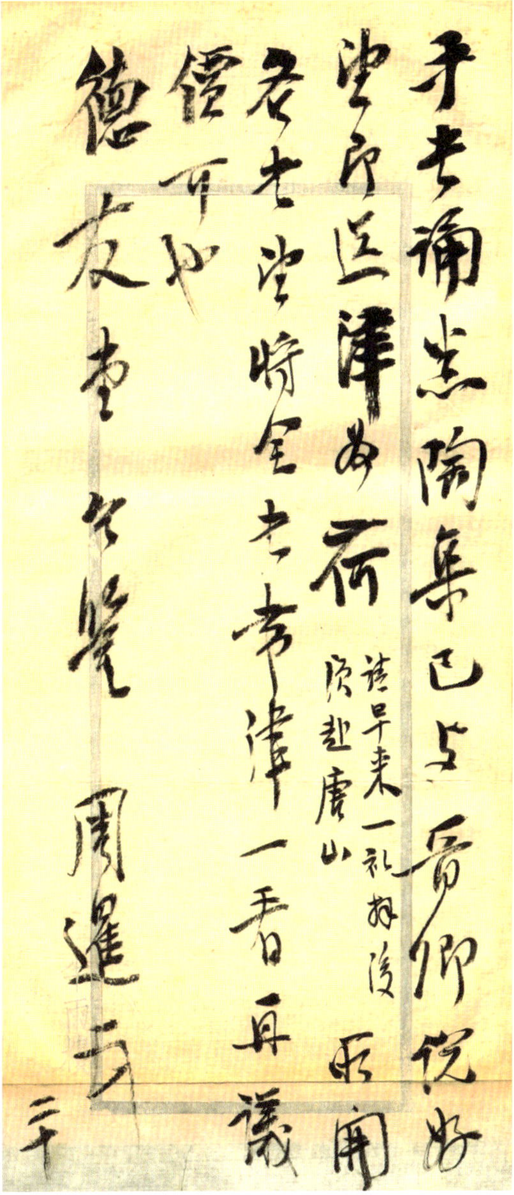

第一〇〇通

手書誦悉。《陶集》已與晋卿説好，望即送津爲荷（請早來，一禮拜後須赴唐山）。所開各書，望將全書帶津一看，再議價可也。德友堂台鑒。周暹頓首。二十。

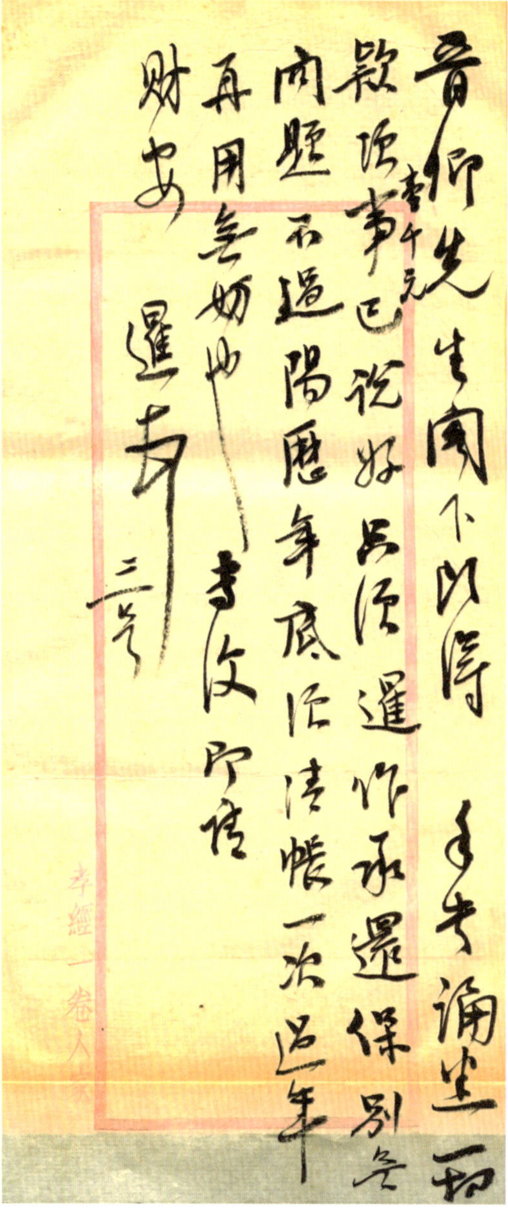

第一〇一通

晉卿先生閣下：

頃得手書，誦悉一切。款項事（壹千元）已説好，祗須暹作承還保，别無問題，不過陽曆年底須清帳一次，過年再用無妨也。專復。即請財安。暹頓首。三號。

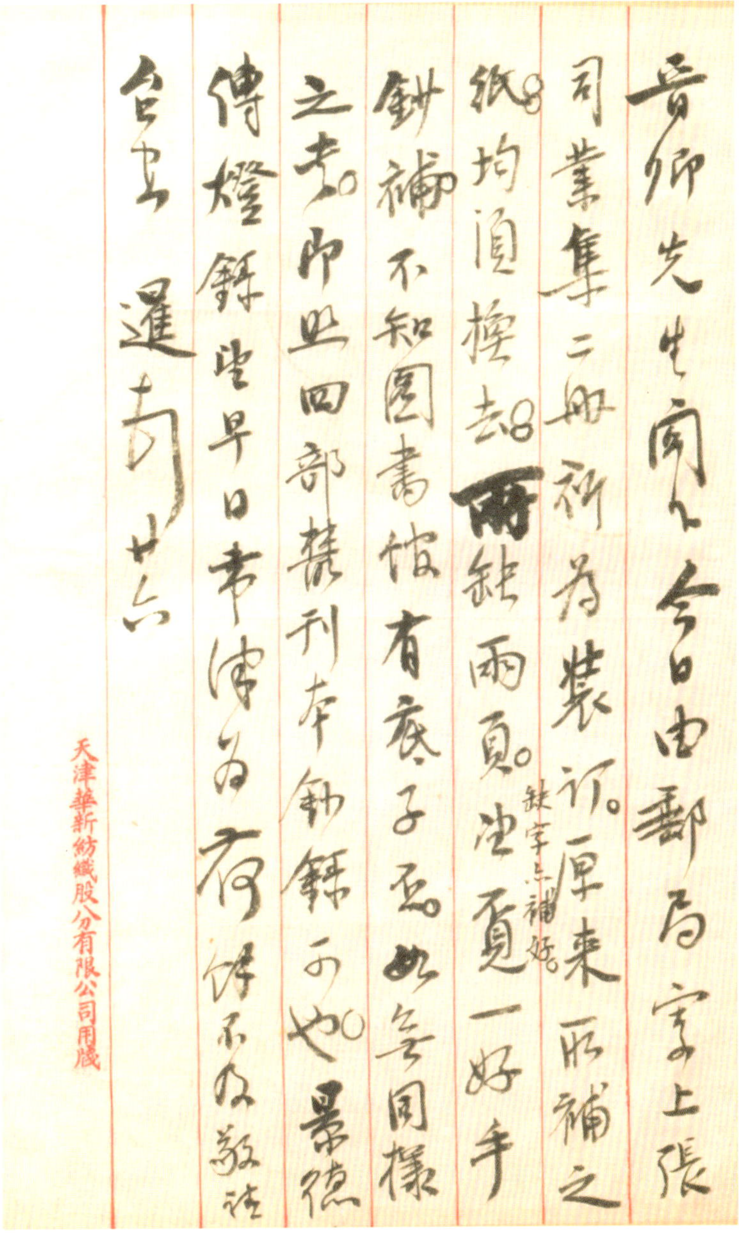
晉卿先生閣下：今日由郵局寄上張
司業集二册，祈爲裝訂。原來所補之
紙，均須换去。所缺兩頁，望覓一好手
鈔補（缺字亦補好），不知圖書館有底子否？如無同樣
之書，即照四部叢刊本鈔録可也。景德
傳燈録望早日帶津爲荷。餘不及。敬請
台安。暹頓首。廿六
天津華新紡織股分有限公司用箋

第一〇二通

晉卿先生閣下：

今日由郵局寄上《張司業集》二册，祈爲裝訂。原來所補之紙，均須换去。所缺兩頁，望覓一好手鈔補（缺字亦補好），不知圖書館有底子否？如無同樣之書，即照《四部叢刊》本鈔録可也。《景德傳燈録》望早日帶津爲荷。餘不及。敬請台安。暹頓首。廿六。

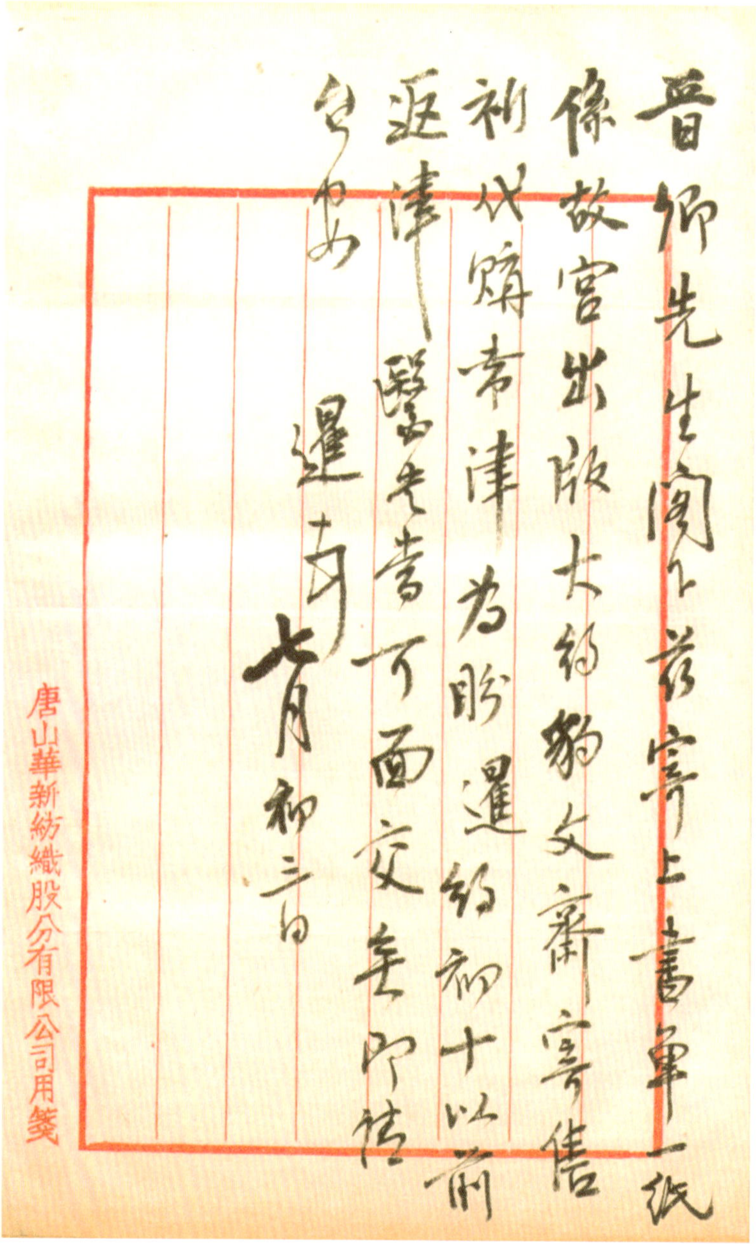
晋卿先生閣下
茲寄上書單一紙
係故宮出版大約豹文齋寄售
祈代購帶津為盼暹約初十以前
返津醫書當可面交矣即請
台安
暹頓首
七月初三日
唐山華新紡織股分有限公司用箋

第一〇三通

晋卿先生閣下：

茲寄上書單一紙，係故宮出版，大約豹文齋寄售，祈代購帶津爲盼。暹約初十以前返津，醫書當可面交矣。即請台安。暹頓首。七月初三日。

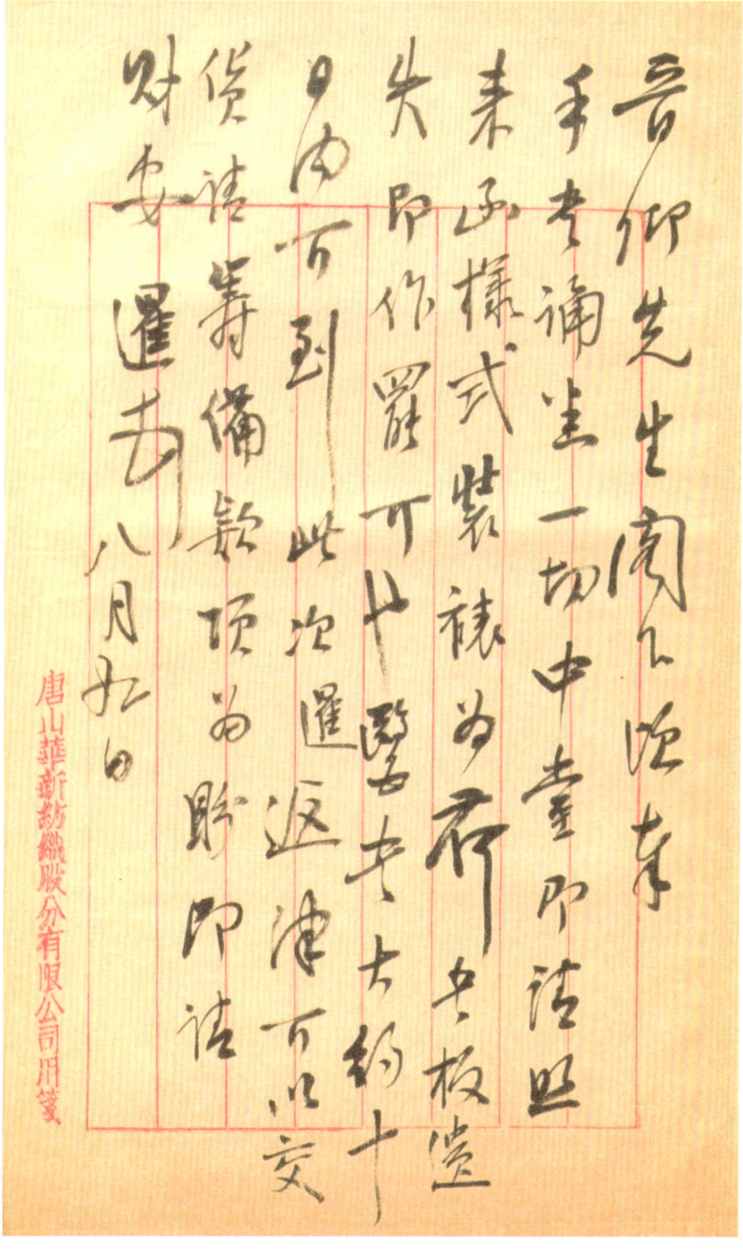
晋卿先生閣下：頃奉手書，誦悉一切。中堂即請照來函樣式裝裱爲荷。書板遺失即作罷可也。醫書大約十日内可到。此次暹返津，可以交貨，請籌備款項爲盼。即請財安。暹頓首。八月九日
唐山華新紡織股分有限公司用箋

第一〇四通

晋卿先生閣下：

頃奉手書，誦悉一切。中堂即請照來函様式裝裱爲荷。書板遺失即作罷可也。醫書大約十日内可到。此次暹返津，可以交貨，請籌備款項爲盼。即請財安。暹頓首。八月九日。

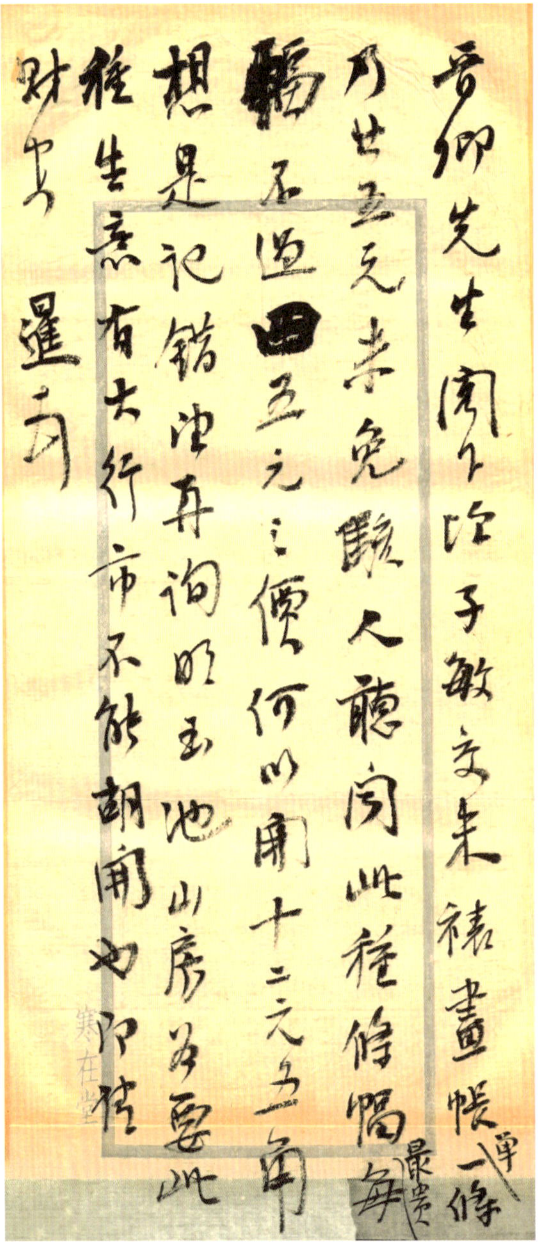

第一〇五通

晋卿先生閣下：

頃子敏交來裱畫帳單一條，乃廿五元，未免駭人聽聞。此種條幅最貴每幅不過四五元之價，何以開十二元五角？想是記錯，望再詢明玉池山房爲要。此種生意有大行市，不能胡開也。即請財安。暹頓首。

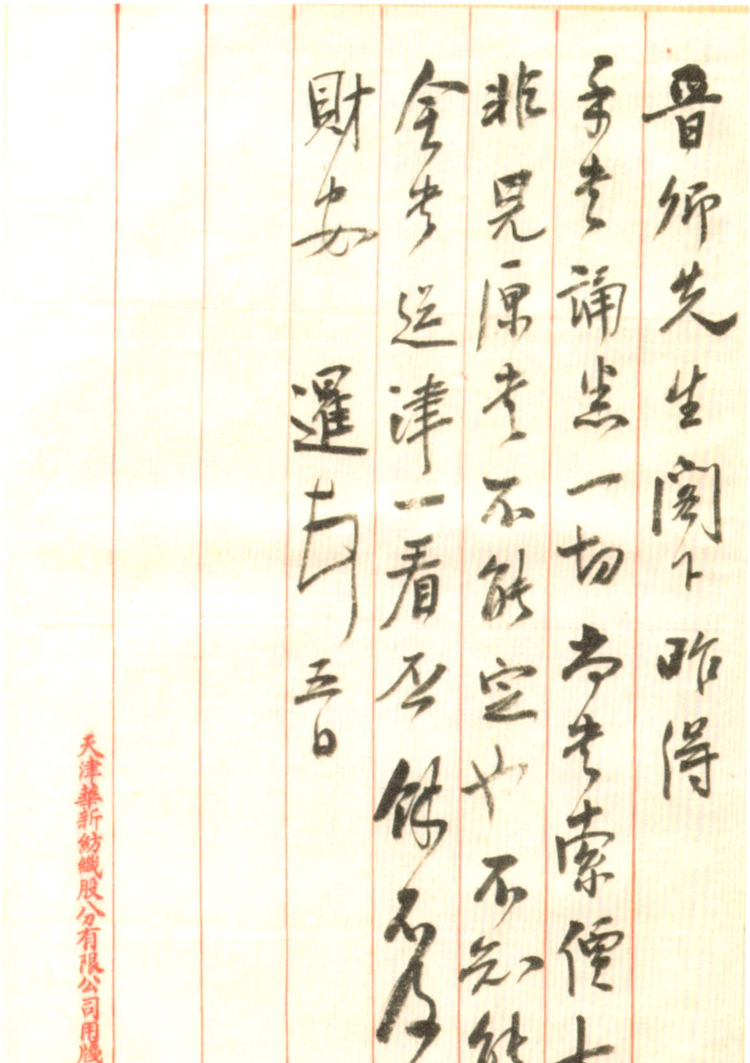
晉卿先生閣下：昨得
手書，誦悉一切。尚書索價太貴，
非見原書不能定也，不知能將
全書送津一看否？餘不及。即請
財安。暹頓首。五日。

天津華新紡織股份有限公司用箋

第一〇六通

晋卿先生閣下：

昨得手書，誦悉一切。《尚書》索價太貴，非見原書不能定也，不知能將全書送津一看否？餘不及。即請財安。暹頓首。五日。

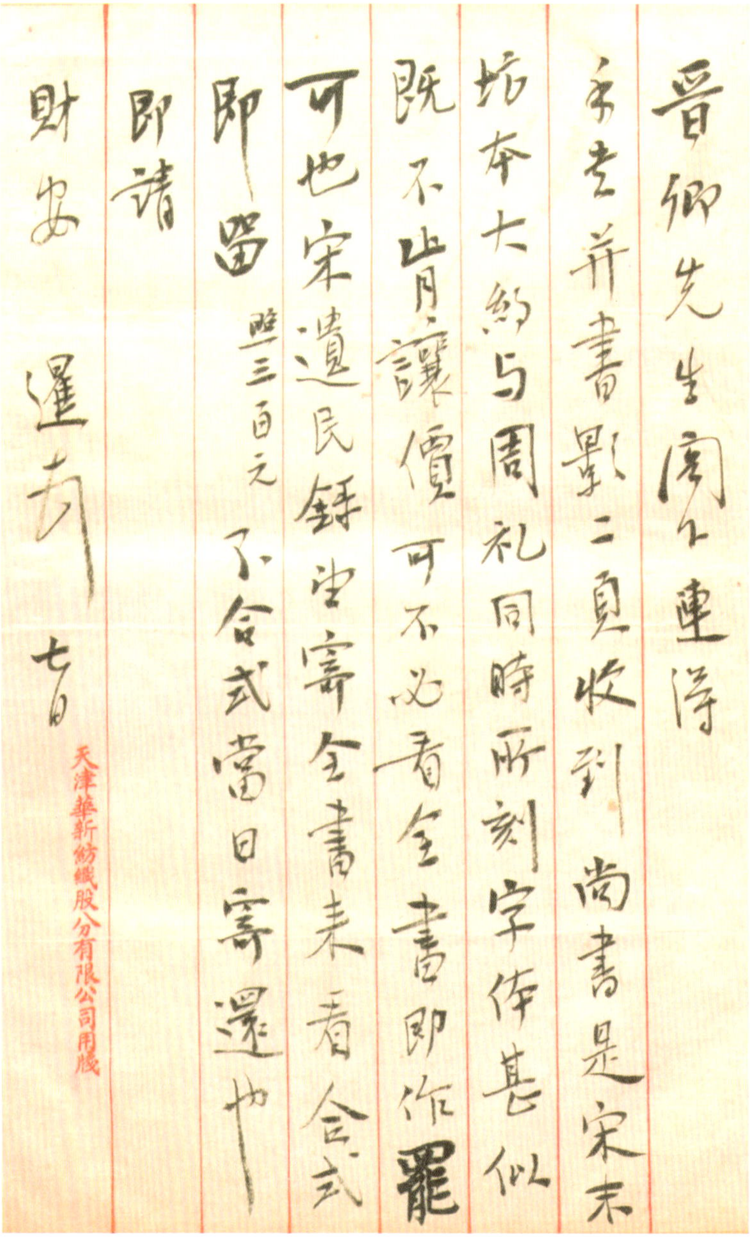

晉卿先生閣下連得
手書并書影二頁收到尚書是宋末
坊本大約与周礼同時所刻字体甚似
既不肯讓價可不必看全書即作罷
可也宋遺民録望寄全書來看合式
即留 照三百元 不合式當日寄還也
即請
財安 遲頓首 七日

第一〇七通

晉卿先生閣下:

連得手書并書影二頁收到。《尚書》是宋末坊本,大約與《周禮》同時所刻,字體甚似,既不肯讓價,可不必看全書,即作罷可也。《宋遺民録》望寄全書來看,合式即留(照三百元),不合式當日寄還也。即請財安。遲頓首。七日。

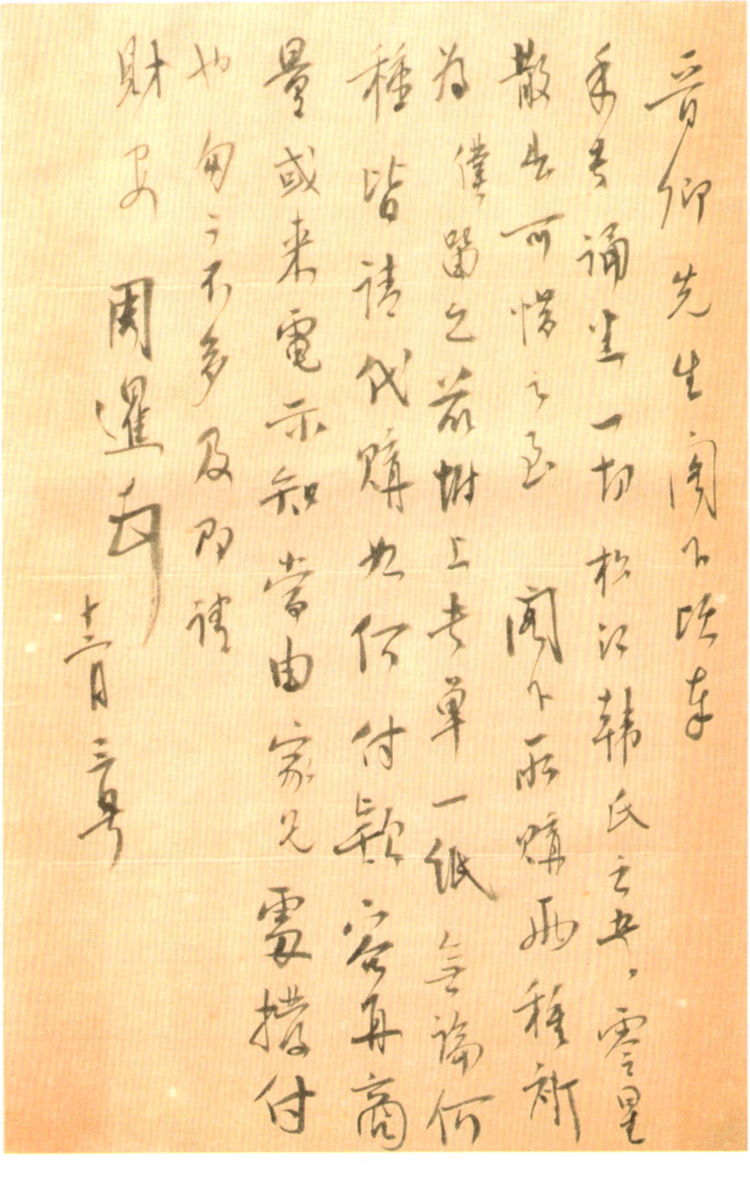

第一〇八通

晋卿先生閣下:

頃奉手書,誦悉一切。松江韓氏之書,零星散出,可惜之至。閣下所購兩種,祈爲僕留之。兹附上書單一紙,無論何種,皆請代購,如何付款,容再商量或來電示知,當由家兄處撥付也。匆匆不多及。即請財安。周暹頓首。十二月三號。

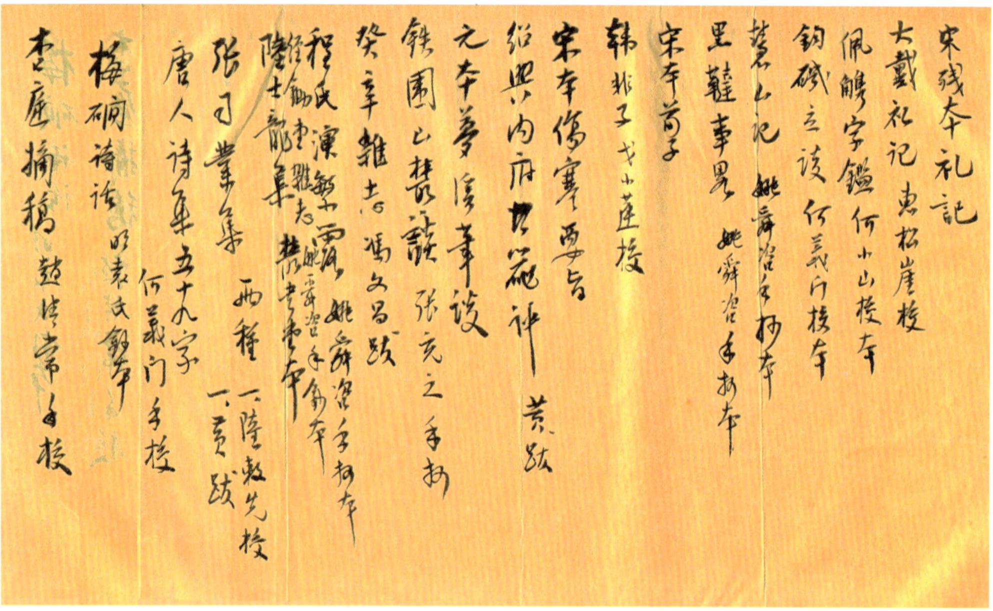
宋殘本禮記
大戴禮記 惠松崖校
佩觿 字鑑 何小山校本
釣磯立談 何義門校本
慧山記 姚舜咨手抄本
黑韃事略 姚舜咨手抄本
宋本荀子
韓非子 戈小蓮校
宋本傷寒要旨
紹興內府古器評 黃跋
元本夢溪筆談
鐵圍山叢談 張充之手抄
癸辛雜志 馮文昌跋
程氏演繁露 姚舜咨手抄本
經鋤堂雜志 姚舜咨手抄本
陸士龍集 叢書堂本
張司業集 兩種 一陸敕先校 一黃跋
唐人詩集五十九家 何義門手校
梅磵詩話 明袁氏鈔本
杏庭摘稿 趙清常手校

（附書單）

宋殘本《禮記》，《大戴禮記》（惠松崖校），《佩觿》《字鑑》（何小山校本），《釣磯立談》（何義門校本），《慧山記》（姚舜咨手鈔本），《黑韃事略》（姚舜咨手鈔本），宋本《荀子》，《韓非子》（戈小蓮校），宋本《傷寒要旨》，《紹興内府古器評》（黄跋），元本《夢溪筆談》，《鐵圍山叢談》（張充之手鈔），《癸辛雜志》（馮文昌跋），《程氏演繁露》（姚舜咨手鈔本），《經鋤堂雜志》（姚舜咨手鈔本），《陸士龍集》（叢書堂本），《張司業集》兩種（一陸敕先校，一黄跋），《唐人詩集》五十九家（何義門手校），《梅磵詩話》（明袁氏鈔本），《杏庭摘稿》（趙清常手校）。

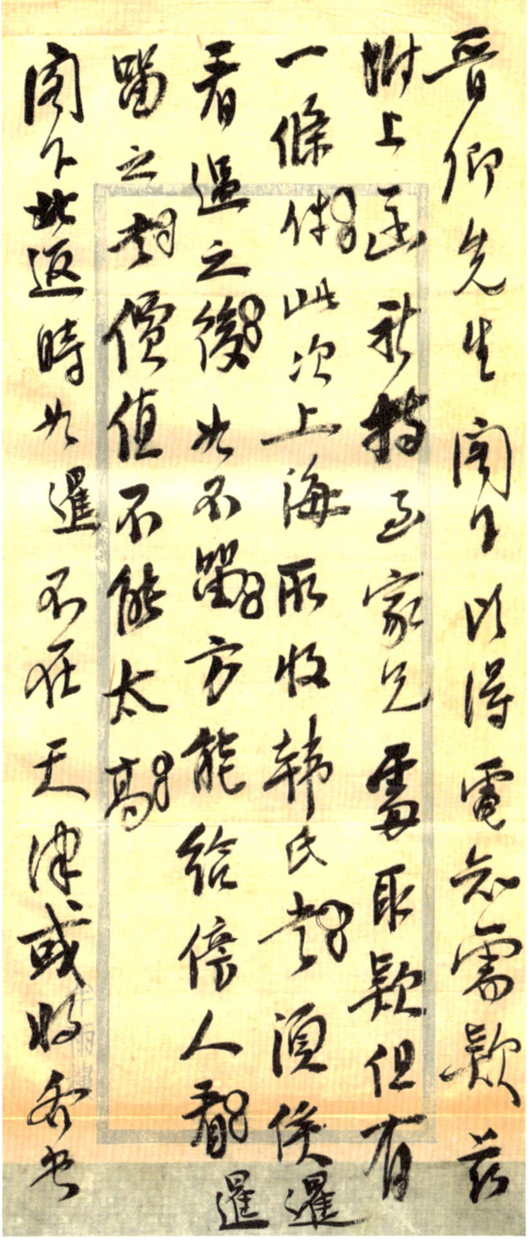
晉卿先生閣下：頃得電知需款，茲附上函，祈持至家兄處取款，但有一條件：此次上海所收韓氏書，須俟暹看過之後，如不留，方能給旁人看。暹留之書，價值不能太高。閣下北返時，如暹不在天津，或將各書送至唐山亦可也

第一〇九通

晉卿先生閣下：

頃得電，知需款。茲附上函，祈持至家兄處取款，但有一條件：此次上海所收韓氏書，須俟暹看過之後，如不留，方能給旁人看。暹留之書，價值不能太高。閣下北返時，如暹不在天津，或將各書送至唐山亦可也。餘不及。即請財安。暹頓首。十二月十日。

已收之書，望隨時函告細目并價值。

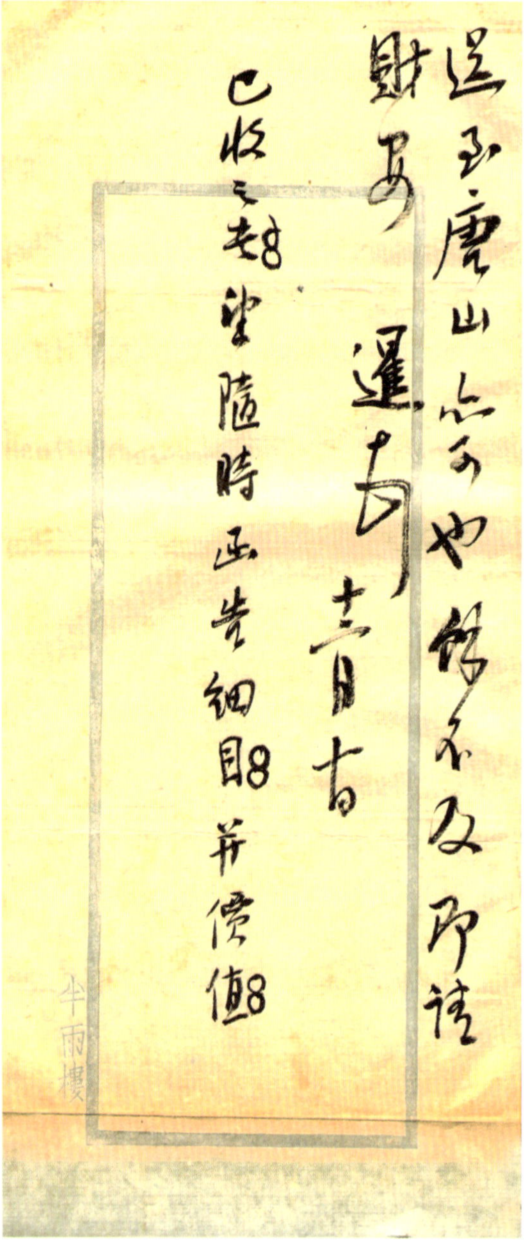
送至唐山亦可也餘不及即請
財安　遲頓首
十二月十日
已收之書望隨時函告細目并價值

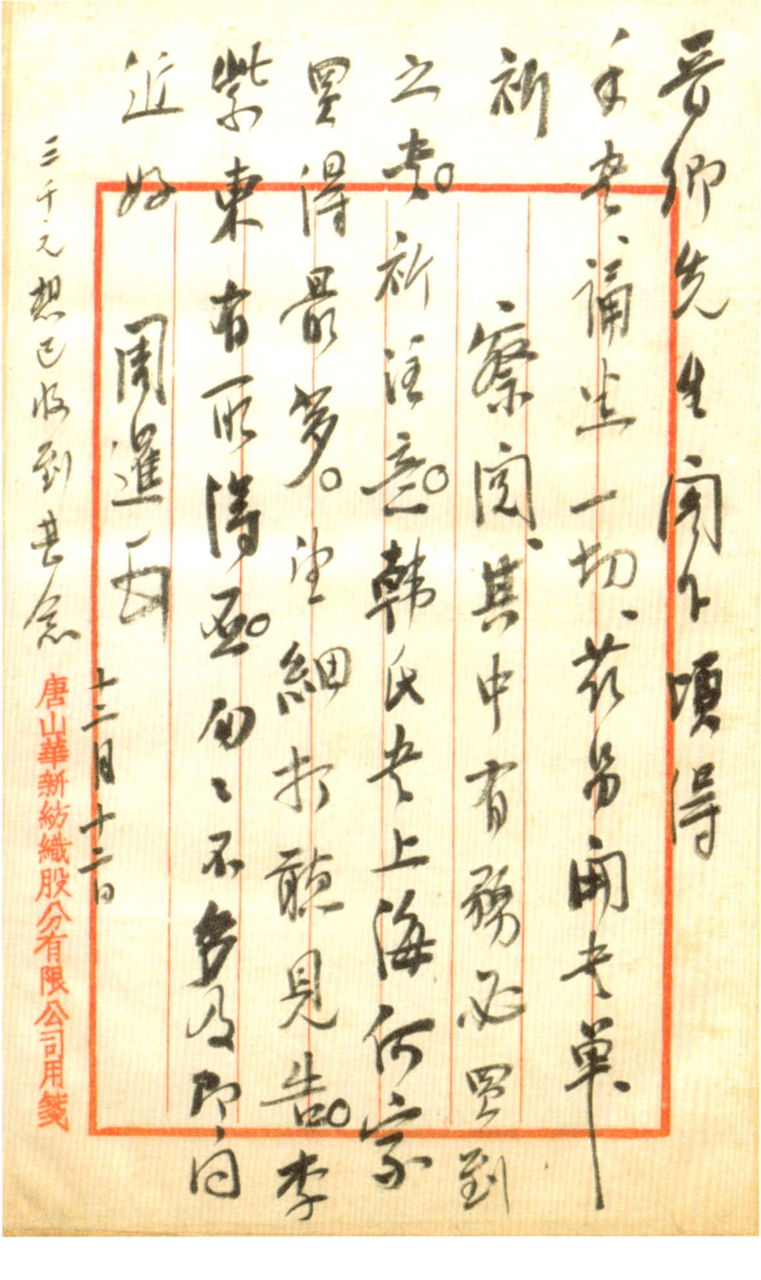
晉卿先生閣下頃得
手書誦悉一切茲另開書單
祈
察閱其中有務必買到
之書祈注意韓氏書上海何家
買得最多望細打聽見告李
紫東有所得否匆匆不多及即問
近好
周暹頓首
十二月十二日
三千元想已收到甚念
唐山華新紡織股分有限公司用箋

第一一〇通

晉卿先生閣下：

頃得手書，誦悉一切。茲另開書單，祈察閱。其中有務必買到之書，祈注意。韓氏書上海何家買得最多？望細打聽見告。李紫東有所得否？匆匆不多及。即問近好。周暹頓首。十二月十二日。

三千元想已收到，甚念。

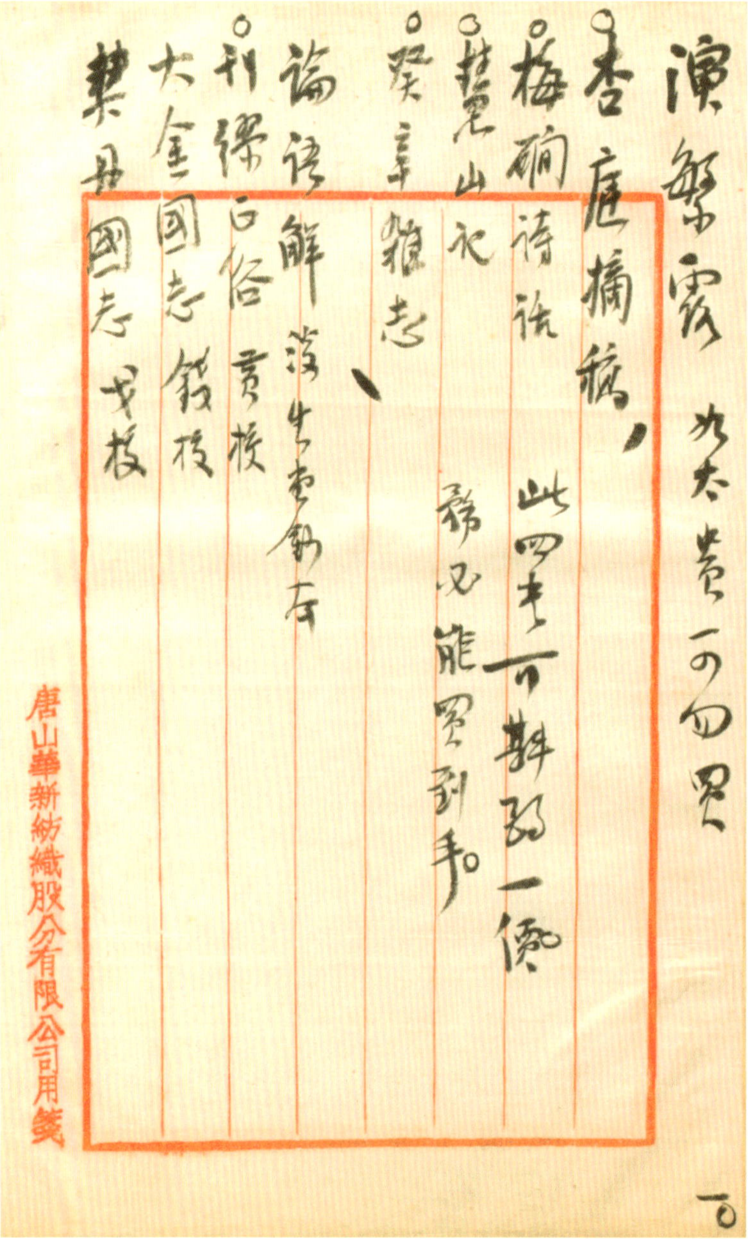
演繁露　如太貴可勿買
杏庭摘稿、
梅硐詩話　此四書可斟酌一價
慧山記　務必能買到手
癸辛雜志、
論語解　澹生堂鈔本
刊繆正俗　黄校
大金國志　錢校
契丹國志　戈校
唐山華新紡織股份有限公司用箋
一百

（附書單）

《演繁露》如太貴，可勿買。《杏亭摘稿》《梅磵詩話》《慧山記》《癸辛雜志》，此四書可斟酌一價，務必能買到手。《論語解》（澹生堂鈔本）、《刊謬正俗》（黄校）、《大金國志》（錢校）、《契丹國志》（戈校）、《金國南遷録》（金校）、《輿地廣記》（周校）、《石墨鐫華》（毛子晋校）、《籌邊一得》（姚鈔）、《宣和遺事》（明本）、《麈史》（毛校）、《燕間筆記》（吴鈔）、《糖霜譜》（趙清常校本）、《閑窗括异志》（黄跋）、《搜采异聞》（黄跋）、《王無功集》（何校）、《珠玉詞》、《樂府詩集》、《釣磯立談》（何校）、《吴志》（校本），以上各書，如價廉，即購。

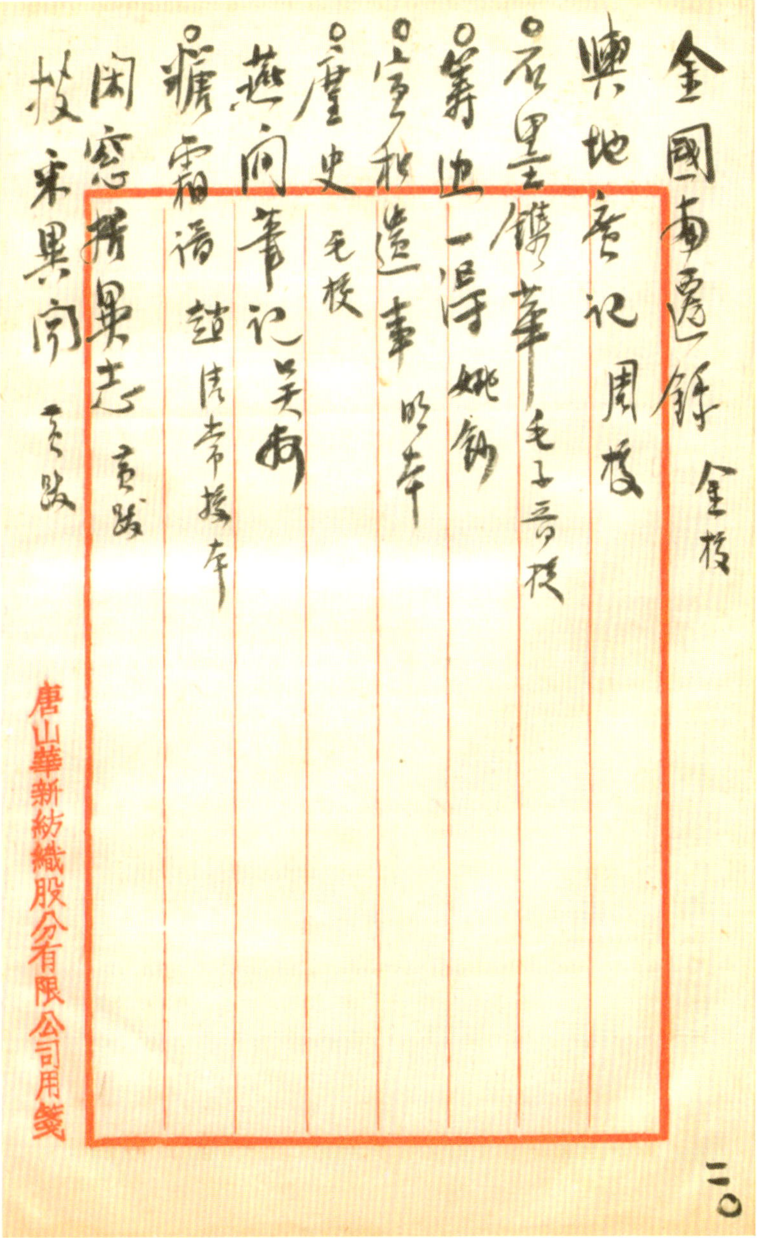
金國南遷錄 金校
輿地廣記 周校
○石墨鐫華 毛子晉校
○籌海一得 姚鈔
○宣和遺事 明本
○塵史 毛校
燕閒筆記 吳鈔
○[illegible]霜語 趙清常校本
閑窗括異志 黃跋
搜采異聞 黃跋
唐山華新紡織股份有限公司用箋
二〇

《鶴林玉露》(陸師道鈔本)、《甘白先生集》(就堂和尚鈔本)。

《謝宣城集》(蔣氏手鈔)、《張司業集》(陸校)、《李元賓集》(楊校)、《賈長江集》(黃校),照前開書單之外,此四種亦望代收,務必買到。《錢圍山叢談》(張允之手鈔)、《陸士龍集》(叢書堂本),此兩書亦務必買到。

《水經注》《急就篇》《大唐西域記》《字鑑》《佩觿》《冀越集》《淮海集》、《九域志》(校本)、《周易集解》(校),以上各書,如能先寄津一閱,更感,如能寄,須用硬紙包好。

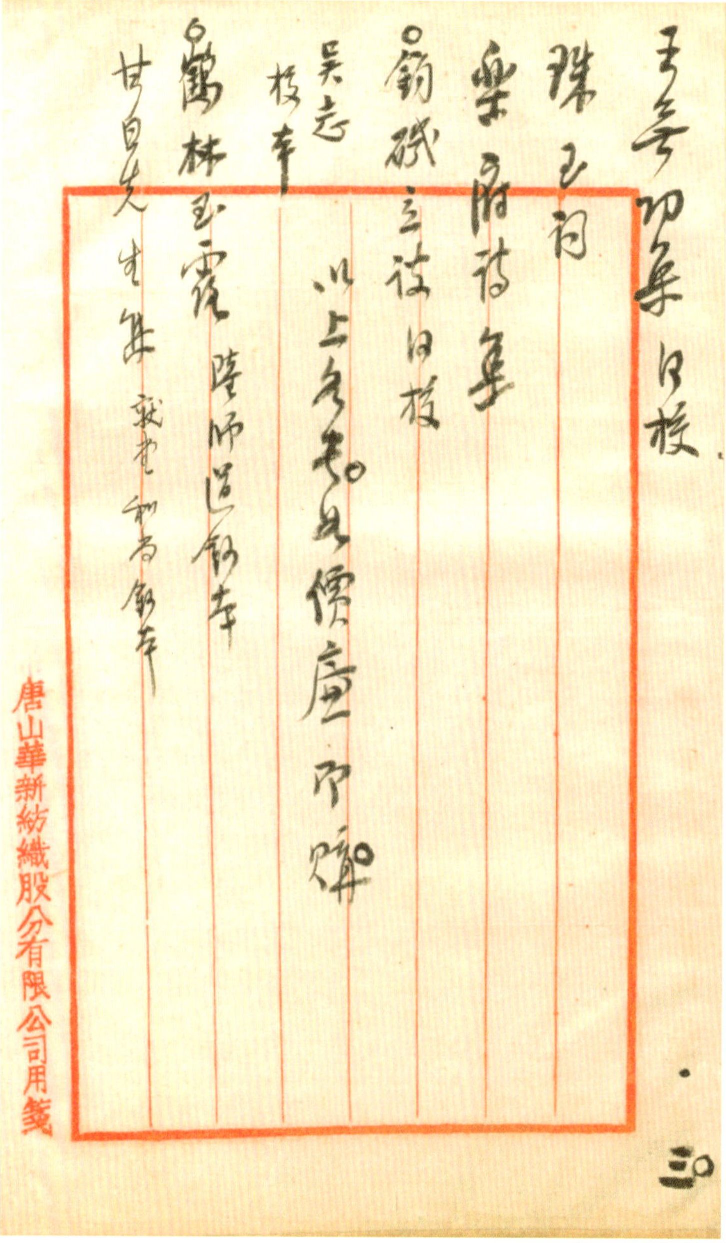
王奇印集 自校
珠玉詞
樂府詩集
翁識之詩 自校
以上各書知照價廣示禱
吳志
校本
鶴林玉露 陸師道鈔本
甘白先生集 寂光和尚鈔本
唐山華新紡織股分有限公司用箋
三

○謝宣城集　蔣氏手校
○張司業集　陸校、
○李元賓集　楊校、
賈長江集　黃校、
以前開去單之外，此四種亦
望代收，務乞留神。
○錢履園叢話　張充之手鈔
○陸士龍集　黃大老本
此兩書亦務乞留神
四日

唐山華新紡織股分有限公司用箋

水經注
急就篇
大唐西域記
字鑑佩觿
蘗越集
淮海集
九域志校本
周易集解校

以上各書如能先寄津一閱
更感　如能寄須用硬紙包好

唐山華新紡織股分有限公司用箋

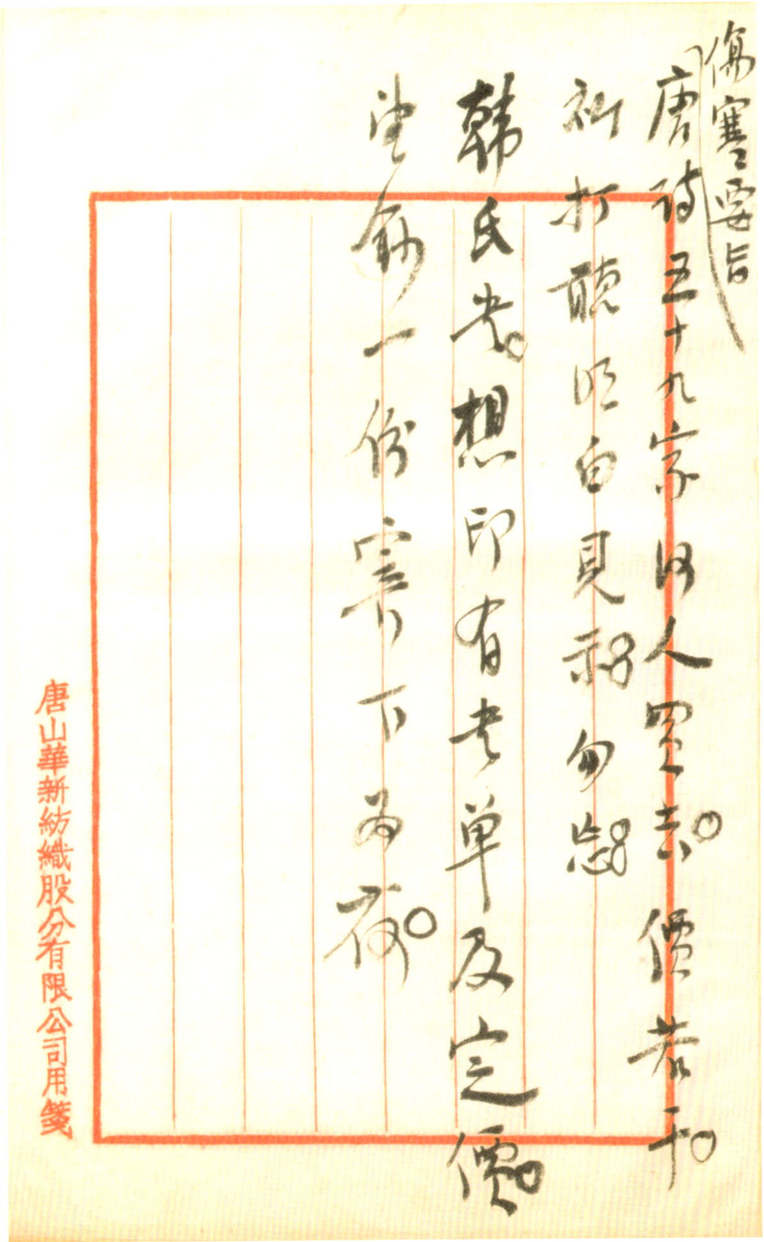
傷寒要旨
唐詩五十九家何人買去價若干
祈打聽明白見示勿忘
韓氏書想印有書單及定價
望鈔一份寄下爲荷
唐山華新紡織股分有限公司用箋

第一一一通

《傷寒要旨》《唐詩五十九家》，何人買去，價若干，祈打聽明白見示，勿忘。韓氏書想印有書單及定價，望鈔一份寄下爲荷。

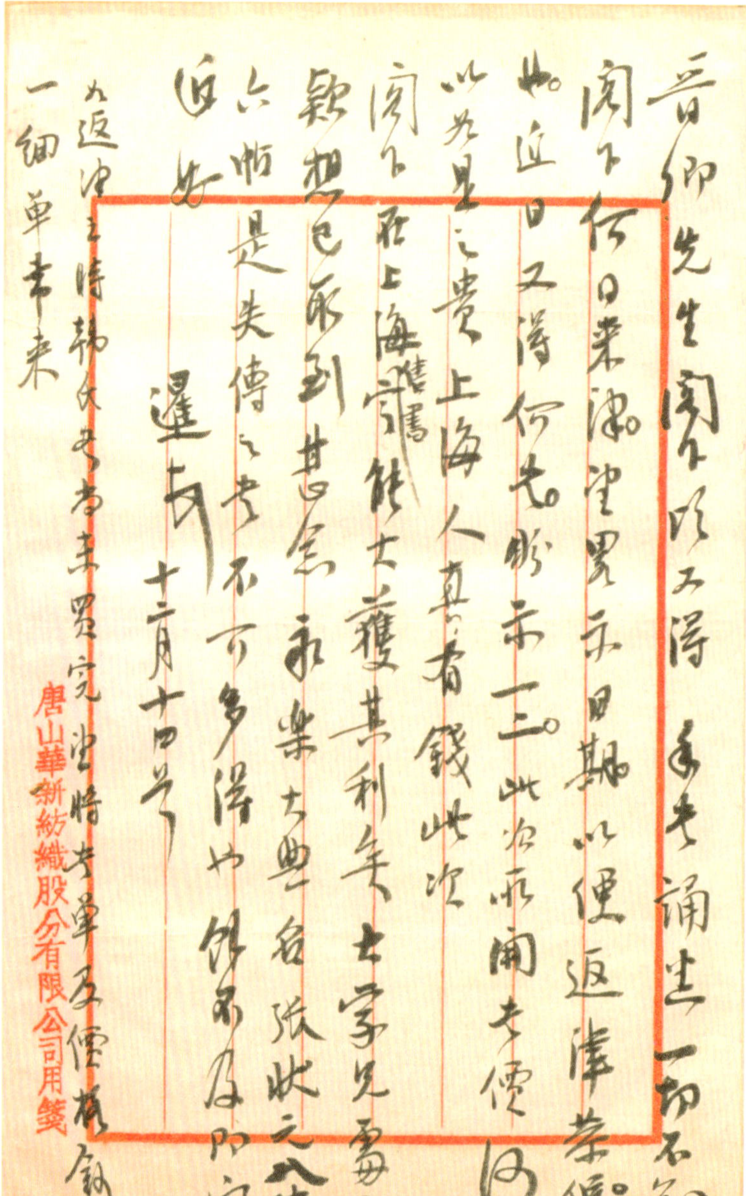
晉卿先生閣下：頃又得手書，誦悉一切。不知閣下何日來津？望略示日期，以便返津恭候也。近日又得何書？盼示一二。此次所開書價，何以如是之貴？上海人真有錢，此次閣下在上海售書，定能大獲其利矣。大家兄處之款，想已取到，甚念。永樂大典、名張狀元八詩六帖，是失傳之書，不可多得也。餘不及。即問近安。暹頓首。十二月十四號。
如返津之時，韓氏書尚未買完，望將書單及價格鈔一細單帶來。
唐山華新紡織股分有限公司用箋

第一一二通

晉卿先生閣下：

頃又得手書，誦悉一切。不知閣下何日來津？望略示日期，以便返津恭候也。近日又得何書？盼示一二。此次所開書價，何以如是之貴？上海人真有錢，此次閣下在上海售書，定能大獲其利矣。大家兄處之款，想已取到，甚念。《永樂大典》《名張狀元八詩六帖》，是失傳之書，不可多得也。餘不及。即問近安。暹頓首。十二月十四號。

如返津之時，韓氏書尚未買完，望將書單及價格鈔一細單帶來。

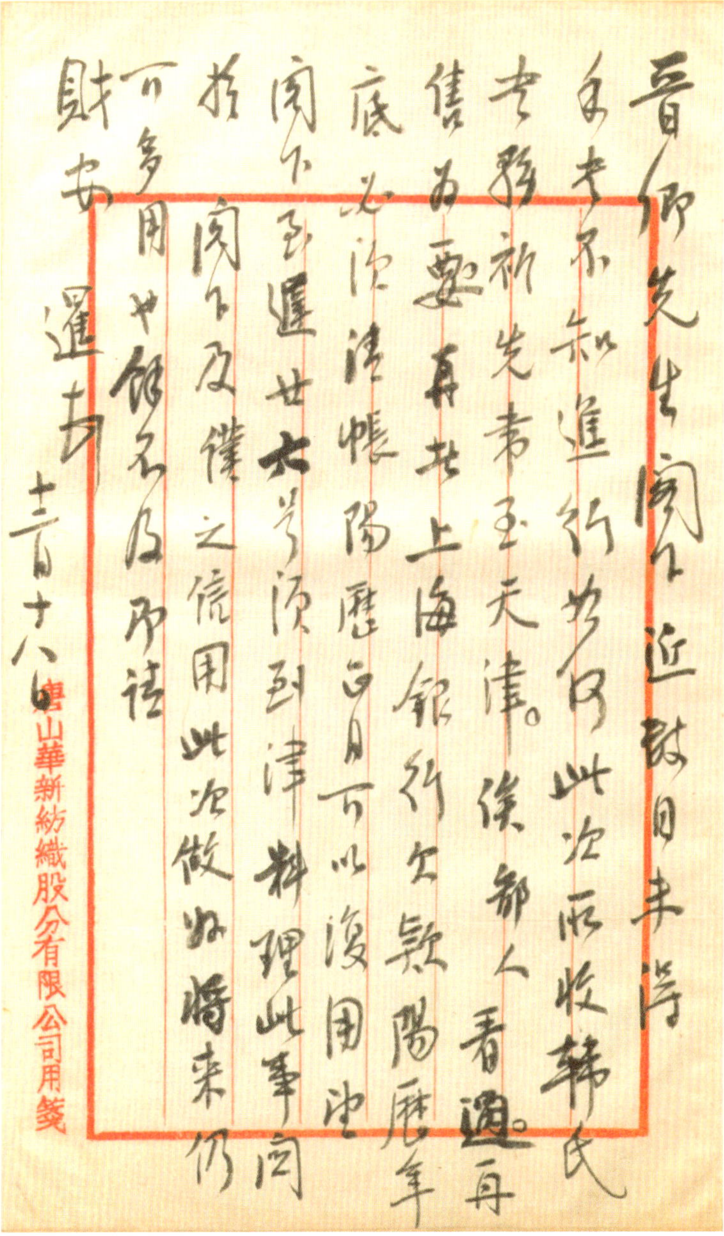
晋卿先生閣下：近數日未得手書，不知進行如何？此次所收韓氏書，務祈先帶至天津，俟鄙人看過再售爲要。再者，上海銀行欠款，陽曆年底必須清帳，陽曆正月可以復用，望閣下至遲廿六號須到津料理。此事關於閣下及僕之信用，此次做好，將來仍可多用也。餘不及。即請財安。暹頓首。十二月十八日
唐山華新紡織股份有限公司用箋

第一一三通

晋卿先生閣下：

近數日未得手書，不知進行如何？此次所收韓氏書，務祈先帶至天津，俟鄙人看過再售爲要。再者，上海銀行欠款，陽曆年底必須清帳，陽曆正月可以復用，望閣下至遲廿六號須到津料理。此事關於閣下及僕之信用，此次做好，將來仍可多用也。餘不及。即請財安。暹頓首。十二月十八日。

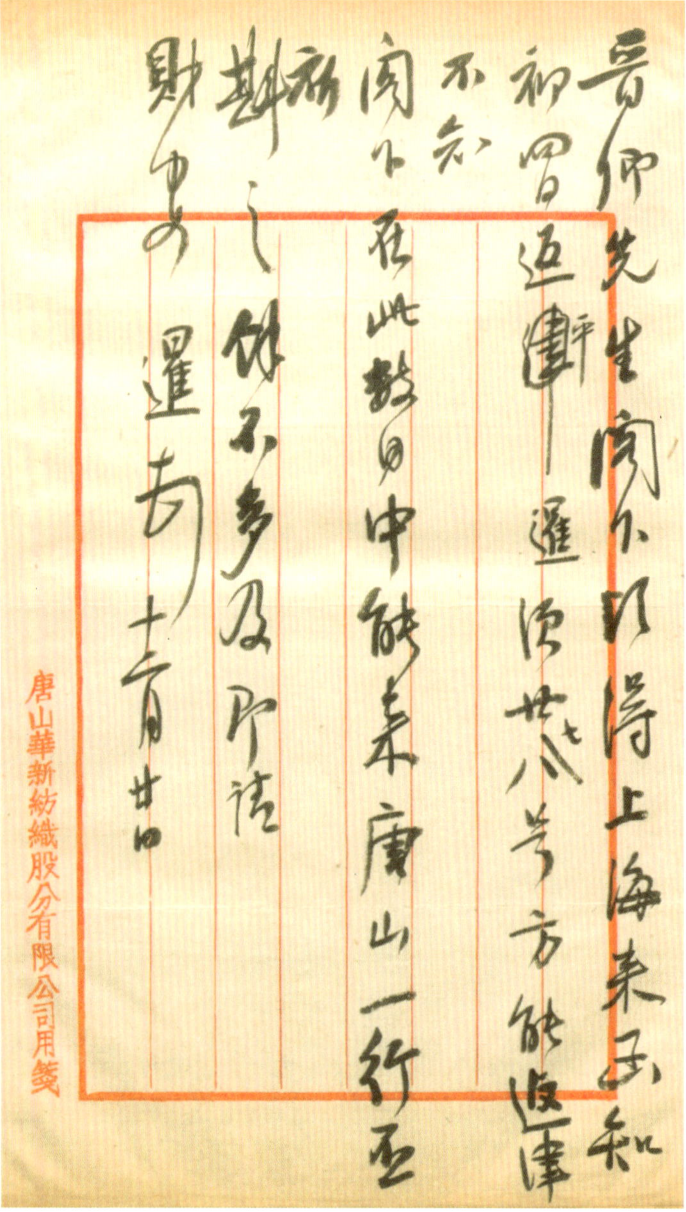
晉卿先生閣下：頃得上海來函，知
初四日返平，暹須廿七八號方能返津，
不知
閣下在此數日中能來唐山一行否？
祈
斟之。餘不多及。即請
財安。
暹頓首
十二月廿日
唐山華新紡織股份有限公司用箋

第一一四通

晉卿先生閣下：

頃得上海來函，知初四日返平，暹須廿七八號方能返津，不知閣下在此數日中能來唐山一行否？祈斟之。餘不多及。即請財安。暹頓首。十二月廿日。

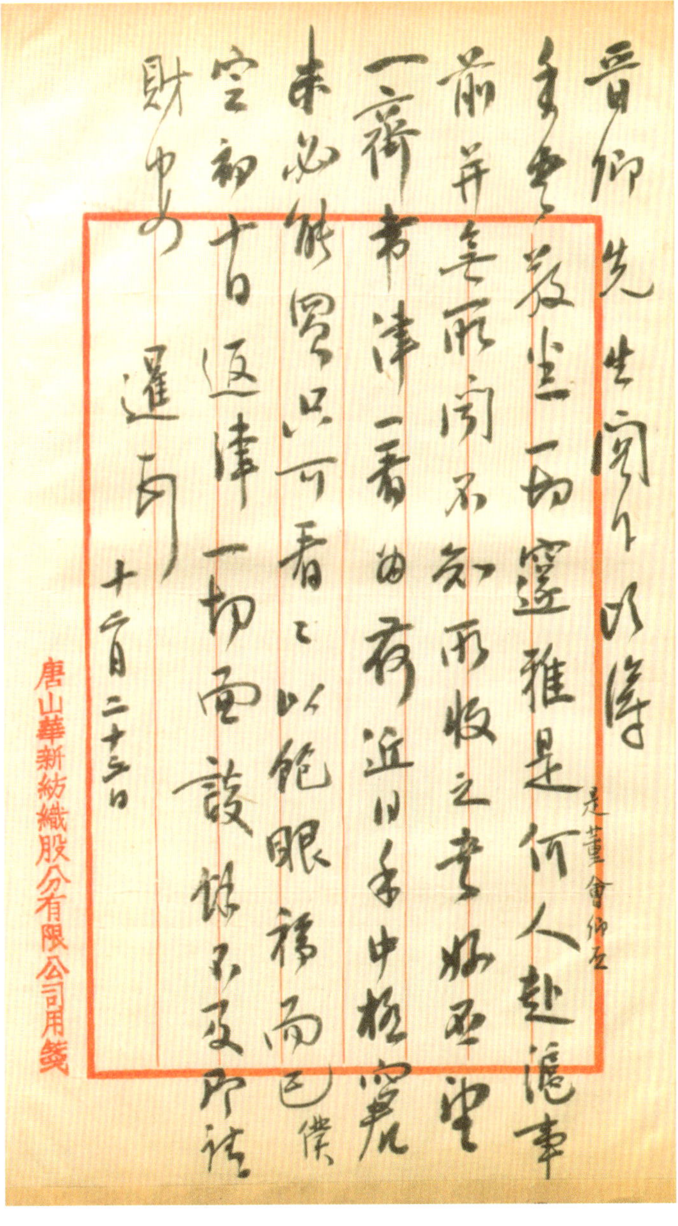

第一一五通

晉卿先生閣下:

頃得手書,敬悉一切。邃雅是何人(是董會卿否)赴滬?事前并無所聞,不知所收之書好否?望一齊帶津一看爲荷。近日手中極窘,未必能買,衹可看看,以飽眼福而已。僕定初十日返津,一切面談。餘不及。即請財安。暹頓首。十二月二十三日。

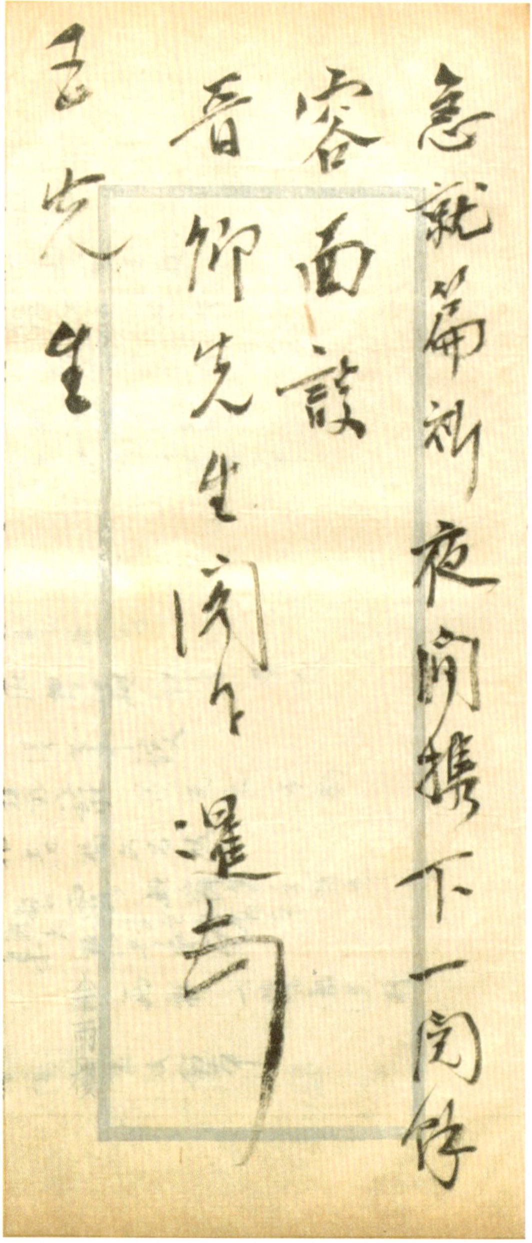
急就篇祈夜間攜下一閱餘
容面談
晉卿先生閣下　遲頓首
王先生

第一一六通

《急就篇》祈夜間攜下一閱。餘容面談。晉卿先生閣下。遲頓首。王先生。

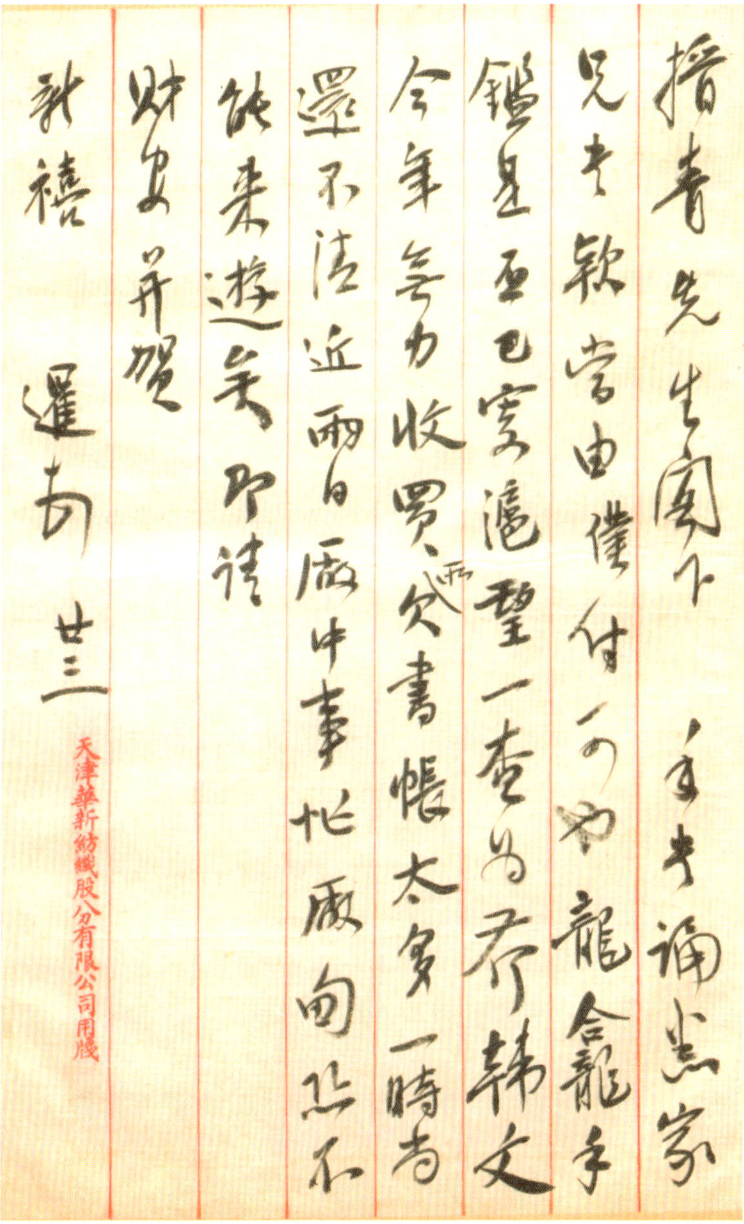
揩青先生閣下 手書誦悉家
兄書款當由僕付可也龍龕手
鑑是否已寄滬望一查爲荷韓文
今年無力收買所欠書帳太多一時尚
還不清近兩日廠中事忙廠甸恐不
能來游矣即請
財安并賀
新禧 暹頓首 廿三
天津華新紡織股份有限公司用牋

第一一七通

揩青先生閣下：

手書誦悉，家兄書款當由僕付可也。《龍龕手鑑》是否已寄滬？望一查爲荷。《韓文》今年無力收買，所欠書帳太多，一時尚還不清。近兩日廠中事忙，廠甸恐不能來游矣。即請財安。并賀新禧。暹頓首。廿三。

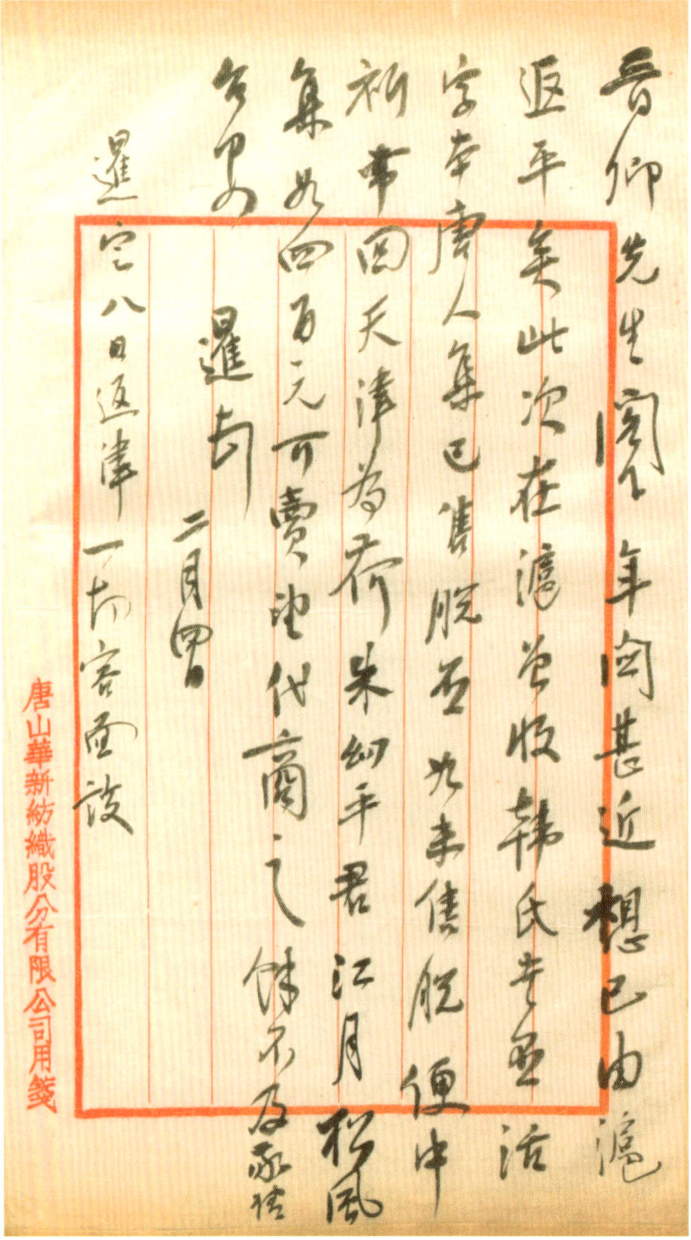

第一一八通

晉卿先生閣下：

年關甚近，想已由滬返平矣。此次在滬曾收韓氏書否？活字本《唐人集》已售脱否？如未售脱，便中祈帶回天津爲荷。朱幼平君《江月松風集》如四百元可賣，望代商之。餘不及。敬請台安。遲頓首。二月四日。

遲定八日返津，一切容面談。

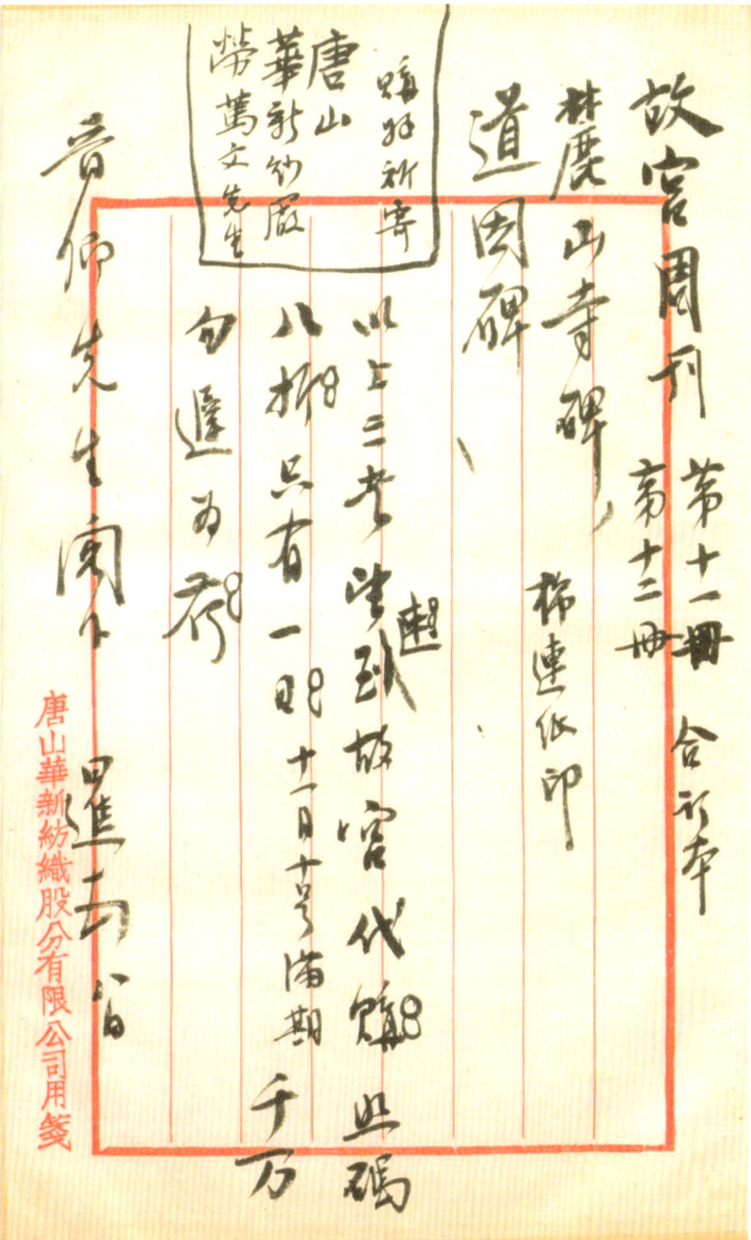
購好祈寄
唐山
華新紗廠
勞篤文先生

故宫周刊 第十一册 第十二册 合訂本
麓山寺碑 棉連紙印
道因碑
以上三書望速到故宫代購照碼八折祇有一日（十一月十號滿期）千萬勿遲爲荷
晉卿先生閣下
暹頓首 八日

唐山華新紡織股分有限公司用箋

第一一九通

《故宫周刊》（第十一册、第十二册合訂本）、《麓山寺碑》《道因碑》（棉連紙印），以上三書望速到故宫代購，照碼八折，祇有一日（十一月十號滿期），千萬勿遲爲荷。購好祈寄唐山華新紗廠勞篤文先生。晉卿先生閣下。暹頓首。八日。

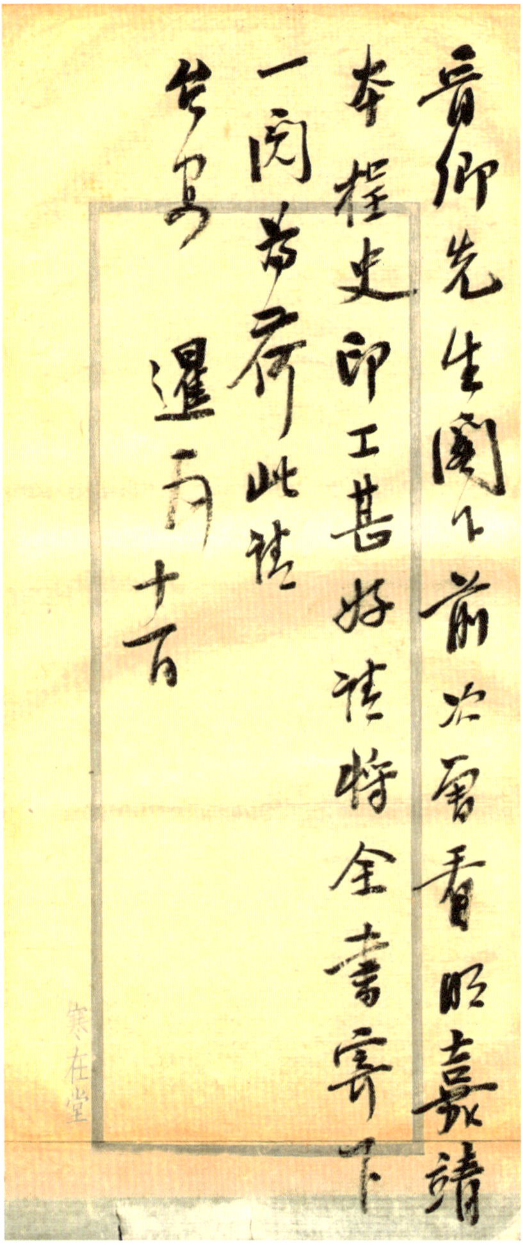
晋卿先生閣下　前次曾看明嘉靖
本程史印工甚好請將全書寄下
一閱爲荷此請
台安　　暹頓首
十一日
寒在堂

第一二〇通

晋卿先生閣下：

前次曾看明嘉靖本《程史》，印工甚好，請將全書寄下一閱爲荷。此請台安。暹頓首。十一日。

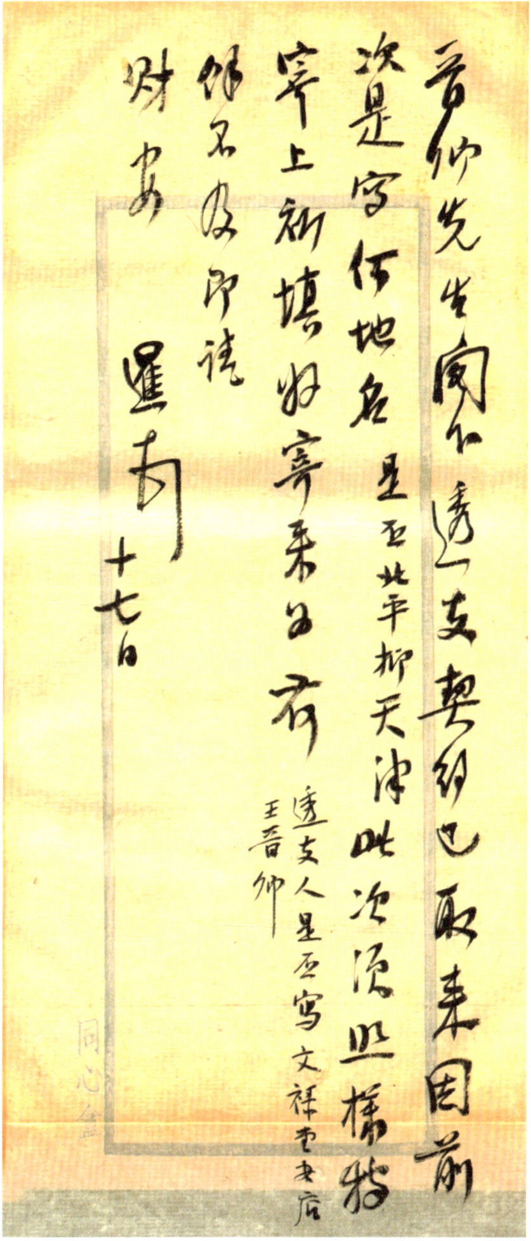

第一二一通

晋卿先生閣下：

透支契約已取來，因前次是寫何地名（是否北平？抑天津）？此次須照樣，特寄上，祈填好寄來爲荷（透支人是否寫文禄堂書店王晋卿）。餘不及。即請財安。暹頓首。十七日。

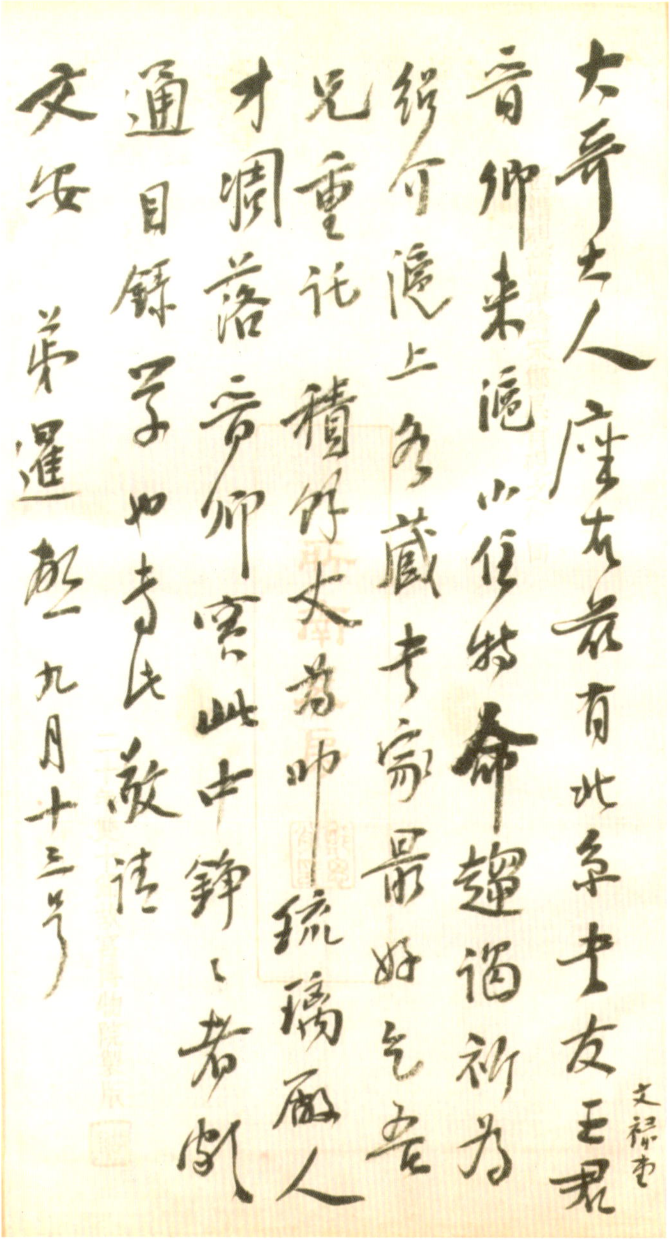

第一二二通

大哥大人座右：

兹有北京書友（文禄堂）王君晋卿來滬小住，特命趨謁，祈爲紹介滬上各藏書家，最好乞吾兄重托積餘丈爲叩。琉璃廠人才凋落，晋卿實此中錚錚者，頗通目録學也。專此。敬請文安。弟暹啓。九月十三號。

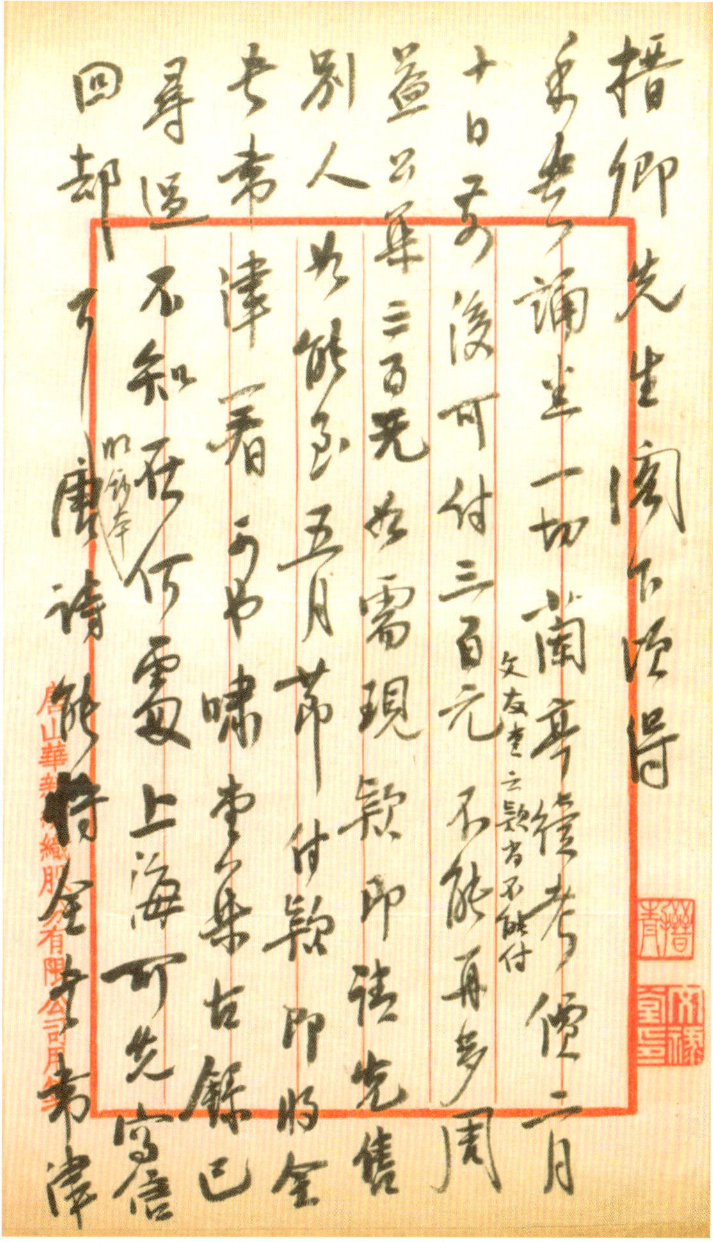

第一二三通

揩卿先生閣下：

頃得手書，誦悉一切。《蘭亭續考》價，二月十日前後可付三百元（文友堂之款尚不能付），不能再多。《周益公集》三百元，如需現款，即請先售别人，如能至五月節付款，即將全書帶津一看可也。《嘯堂集古録》已尋過，不知在何處。上海可先寫信回却耳。明鈔本《唐詩》能將全書帶津一看更好。今年無錢買書，然愛書之心仍照常，未稍減也。餘不及。即請財安。暹頓首。三月十四日。

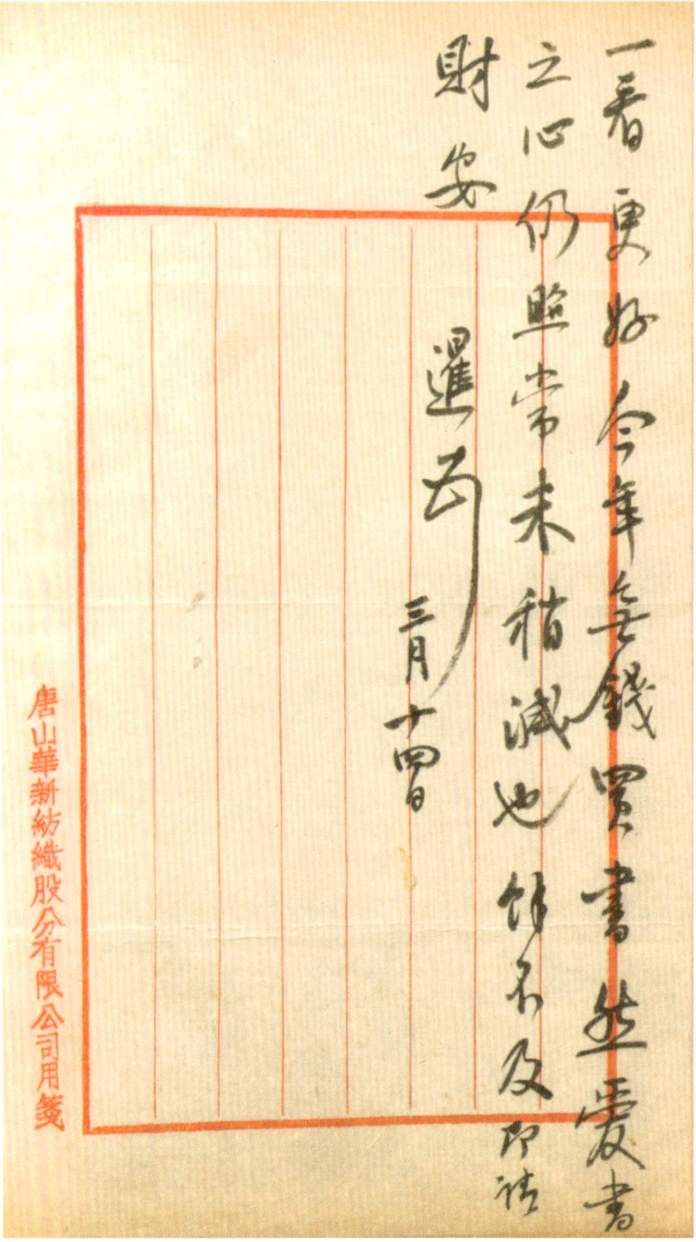

一看更好今年無錢買書然愛書之心仍照常未稍減也 餘不及 即請
財安
暹啟 三月十四日

唐山華新紡織股份有限公司用箋

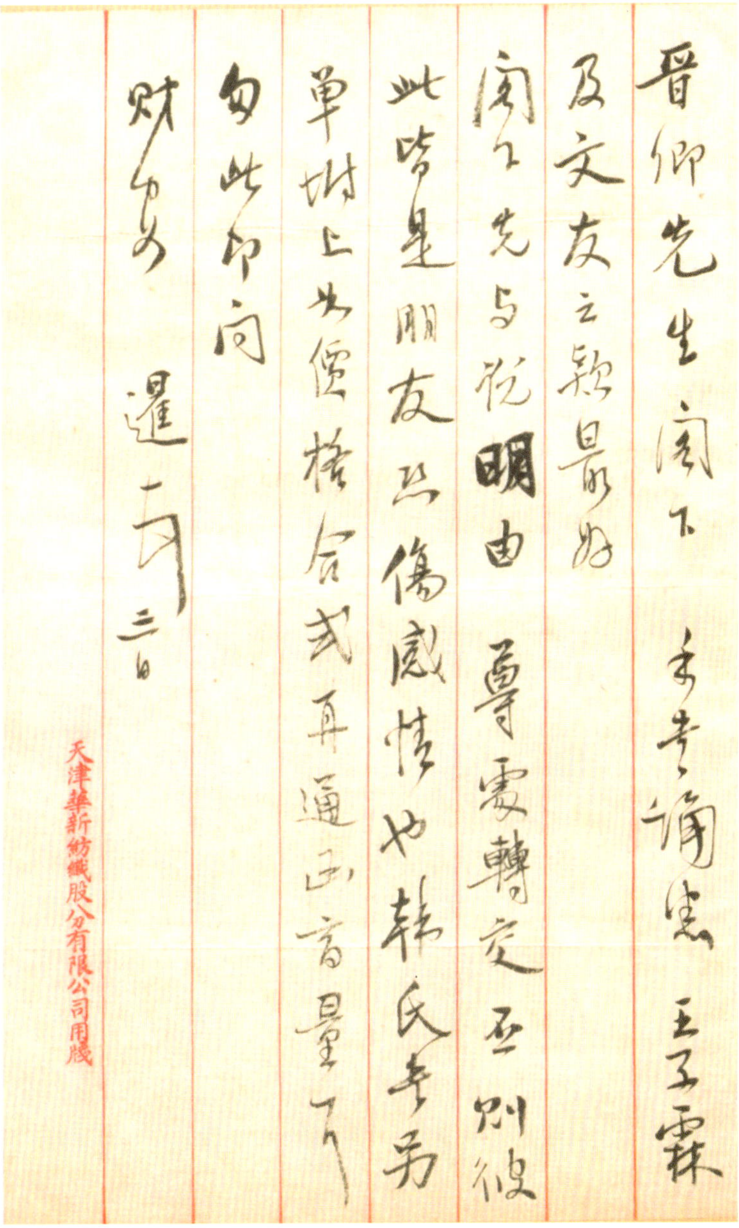
晋卿先生閣下：手書誦悉。王子霖
及文友之款最好
閣下先與說明，由尊處轉交，否則彼
此皆是朋友，恐傷感情也。韓氏書另
單附上，如價格合式，再通函商量耳。
匆此。即問
財安。暹頓首。三日。
天津華新紡織股分有限公司用箋

第一二四通

晋卿先生閣下：

手書誦悉。王子霖及文友之款最好閣下先與説明，由尊處轉交，否則彼此皆是朋友，恐傷感情也。韓氏書另單附上，如價格合式，再通函商量耳。匆此。即問財安。暹頓首。三日。

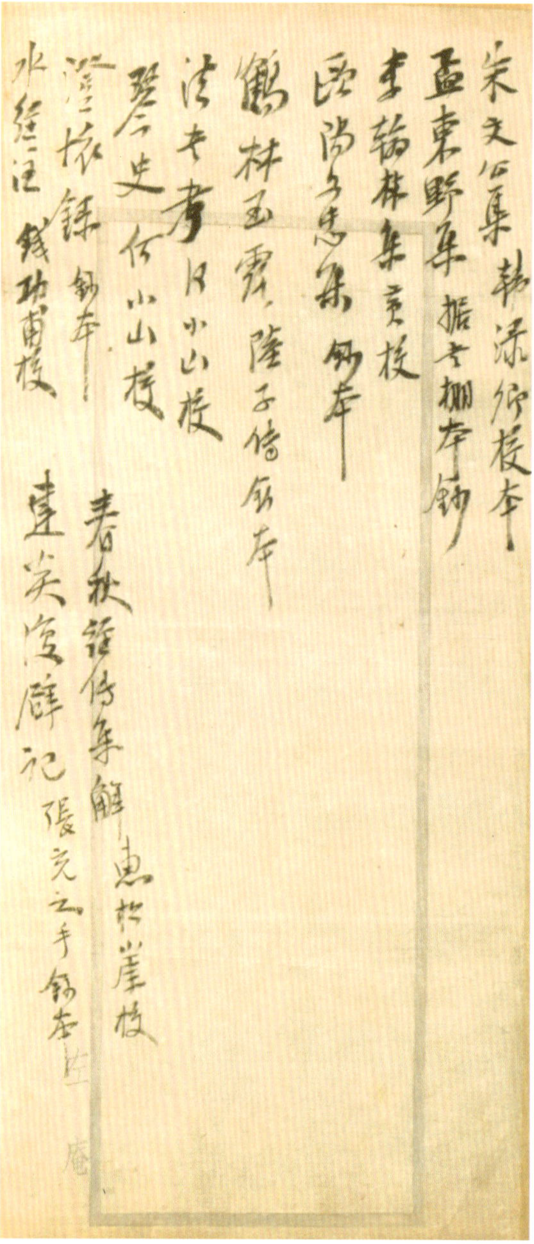
朱文公集 韓淥卿校本
孟東野集 據書棚本鈔
李翰林集 黃校
歐陽文忠集 鈔本
鶴林玉露 陸子傳鈔本
法書考 何小山校
琴史 何小山校
澄懷録 鈔本
水經注 錢功甫校
春秋經傳集解 惠松崖校
建炎復辟記 張允之手鈔本

（附書單）

《朱文公集》（韓淥卿校本）、《孟東野集》（據書棚本鈔）、《李翰林集》（黄校）、《歐陽文忠集》（鈔本）、《鶴林玉露》（陸子傳鈔本）、《法書考》（何小山校）、《琴史》（何小山校）、《澄懷録》（鈔本）、《水經注》（錢功甫校）、《春秋經傳集解》（惠松崖校）、《建炎復辟記》（張允之手鈔本）。

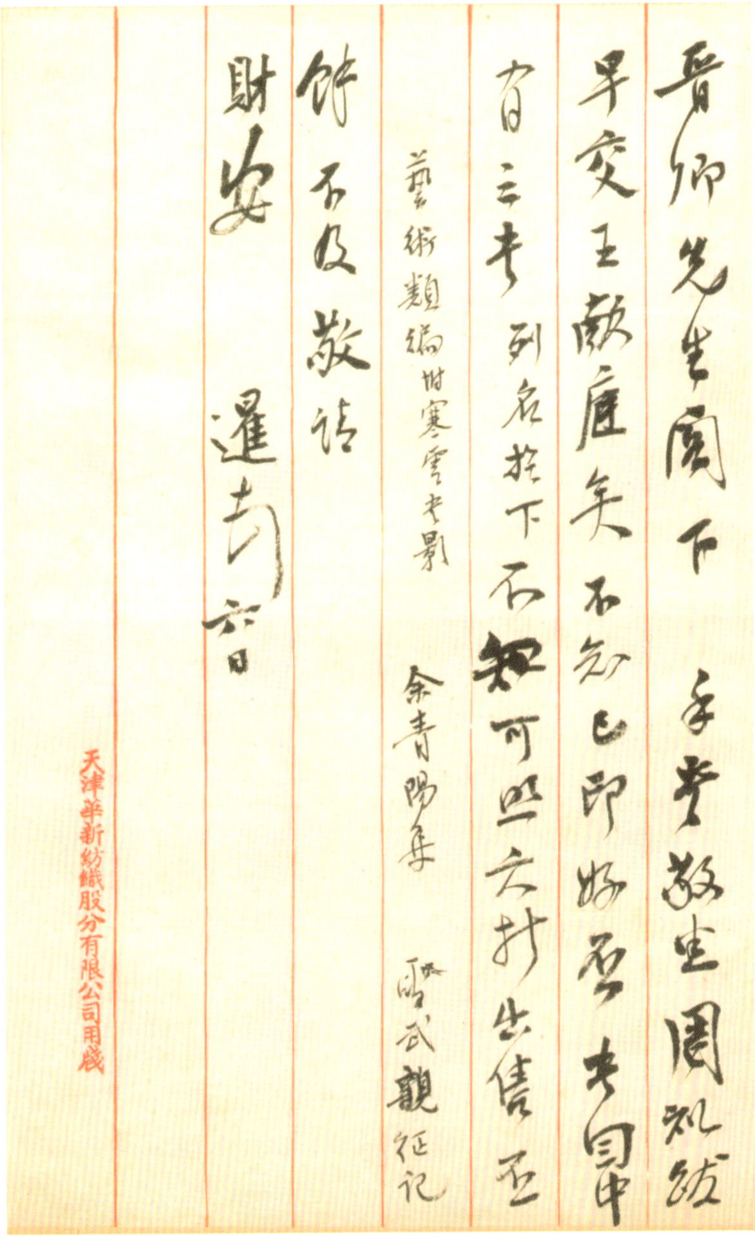
晉卿先生閣下 手書敬悉周禮跋
早交王獻庭矣不知已印好否書目中
有三書列名於下不知可照六折出售否
藝術類編附寒雲書影 余青陽集 聖武親征記
餘不及敬請
財安 遲頓首 六日
天津華新紡織股分有限公司用箋

第一二五通

晉卿先生閣下：

手書敬悉。《周禮跋》早交王獻庭矣，不知已印好否？書目中有三書，列名於下：《藝術類編》（附《寒雲書影》）、《余青陽集》《聖武親征記》，不知可照六折出售否？餘不及。敬請財安。遲頓首。六日。

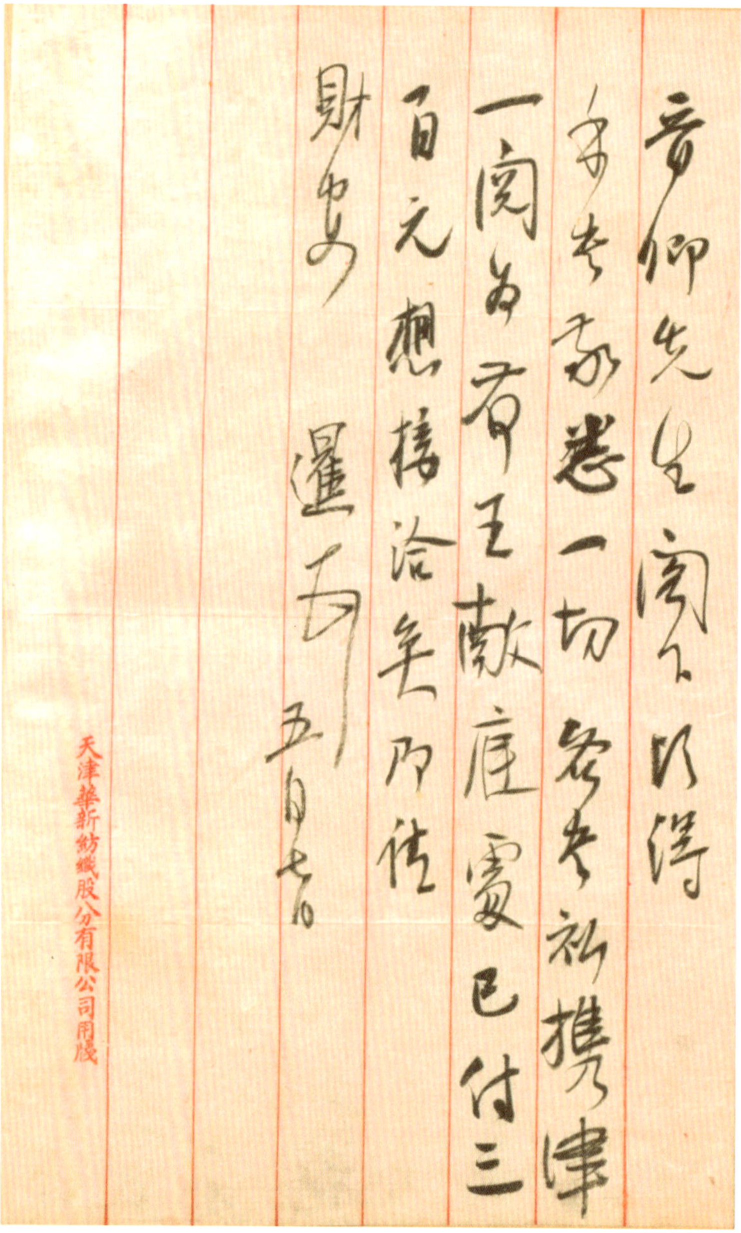

第一二六通

晋卿先生閣下:

頃得手書,敬悉一切。各書祈携津一閱爲荷。王獻庭處已付三百元,想接洽矣。即請財安。暹頓首。五月七日。

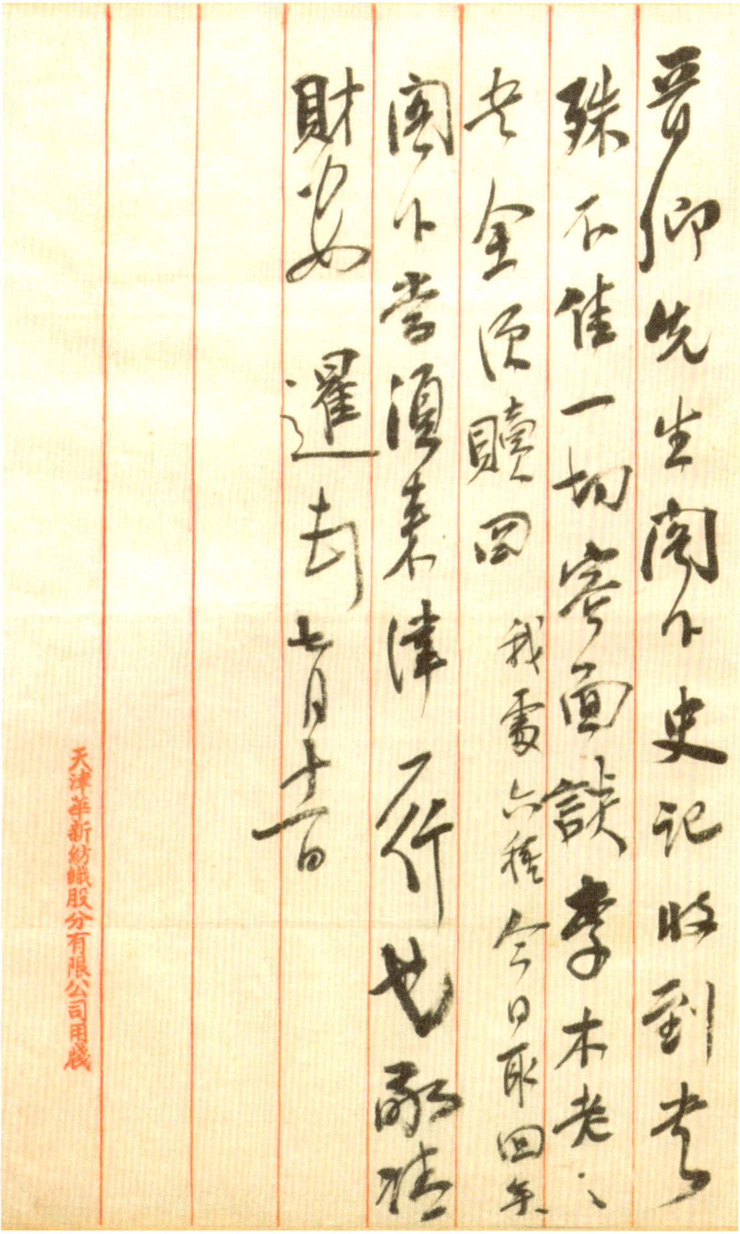
晉卿先生閣下：《史記》收到，書
殊不佳。一切容面談。李木老之
書全須贖回（我處六種今日取回矣）。
閣下當須來津一行也。敬請
財安。遲頓首。七月十一日。
天津華新紡織股分有限公司用箋

第一二七通

晉卿先生閣下：

《史記》收到，書殊不佳。一切容面談。李木老之書全須贖回（我處六種今日取回矣）。閣下當須來津一行也。敬請財安。遲頓首。七月十一日。

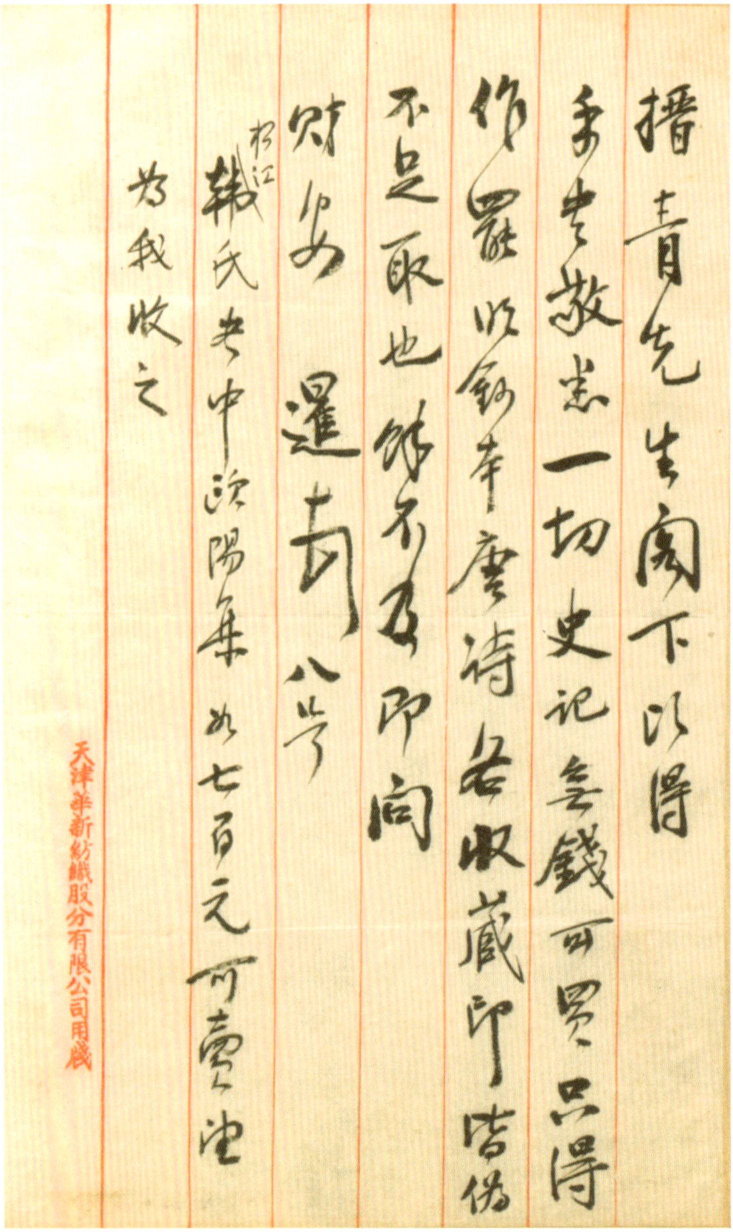
揩青先生閣下頃得
手書敬悉一切史記無錢可買只得
作罷明鈔本唐詩各收藏印皆偽
不足取也餘不及即問
財安 暹頓首 八号
松江韓氏書中歐陽集如七百元可賣望
為我收之
天津華新紡織股份有限公司用箋

第一二八通

揩青先生閣下：

頃得手書，敬悉一切。《史記》無錢可買，衹得作罷。明鈔本《唐詩》各收藏印皆僞，不足取也。餘不及。即問財安。暹頓首。八號。

松江韓氏書中，《歐陽集》如七百元可賣，望爲我收之。

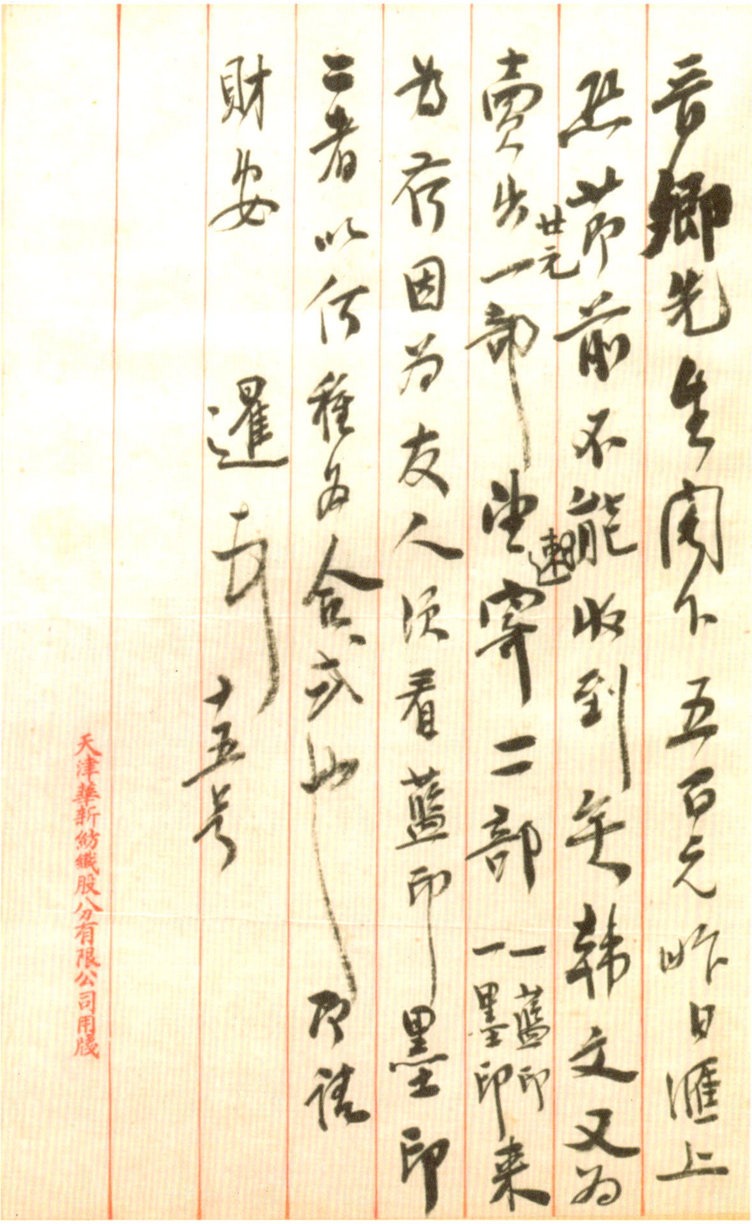
晉卿先生閣下　五百元昨日匯上
恐節前不能收到矣韓文又爲
賣出一部(廿元)望速寄二部(一藍印一墨印)來
爲荷因爲友人須看藍印墨印
二者以何種爲合式也　即請
財安　遲頓首　十五號
天津華新紡織股分有限公司用箋

第一二九通

晉卿先生閣下:

五百元昨日匯上,恐節前不能收到矣。《韓文》又爲賣出一部(廿元),望速寄二部(一藍印、一墨印)來爲荷。因爲友人須看藍印、墨印二者以何種爲合式也。即請財安。遲頓首。十五號。

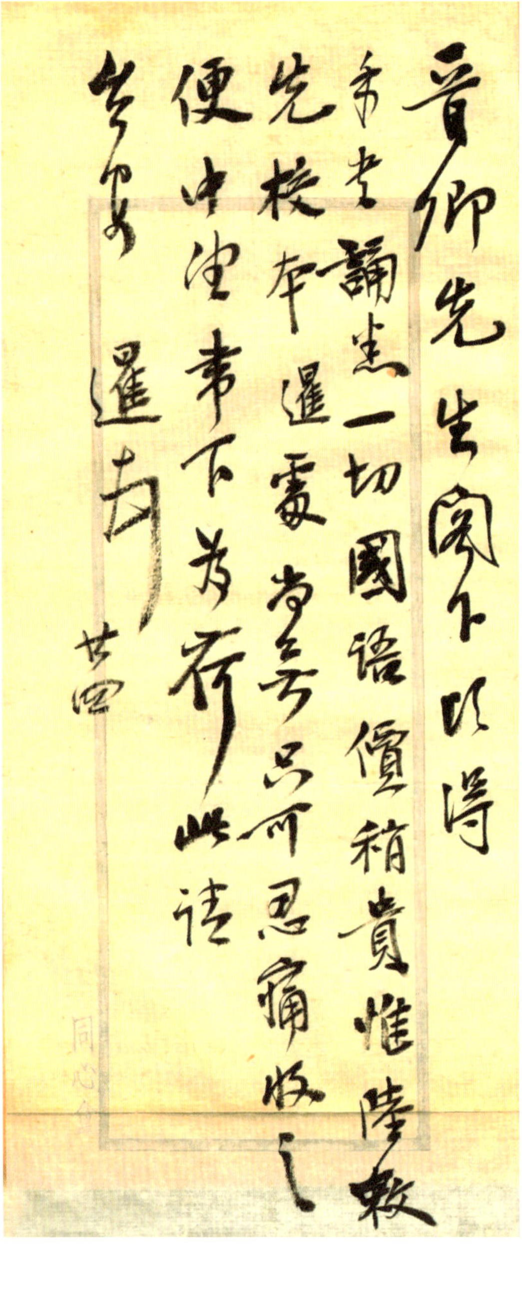

第一三〇通

晋卿先生閣下：

頃得手書，誦悉一切。《國語》價稍貴，惟陸敕先校本暹處尚無，祇可忍痛收之，便中望帶下爲荷。此請台安。暹頓首。廿四。

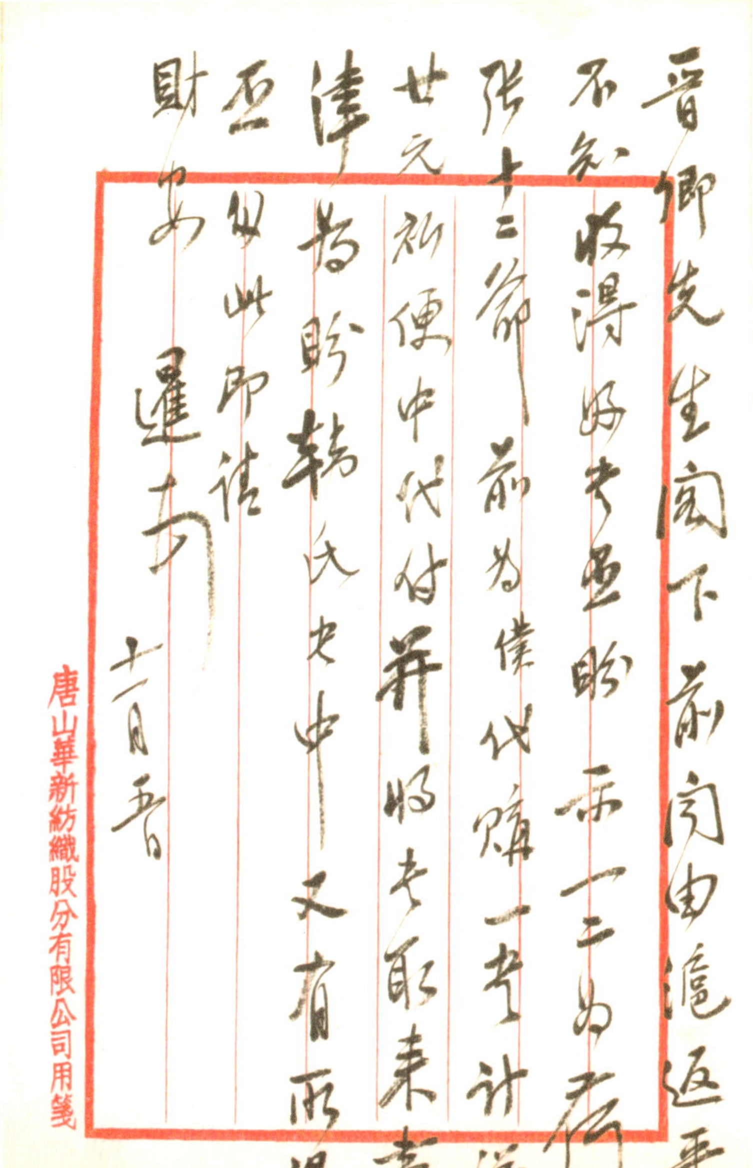
唐山華新紡織股分有限公司用箋

晉卿先生閣下：前聞由滬返平，不知收得好書否？盼示一二爲荷。張十二爺前爲僕代購一書，計洋廿元。祈便中代付并將書取來帶津爲盼。韓氏書中，又有所得否？匆此。即請財安。暹頓首。十一月五日

第一三一通

晉卿先生閣下：

前聞由滬返平，不知收得好書否？盼示一二爲荷。張十二爺前爲僕代購一書，計洋廿元。祈便中代付并將書取來帶津爲盼。韓氏書中，又有所得否？匆此。即請財安。暹頓首。十一月五日。

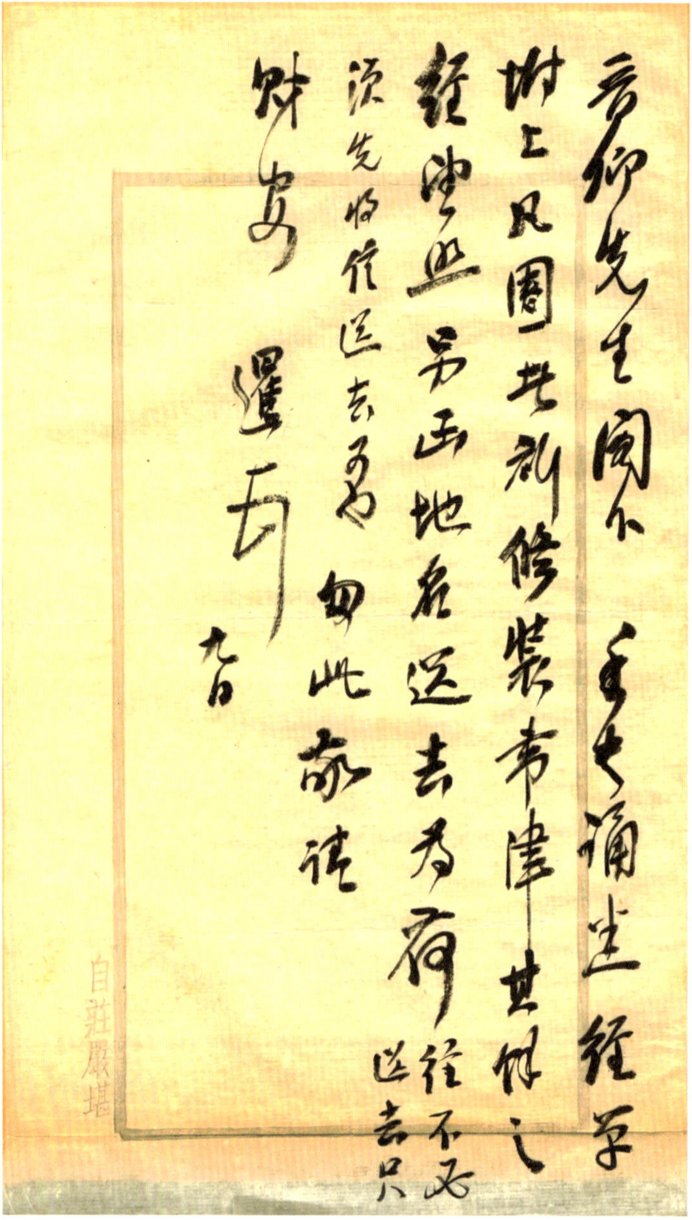

第一三二通

晋卿先生閣下：

手書誦悉。經單附上，凡圈者，祈修裝帶津，其餘之經，望照另函地名送去爲荷（經不必送去，祇須先將信送去可也）。匆此。敬請財安。暹頓首。九日。

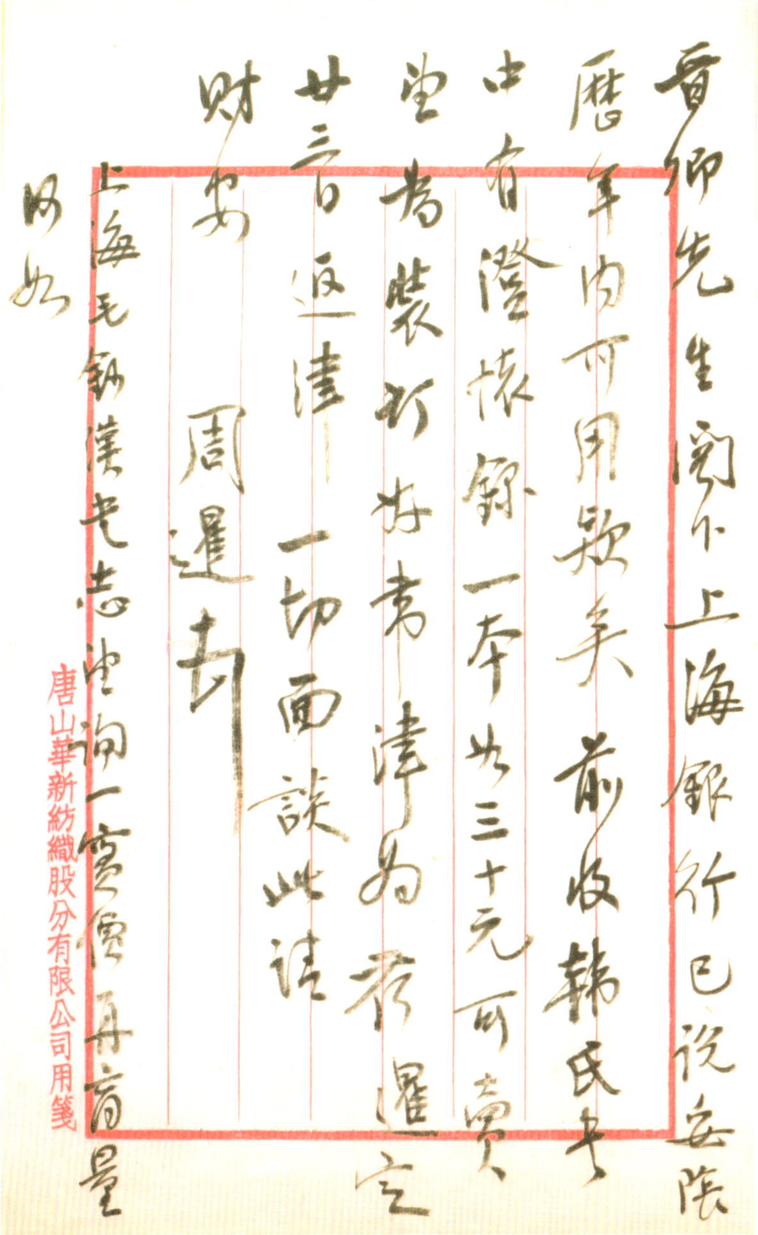

第一三三通

晋卿先生閣下：

上海銀行已説妥，陰曆年内可用款矣。前收韓氏書中有《澄懷録》一本，如三十元可賣，望爲裝訂好，帶津爲荷。暹定廿三日返津，一切面談。此請財安。周暹頓首。

上海毛鈔《漢書志》，望詢一實價再商量何如？

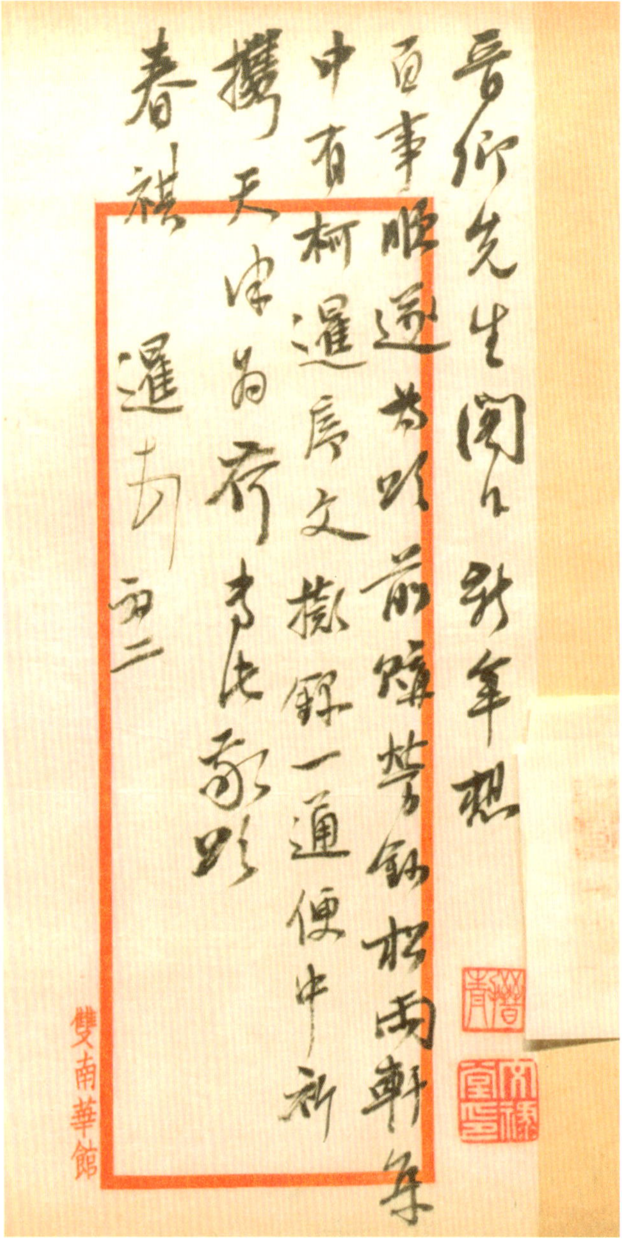
晋卿先生閣下　新年想
百事順遂爲頌　前購勞鈔松雨軒集
中有柯暹序文擬録一通便中祈
携天津爲荷　專此敬頌
春祺
暹頓首　初二
雙南華館

第一三四通

晋卿先生閣下：

新年想百事順遂爲頌。前購勞鈔《松雨軒集》中有柯暹序文，擬録一通，便中祈携天津爲荷。專此。敬頌春祺。暹頓首。初二。

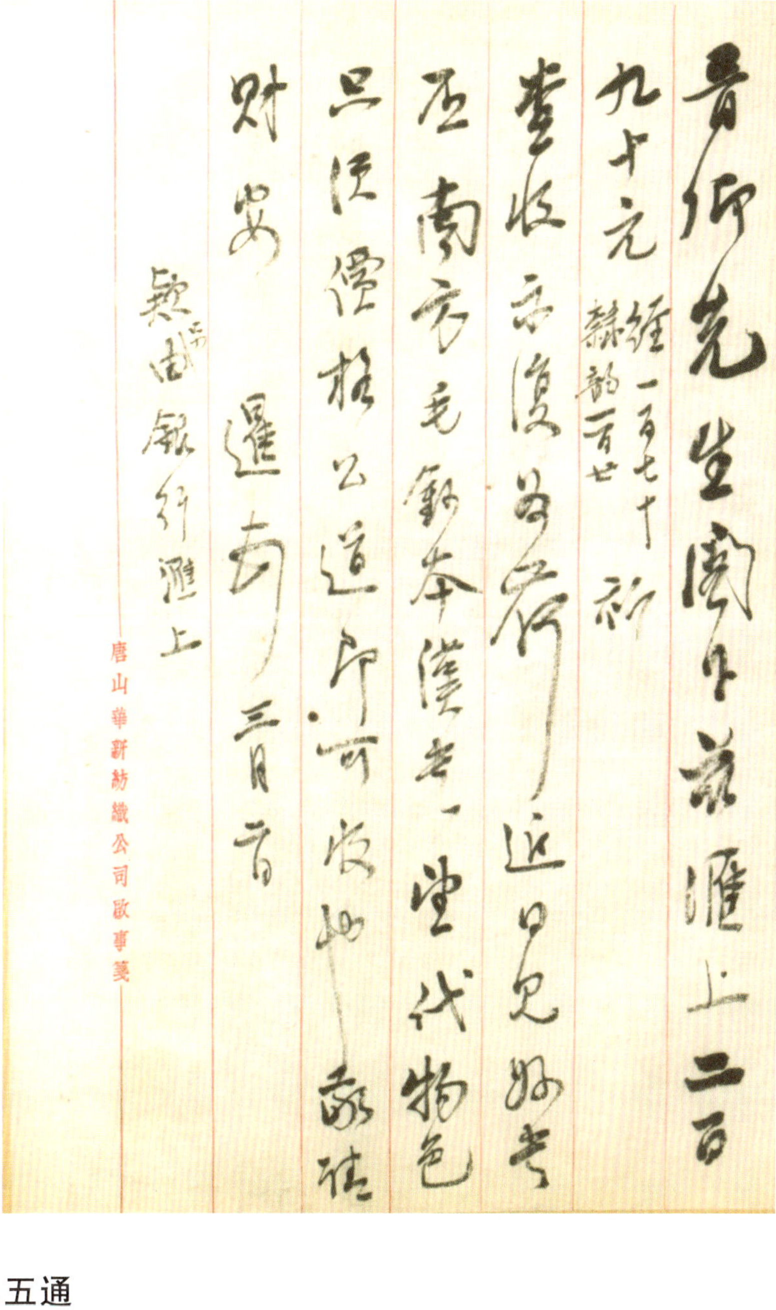

第一三五通

晋卿先生閣下:

　　兹匯上二百九十元(《經》一百七十,《隸韵》一百廿),祈查收示復爲荷。近日見好書否?南方毛鈔本《漢書》,望代物色,衹須價格公道即可收也。敬請財安。暹頓首。三月二日。

　　款另由銀行匯上。

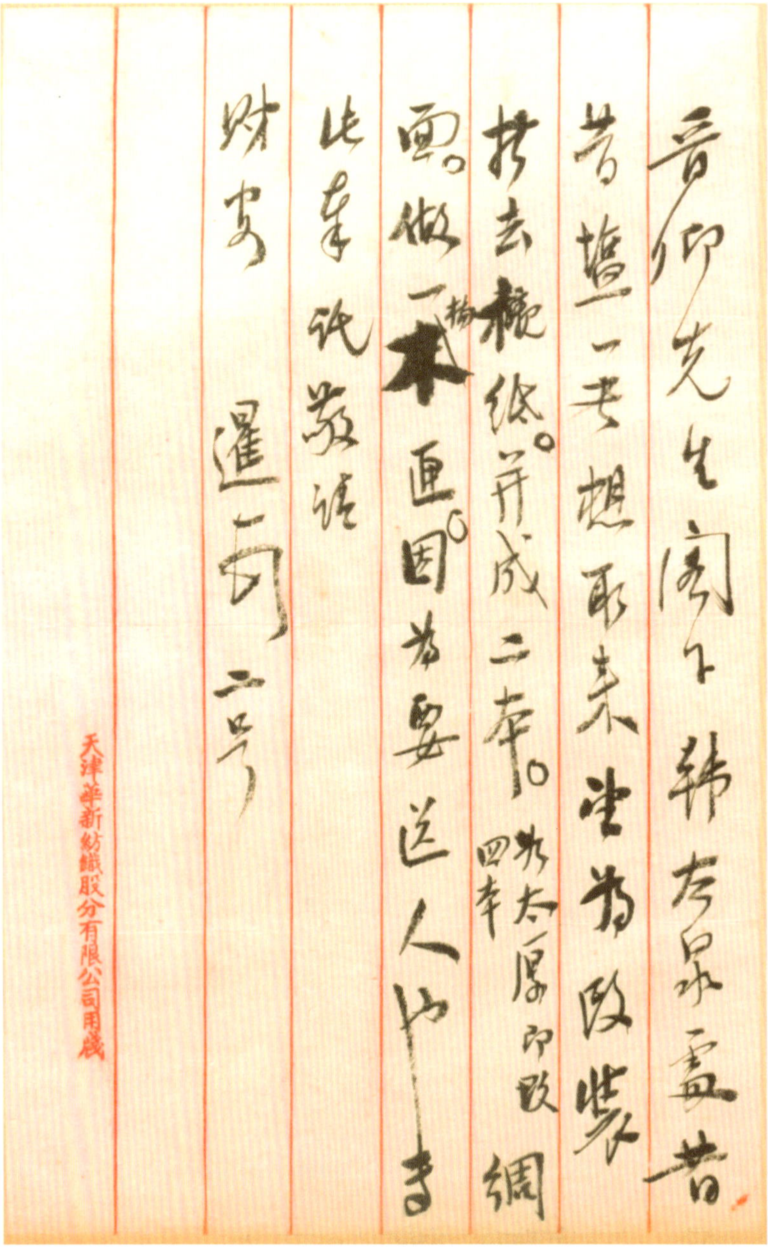

第一三六通

晋卿先生閣下:

韓左泉處《昔昔鹽》一書想取來,望爲改裝,拆去襯紙,并成二本(如太厚,即改四本),綢面。做一楠木匣,因爲要送人也。專此奉托。敬請財安。暹頓首。二號。

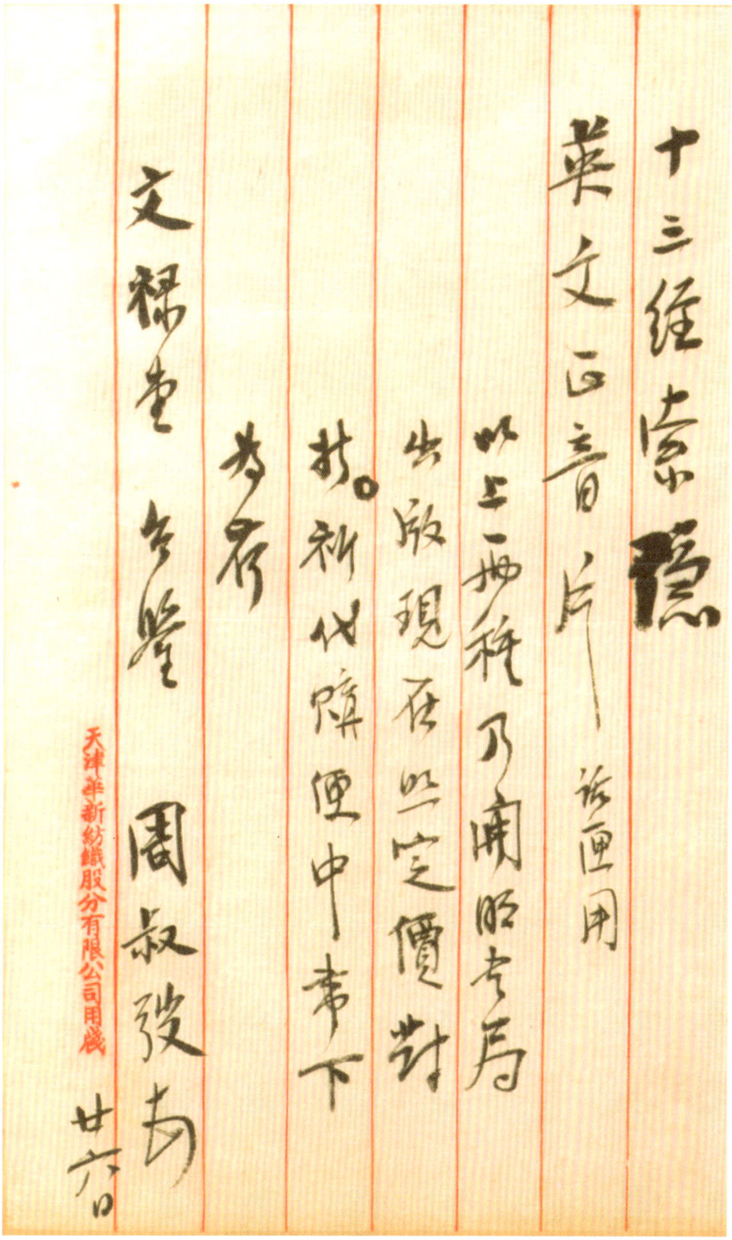

第一三七通

《十三經索隱》、《英文正音片》(話匣用),以上兩種乃開明書局出版,現在照定價對折。祈代購,便中帶下爲荷。文禄堂台鑒。周叔弢頓首。廿六日。

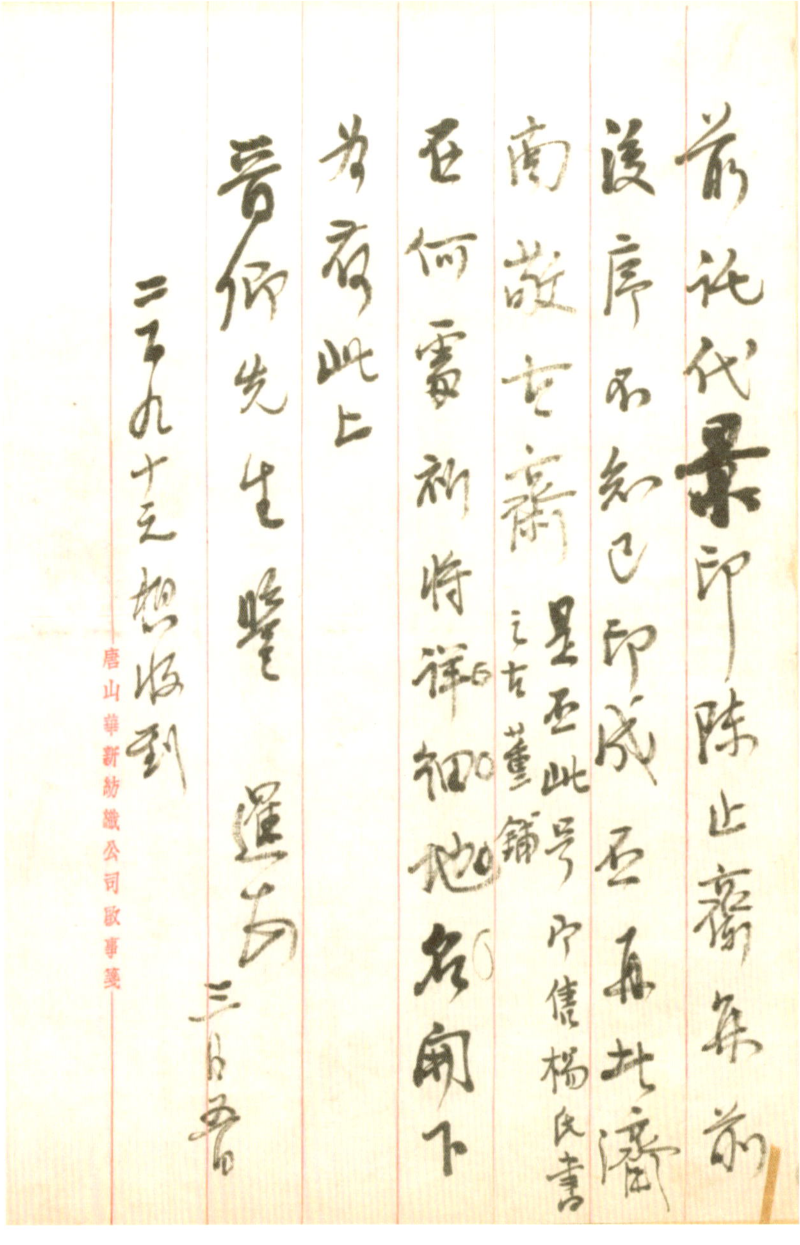
前托代景印陳止齋集前後序不知已印成否再者濟南敬古齋（是否此號即售楊氏書之古董鋪）在何處祈將詳細地名開下為荷此上
晉卿先生鑒 遲頓首 三月五日
二百九十元想收到
唐山華新紡織公司啟事箋

第一三八通

前托代景印《陳止齋集》前後序，不知已印成否？再者，濟南敬古齋（是否此號即售楊氏書之古董鋪）在何處？祈將詳細地名開下爲荷。此上。晉卿先生鑒。遲頓首。三月五日。

二百九十元想收到。

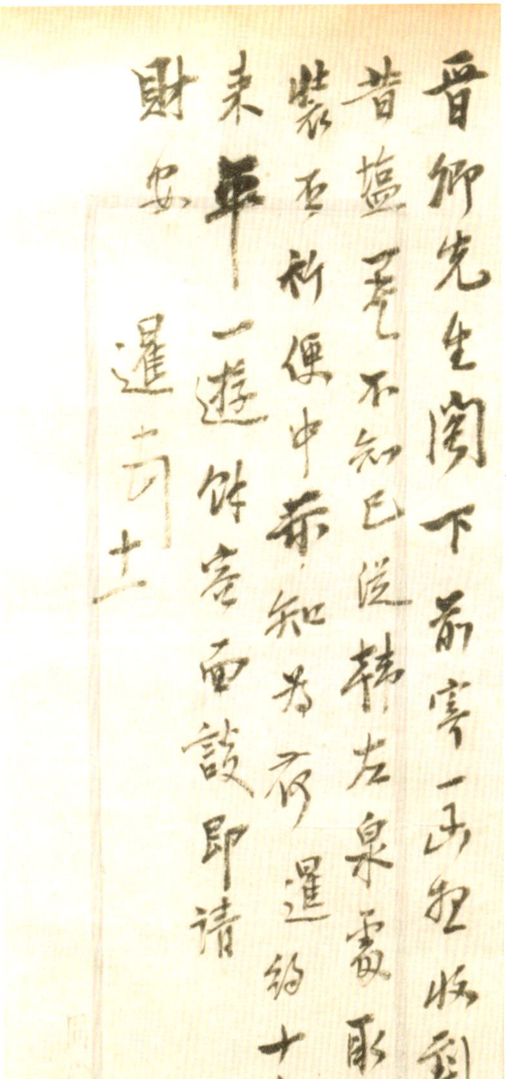

第一三九通

晉卿先生閣下：

前寄一函，想收到。《昔昔鹽》一書不知已從韓左泉處取來重裝否？祈便中示知爲荷。暹約十六號來平一游。餘容面談。即請財安。暹頓首。十一。

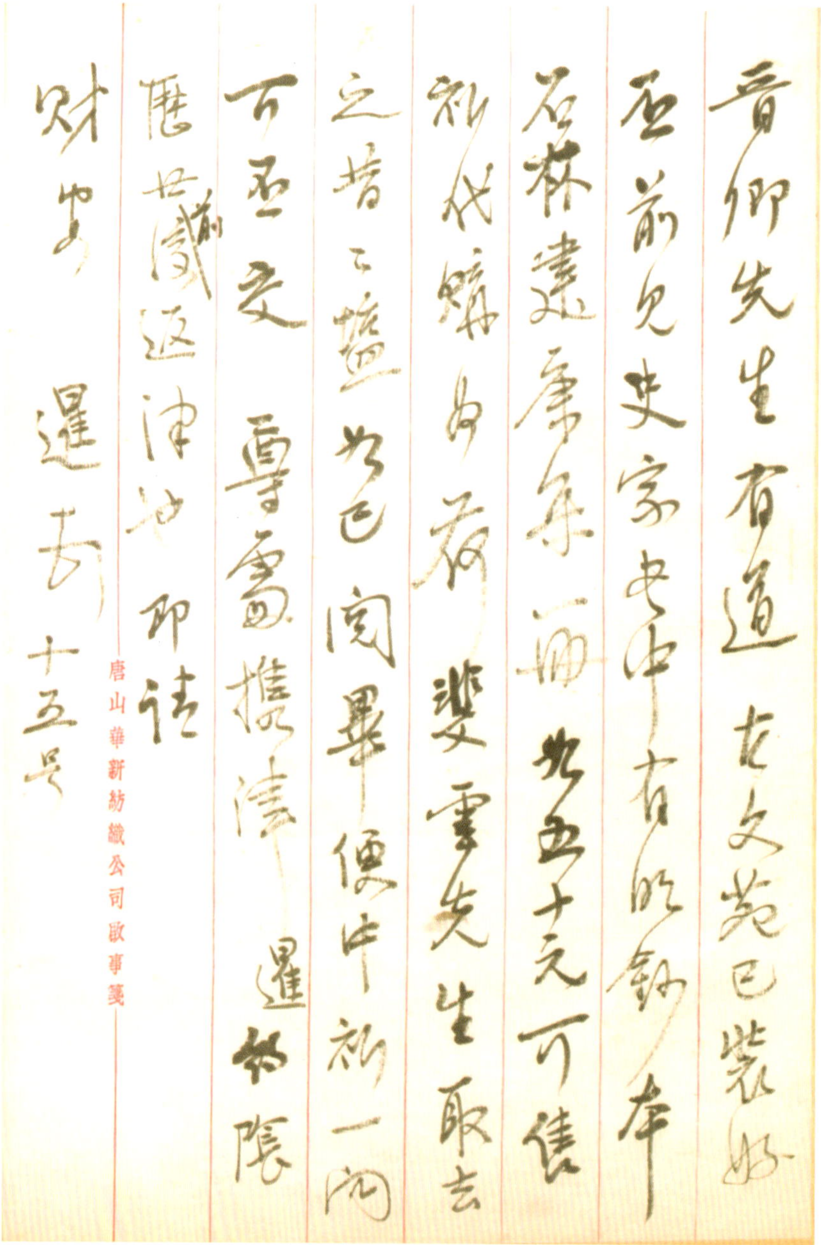
晉卿先生有道：古文苑已裝好否？前見史家書中有明鈔本石林建康集一冊，如五十元可售，祈代購爲荷。斐雲先生取去之昔昔鹽，如已閱畢，便中祈一問，可否交尊處攜津。遲約陰曆廿前後返津也。即請財安。遲頓首。十五號

唐山華新紡織公司啟事箋

第一四〇通

晉卿先生有道：

《古文苑》已裝好否？前見史家書中有明鈔本《石林建康集》一册，如五十元可售，祈代購爲荷。斐雲先生取去之《昔昔鹽》，如已閲畢，便中祈一問，可否交尊處携津。遲約陰曆廿前後返津也。即請財安。遲頓首。十五號。

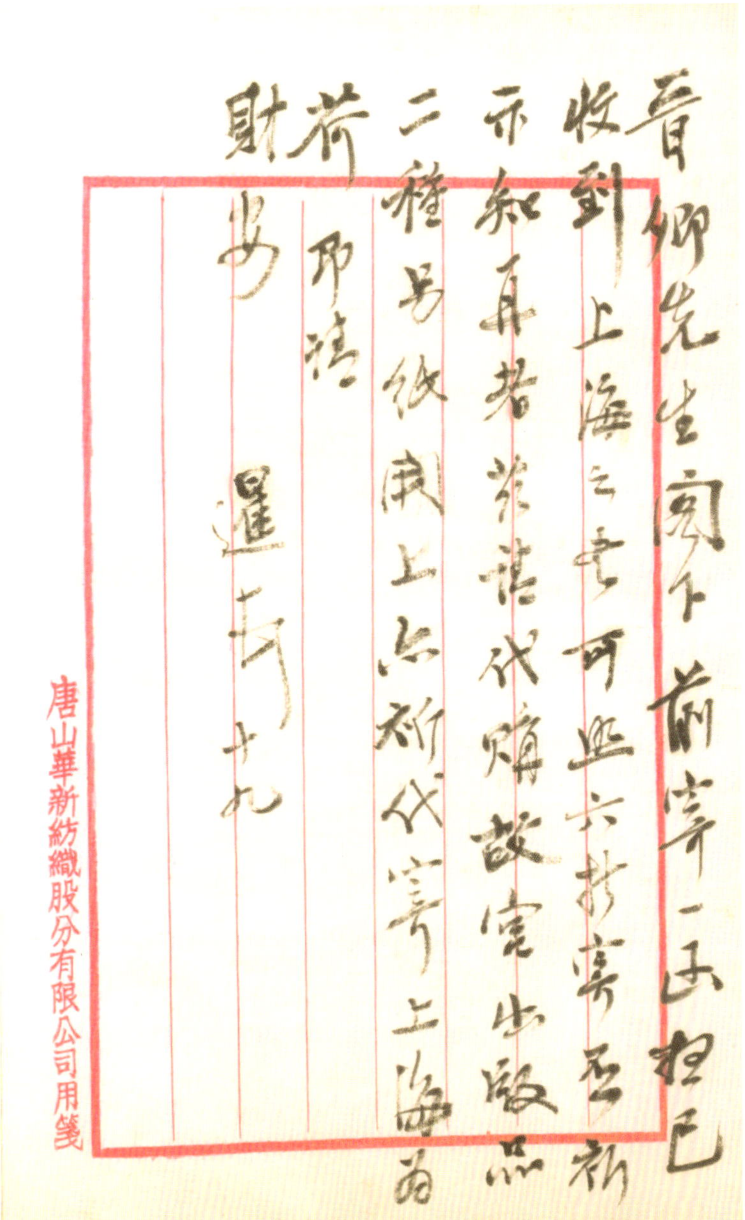
晉卿先生閣下前寄一函想已
收到上海之書可照六折寄否祈
示知再者茲請代購故宮出版品
二種另紙開上亦祈代寄上海爲
荷即請
財安
暹頓首十九

唐山華新紡織股份有限公司用箋

第一四一通

晉卿先生閣下:

前寄一函,想已收到。上海之書可照六折寄否? 祈示知。再者,茲請代購故宫出版品二種,另紙開上,亦祈代寄上海爲荷。即請財安。暹頓首。十九。

《宋四家墨寶》(《故宫周刊》雙十節增刊)、《宋人法書》(四册,附《考釋》一本),現在故宫出品大減價,不知是幾折? 望示知。請寄上海康腦脱路七三三弄五號孫師匡。

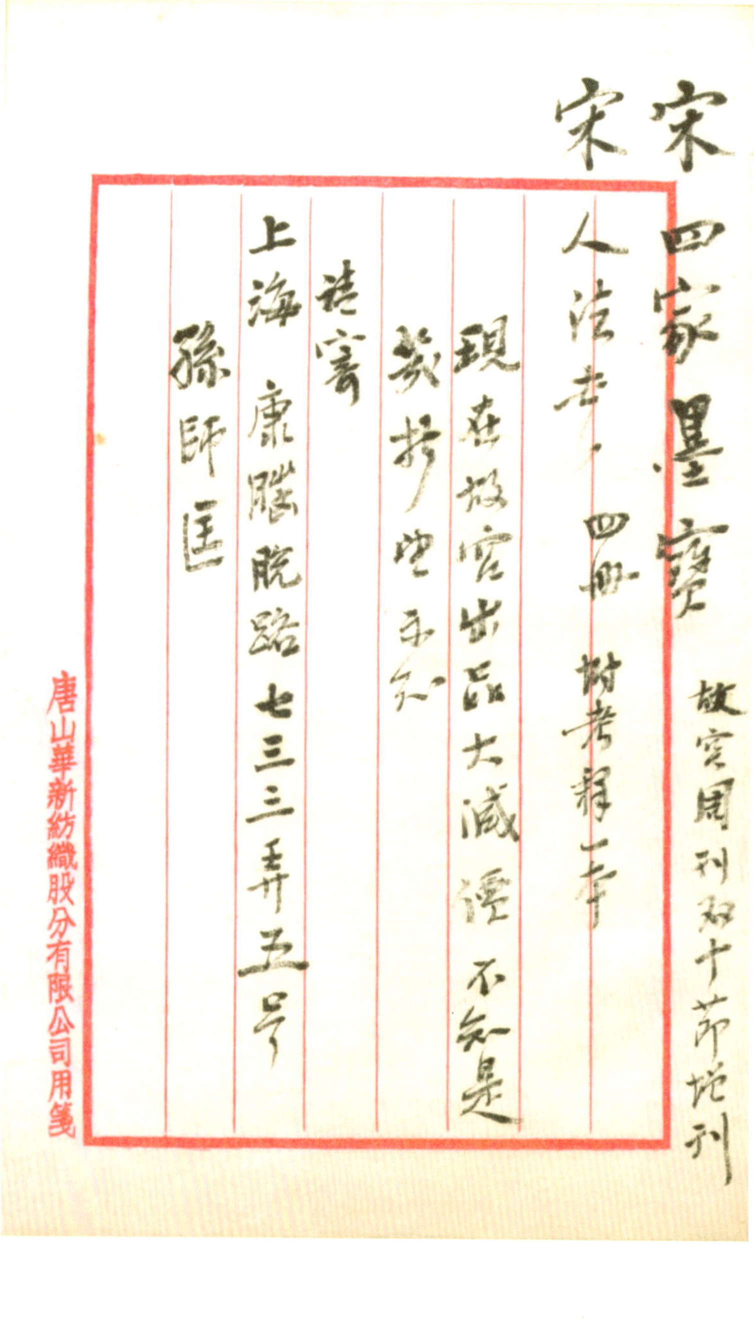

宋四家墨寶　故宮周刊雙十節增刊

宋人法書、四冊　附考釋一本

現在故宮出品大減價，不知是

幾折，望示知

請寄

上海康腦脫路七三三弄五號

孫師匡

唐山華新紡織股份有限公司用箋

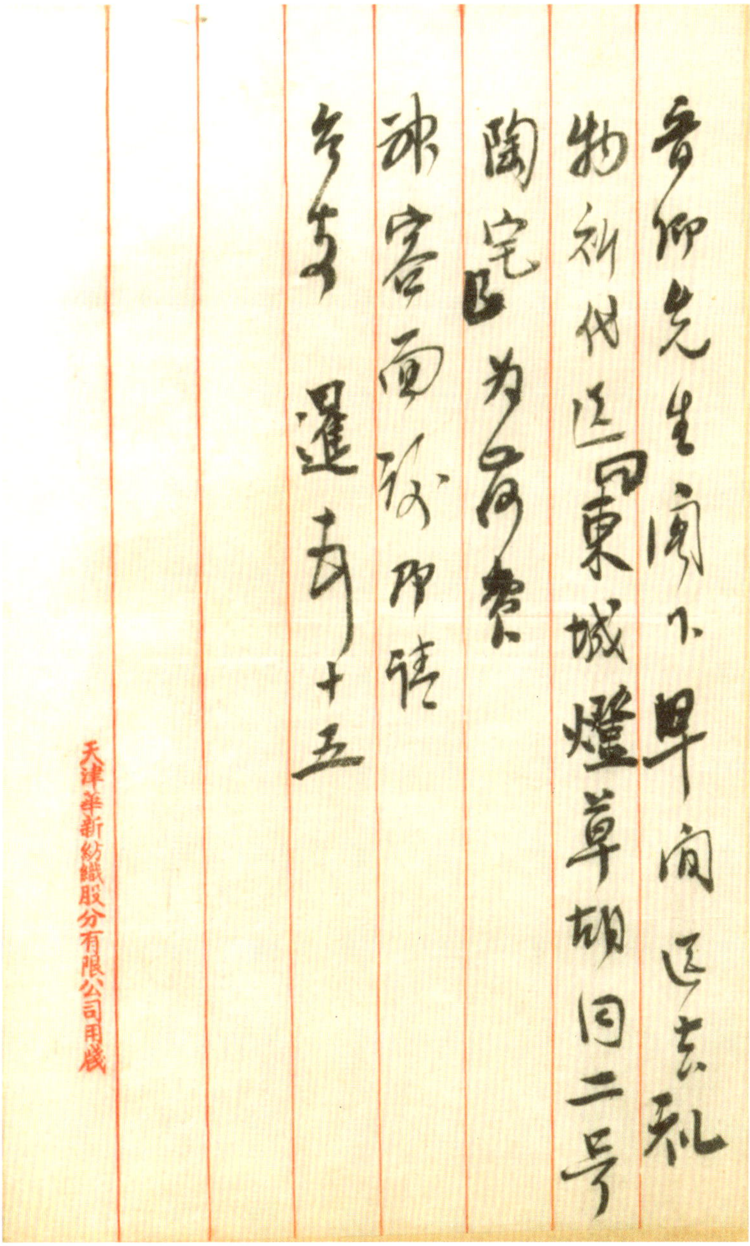
晋卿先生閣下 早间送去礼
物祈代送東城燈草胡同二号
陶宅 为荷 費
神 容面談 即請
台安 暹頓首 十五
天津華新紡織股分有限公司用箋

第一四二通

晋卿先生閣下：

早間送去禮物，祈代送“東城燈草胡同二號陶宅”爲荷。費神。容面談。即請台安。暹頓首。十五。

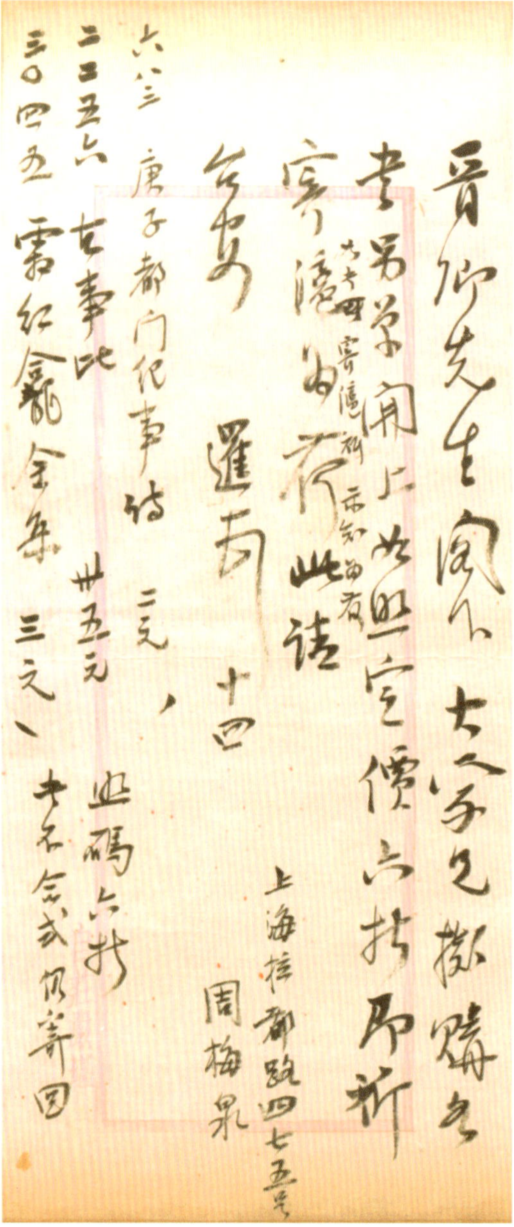

第一四三通

晋卿先生閣下:

大家兄擬購各書,另單開上,如照定價六折,即祈寄滬爲荷(各書如寄滬,祈示知爲荷)。此請台安。暹頓首。十四。

上海拉都路四七五號周梅泉。

六八三:《庚子都門紀事詩》二元,二二五六:《古事比》卅五元,三〇四五:《霜紅龕全集》三元。照碼六折,書不合式,仍寄回。

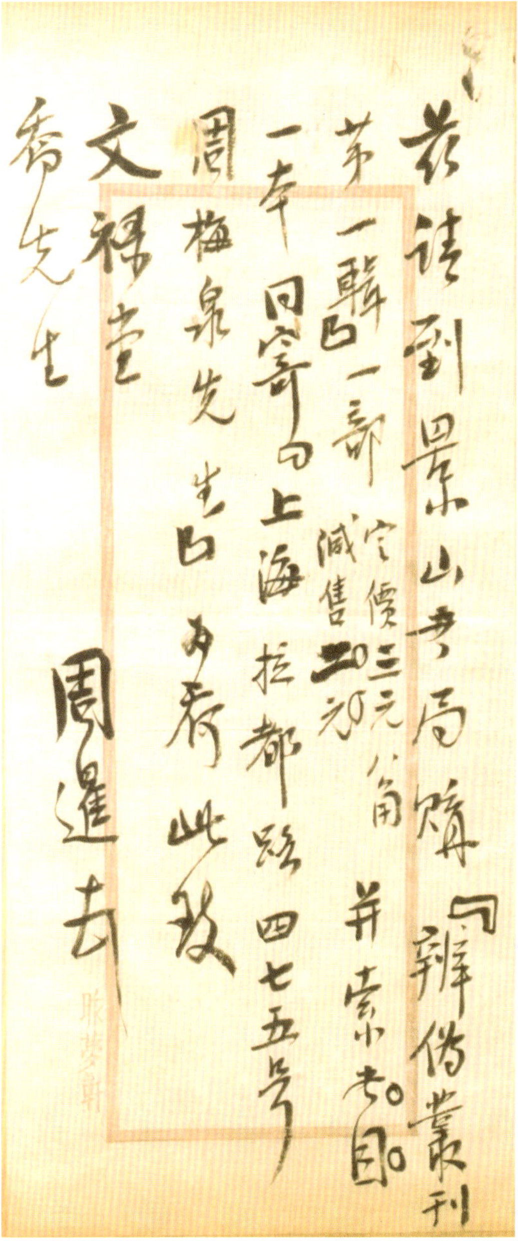

第一四四通

兹請到景山書局購《辨僞叢刊》第一輯一部（定價三元八角，減售二元），并索書目一本，同寄上海拉都路四七五號周梅泉先生爲荷。此致。文禄堂喬先生。周暹頓首。

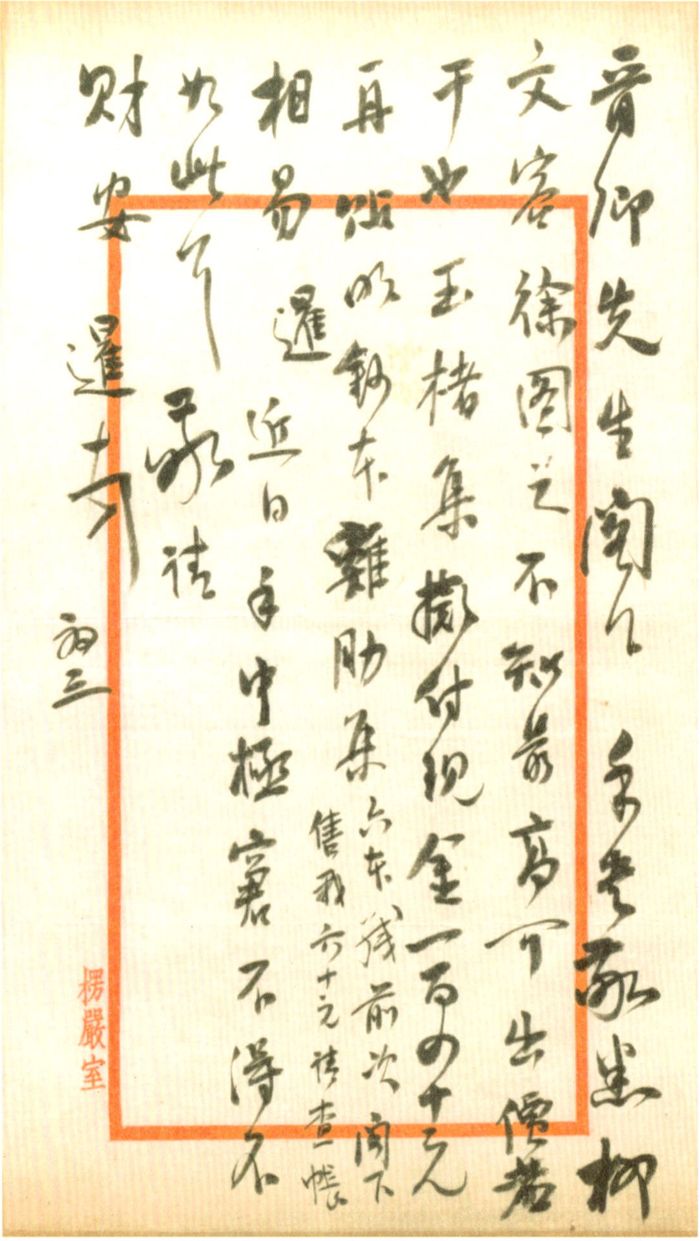
晋卿先生閣下手書敬悉柳
文容徐圖之不知最高可出價若
干也玉楮集擬付現金一百四十元
再貼明鈔本雜肋集六本殘前次閣下售我六十元請查帳
相易暹近日手中極窘不得不
如此耳敬請
財安 暹頓首
初三
楞嚴室

第一四五通

晋卿先生閣下：

手書敬悉。《柳文》容徐圖之，不知最高可出價若干也？《玉楮集》擬付現金一百四十元，再貼明鈔本《雞肋集》（六本，殘，前次閣下售我六十元，請查帳）相易，暹近日手中極窘，不得不如此耳。敬請財安。暹頓首。初三。

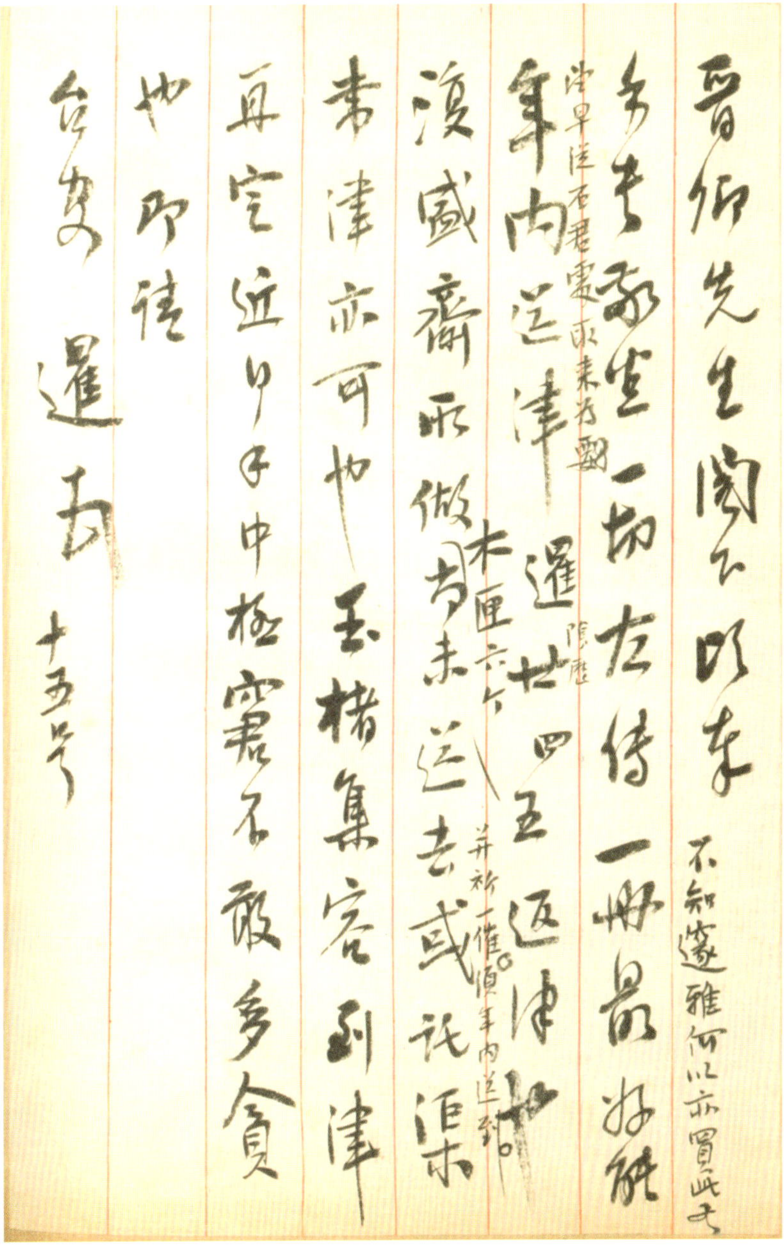

第一四六通

晋卿先生閣下:

頃奉手書,敬悉一切。《左傳》一册(不知邃雅何以亦買此書)最好能年内送津(望早從石君處取來爲要)。暹陰曆廿四五返津也。復盛齋所做木匣六個,尚未送去(并祈一催,須年内送到),或托渠帶津亦可也。《玉楮集》容到津再定,近日手中極窘,不敢多貪也。即請台安。暹頓首。十五號。

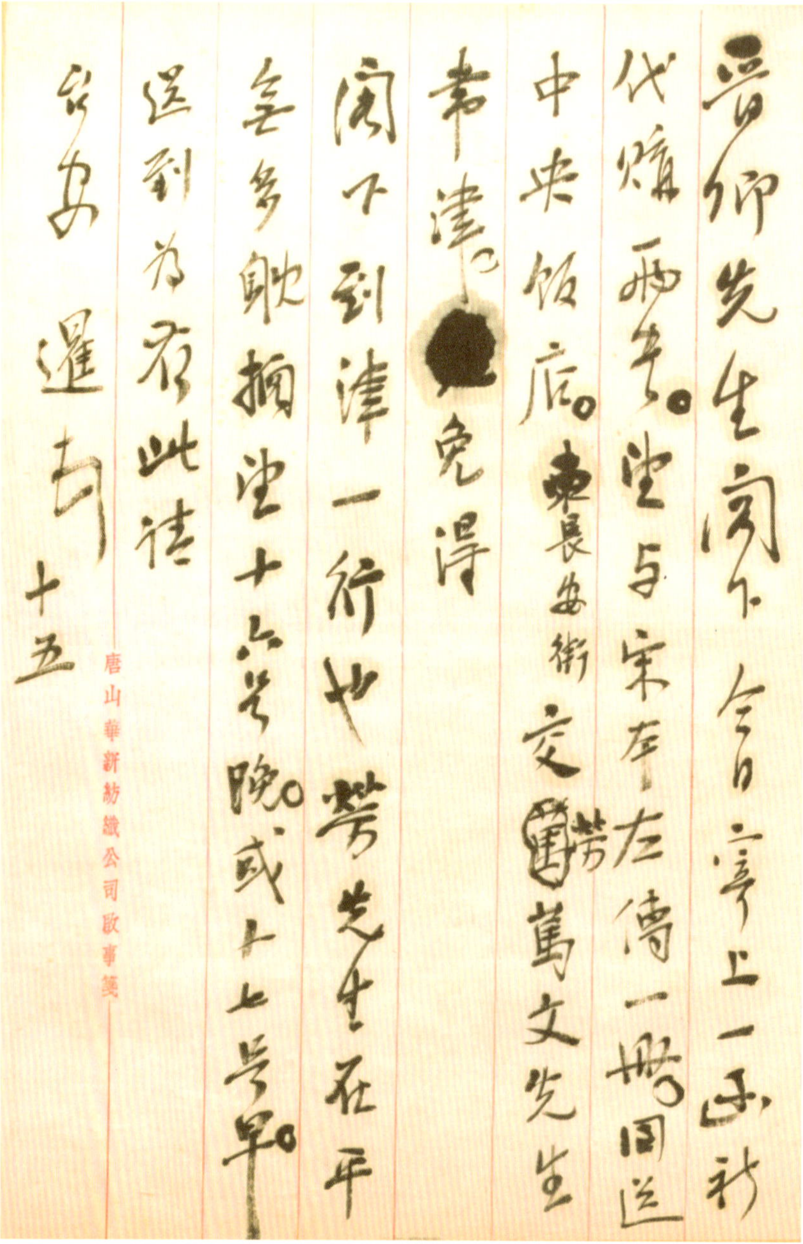

第一四七通

晋卿先生閣下：

今日寄上一函，祈代購兩書，望與宋本《左傳》一册，同送中央飯店（東長安街），交勞篤文先生帶津，免得閣下到津一行也。勞先生在平無多耽擱，望十六號晚或十七號早送到爲荷。此請台安。暹頓首。十五。

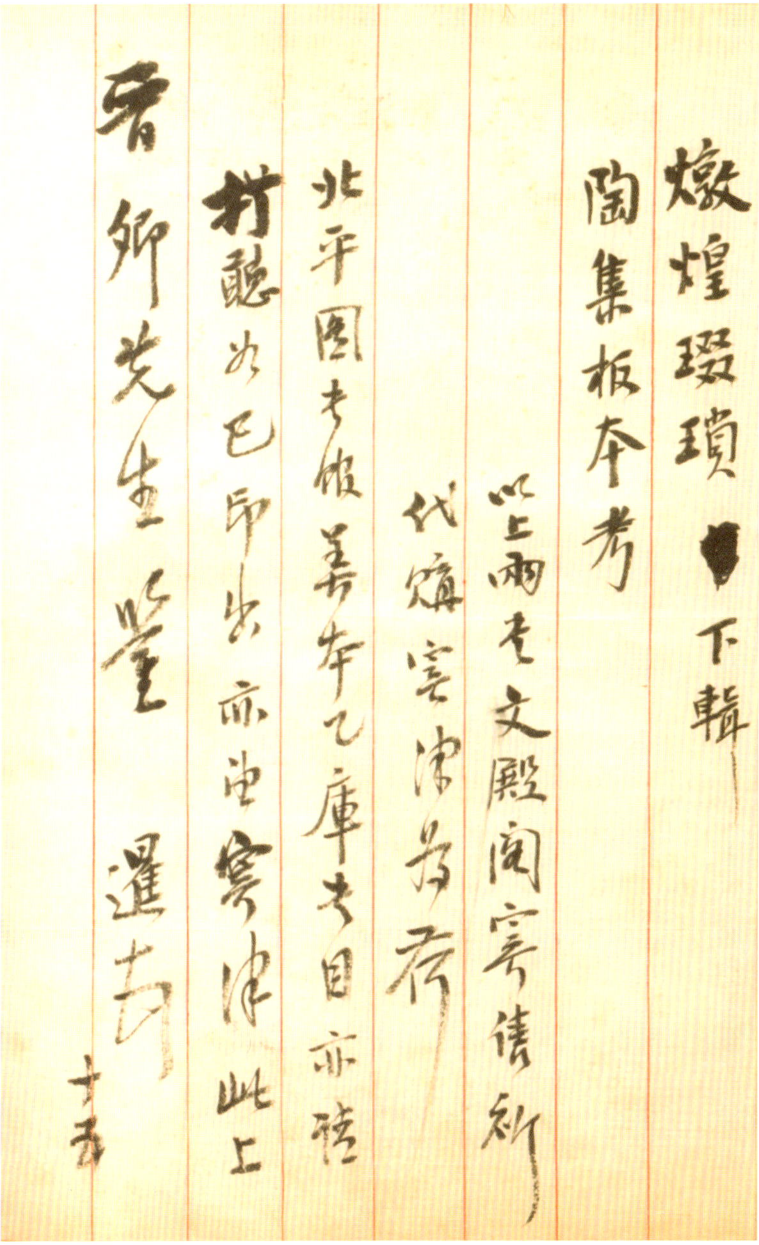
燉煌瓌瑣 下輯
陶集板本考
以上兩書文殿閣寄售祈
代購寄津爲荷
北平圖書館善本乙庫書目亦請
打聽如已印出亦望寄津此上
晋卿先生鑒
遲頓首
十五

第一四八通

《敦煌瓌瑣》（下輯）、《陶集版本考》，以上兩書文殿閣寄售，祈代購寄津爲荷。《北平圖書館善本乙庫書目》亦請打聽，如已印出，亦望寄津。此上。晋卿先生鑒。遲頓首。十五。

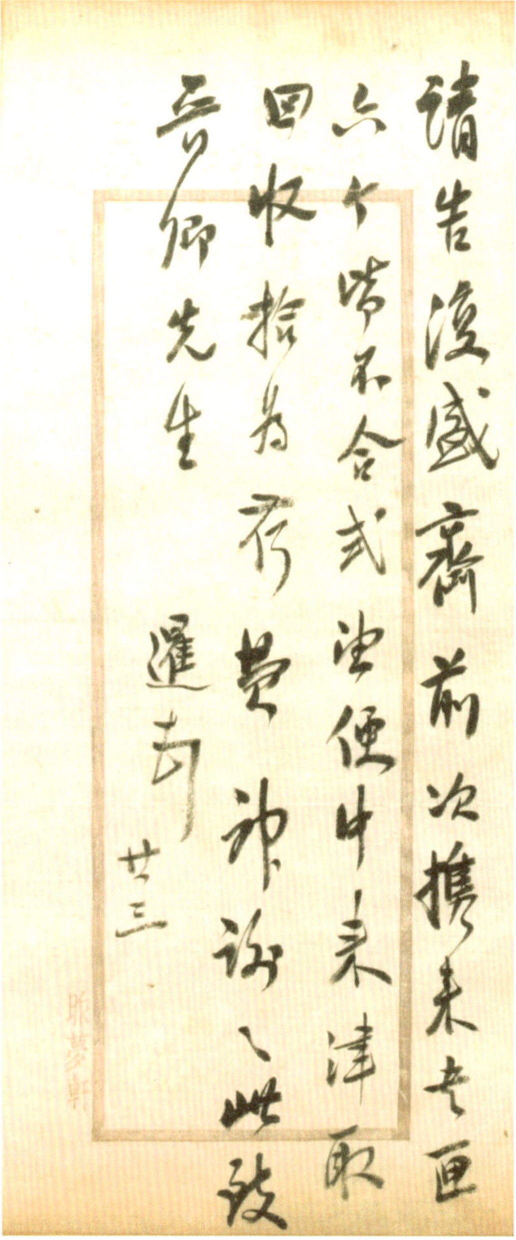
請告復盛齋前次携來書匣六个皆不合式望便中來津取回收拾爲荷費神謝〻此致
晉卿先生
遲頓首
廿三

第一四九通

請告復盛齋,前次携來書匣六个,皆不合式,望便中來津取回收拾爲荷。費神。謝謝。此致。晉卿先生。遲頓首。廿三。

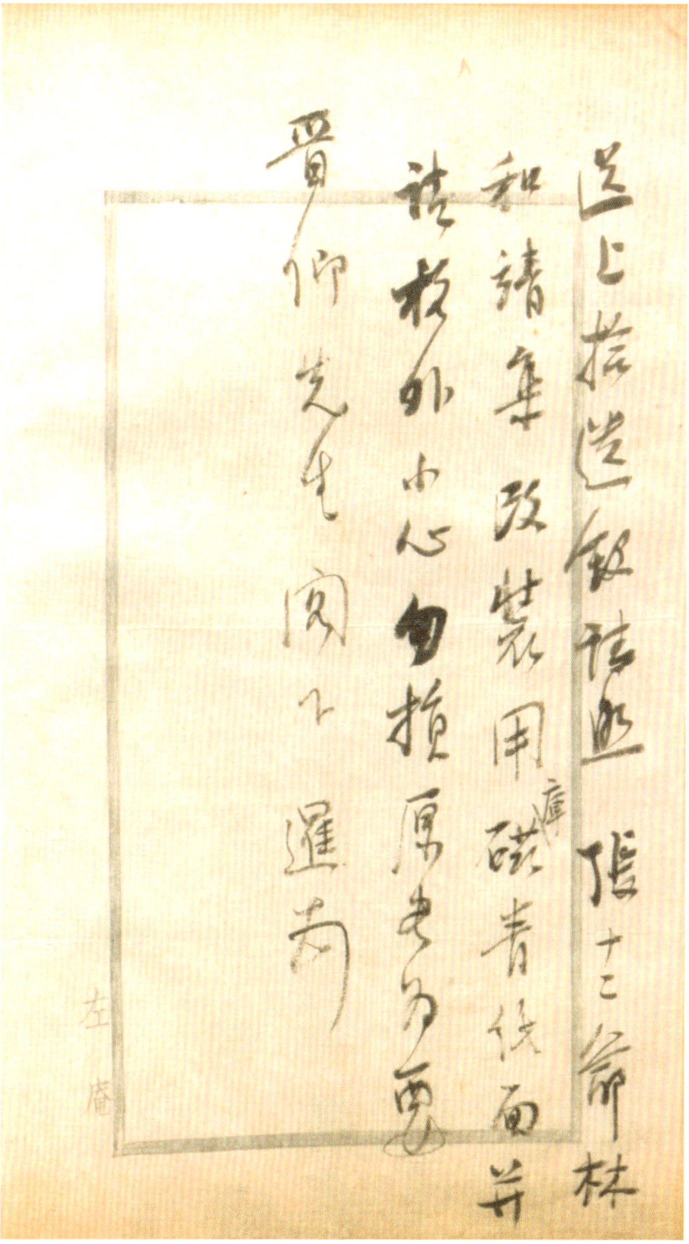
送上拾遺録請照張十二爺林
和靖集改裝用庫磁青紙面并
請格外小心勿損原書爲要
晋卿先生閣下　遲頓首
左庵

第一五〇通

送上《拾遺録》，請照張十二爺《林和靖集》改裝，用庫磁青紙面，并請格外小心，勿損原書爲要。晋卿先生閣下。遲頓首。

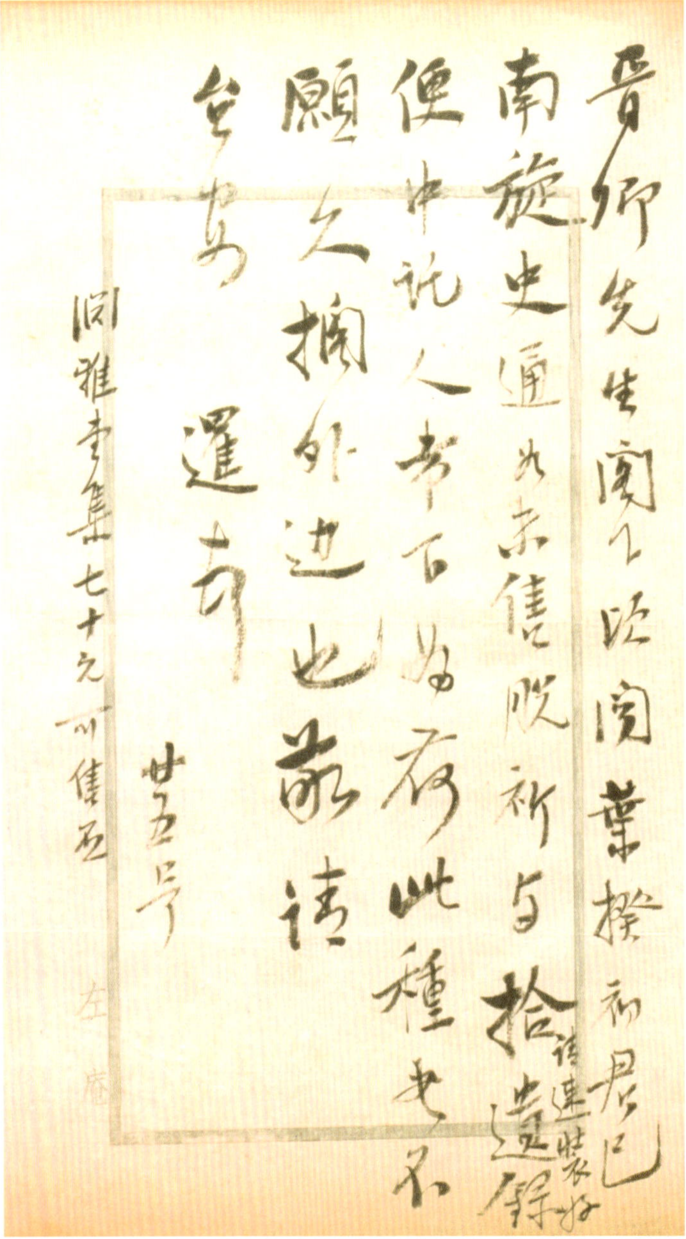

第一五一通

晋卿先生閣下：

頃聞葉揆初君已南旋。《史通》如未售脱，祈與《拾遺録》（請速裝好）便中托人帶下爲荷。此種書不願久擱外邊也。敬請台安。暹頓首。廿五號。

《淵雅堂集》七十元可售否？

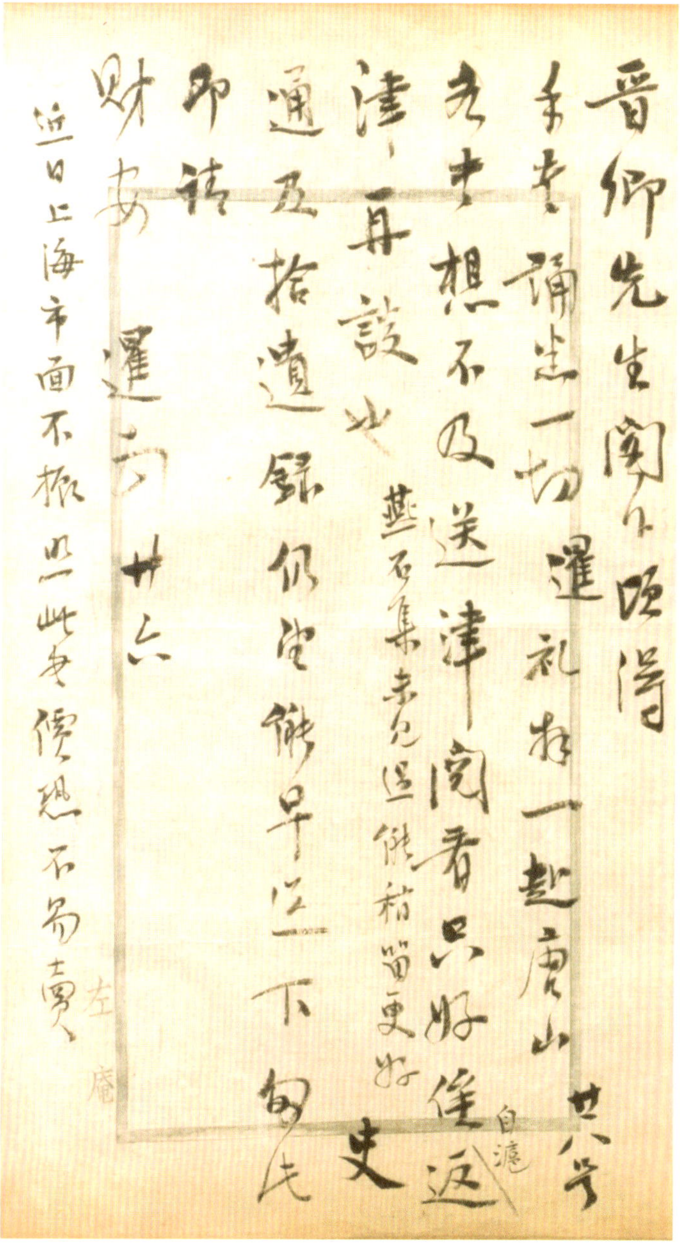

第一五二通

晋卿先生閣下：

頃得手書，誦悉一切。暹禮拜一赴唐山（廿八號），各書想不及送津閲看，祇好俟自滬返津再談也（《燕石集》未見過，能稍留更好）。《史通》及《拾遺録》仍望能早送下。匆此。即請財安。暹頓首。廿六。

近日上海市面不振，照此書價，恐不易賣。

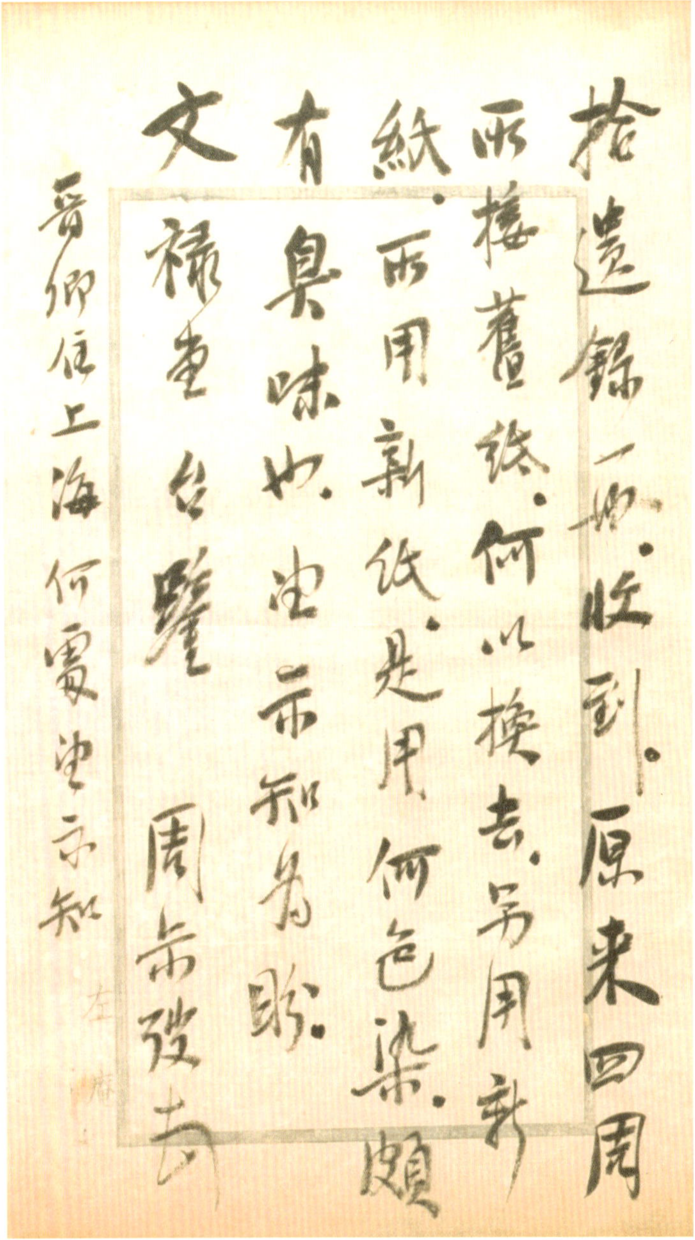

第一五三通

《拾遺録》一册收到。原來四周所接舊紙，何以换去另用新紙？所用新紙是用何色染？頗有臭味也。望示知爲盼。文禄堂台鑒。周叔弢頓首。

晋卿住上海何處望示知。

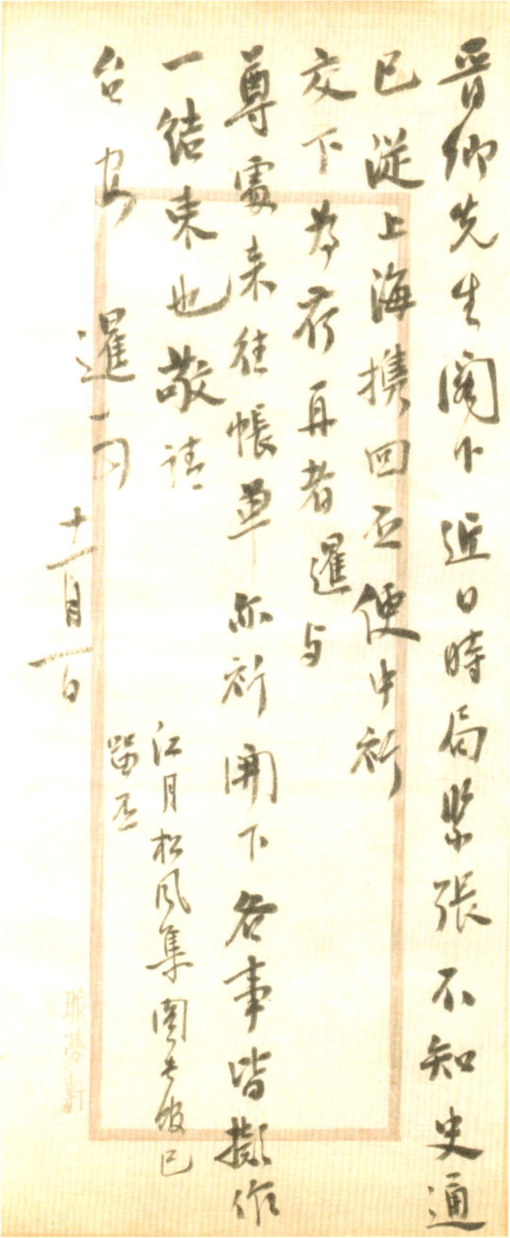
晋卿先生閣下 近日時局緊張不知史通
已從上海携回否便中祈
交下爲荷再者暹與
尊處來往帳單亦祈開下各事皆擬作
一結束也敬請
台安 暹頓首
十一月一日
江月松風集圖書館已
留否

第一五四通

晋卿先生閣下:

近日時局緊張,不知《史通》已從上海携回否?便中祈交下爲荷。再者,暹與尊處來往帳單,亦祈開下,各事皆擬作一結束也。敬請台安。暹頓首。十一月一日。

《江月松風集》圖書館已留否?

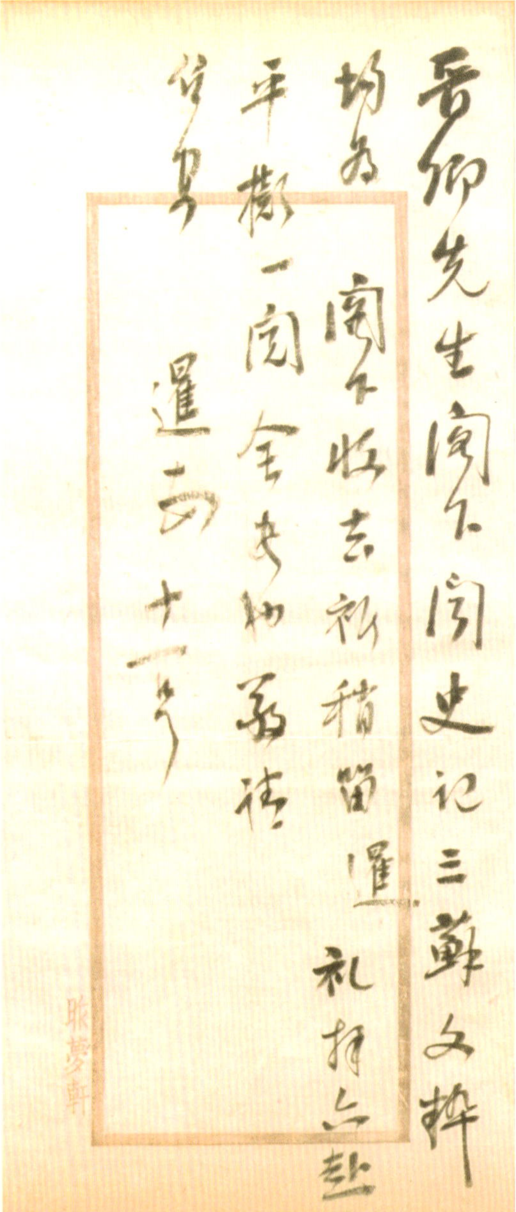

第一五五通

晉卿先生閣下：

聞《史記》《三蘇文粹》均爲閣下收去，祈稍留，暹禮拜六赴平，擬一閱全書也。敬請台安。暹頓首。十一號。

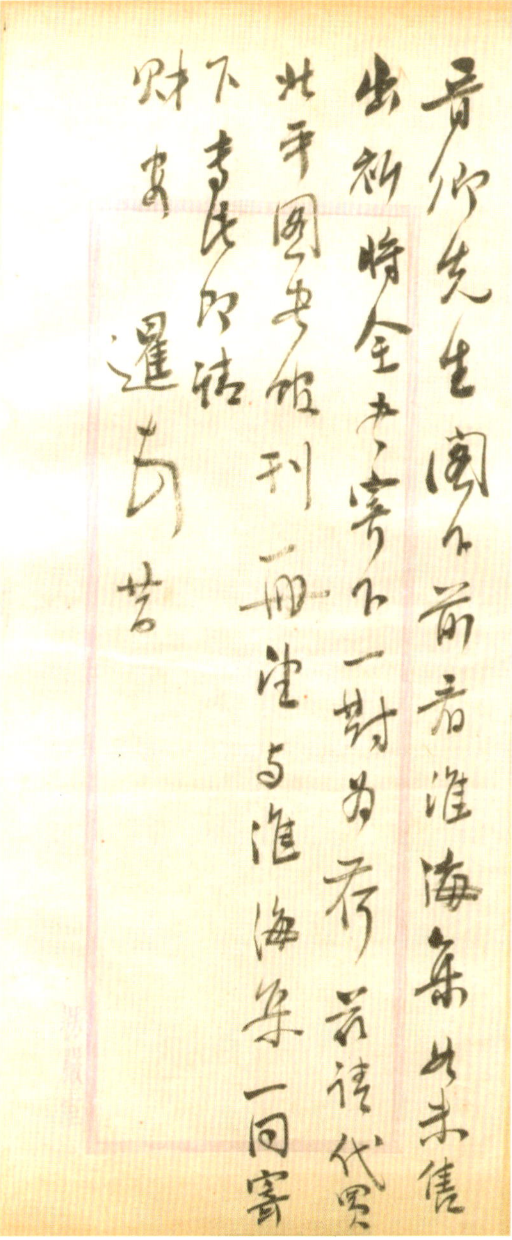
晉卿先生閣下：前看淮海集如未售
出祈將全書寄下一對爲荷茲請代買
北平圖書館刊一冊望與淮海集一同寄
下專此即請
財安　　遲頓首

第一五六通

晉卿先生閣下：

前看《淮海集》，如未售出，祈將全書寄下一對爲荷。玆請代買《北平圖書館刊》一册，望與《淮海集》一同寄下。專此。即請財安。遲頓首。廿日。

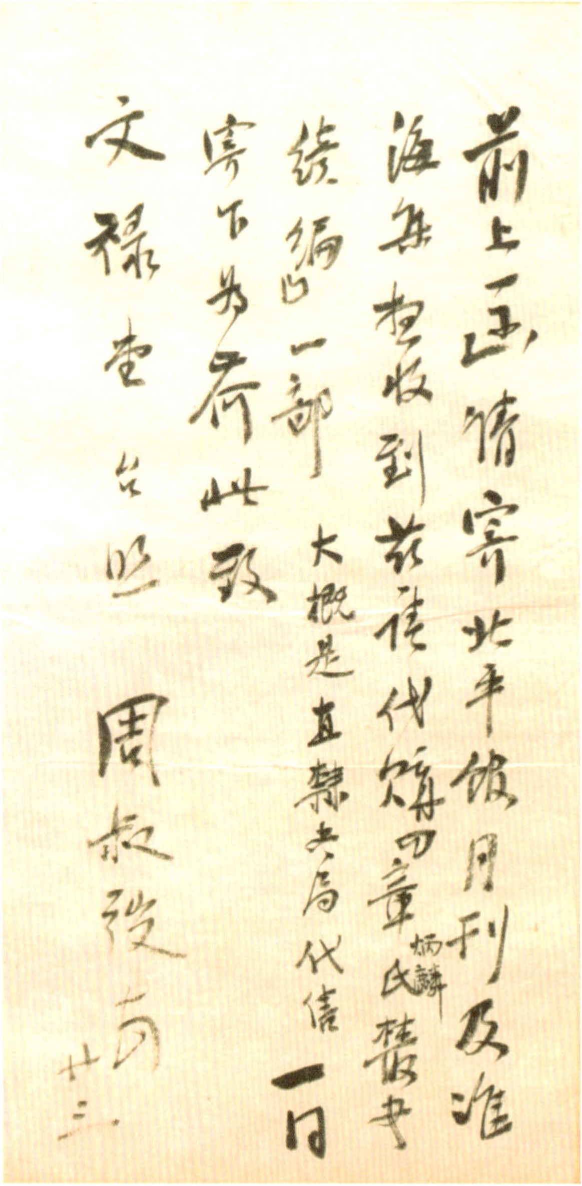
前上一函請寄北平館月刊及淮
海集想收到茲請代購章氏(炳麟)叢書
續編一部(大概是直隸書局代售)一同
寄下爲荷此致
文禄堂台照
周叔弢頓首
廿三

第一五七通

前上一函，請寄《北平館月刊》及《淮海集》，想收到。茲請代購《章氏（炳麟）叢書續編》一部（大概是直隸書局代售），一同寄下爲荷。此致。文禄堂台照。周叔弢頓首。廿三。

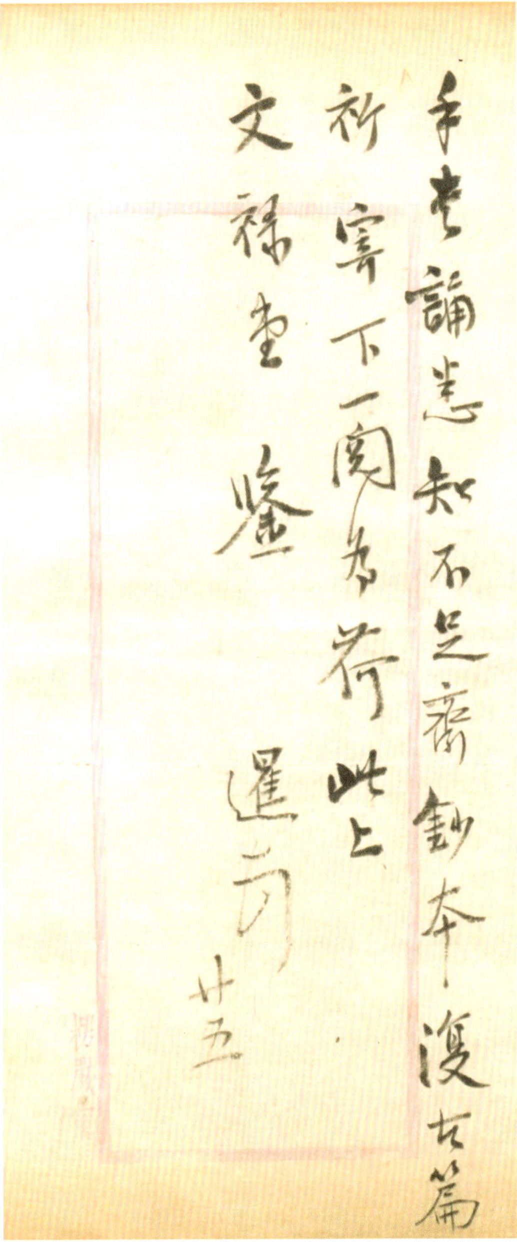
手書誦悉知不足齋鈔本復古篇
祈寄下一閱爲荷此上
文禄堂鑒　暹頓首
廿五

第一五八通

手書誦悉。知不足齋鈔本《復古篇》，祈寄下一閱爲荷。此上。文禄堂鑒。暹頓首。廿五。

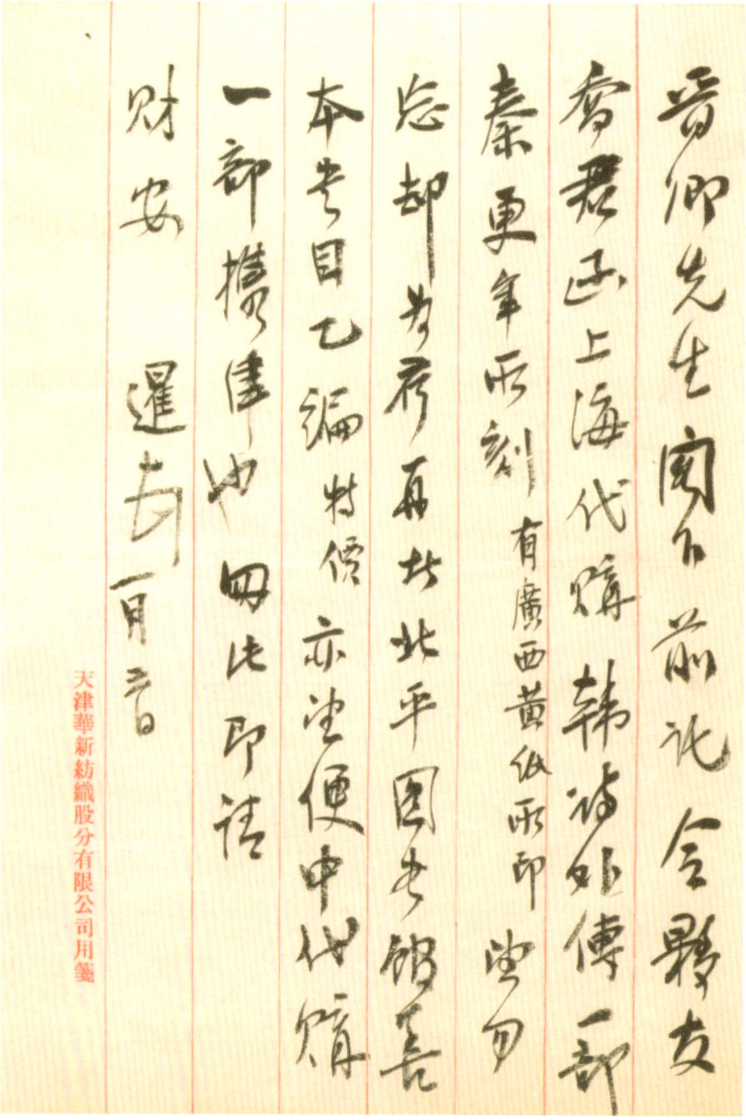
晉卿先生閣下
前託令夥友
喬君函上海代購韓詩外傳一部
秦更年所刻有廣西黃紙所印望勿
忘却爲荷再者北平圖書館善
本書目乙編特價亦望便中代購
一部攜津也匆此即請
財安　遲頓首
一月三日
天津華新紡織股分有限公司用箋

第一五九通

晉卿先生閣下：

前托令夥友喬君函上海，代購《韓詩外傳》一部，秦更年所刻（有廣西黃紙所印），望勿忘却爲荷。再者，《北平圖書館善本書目乙編》（特價）亦望便中代購一部携津也。匆此。即請財安。遲頓首。一月三日。

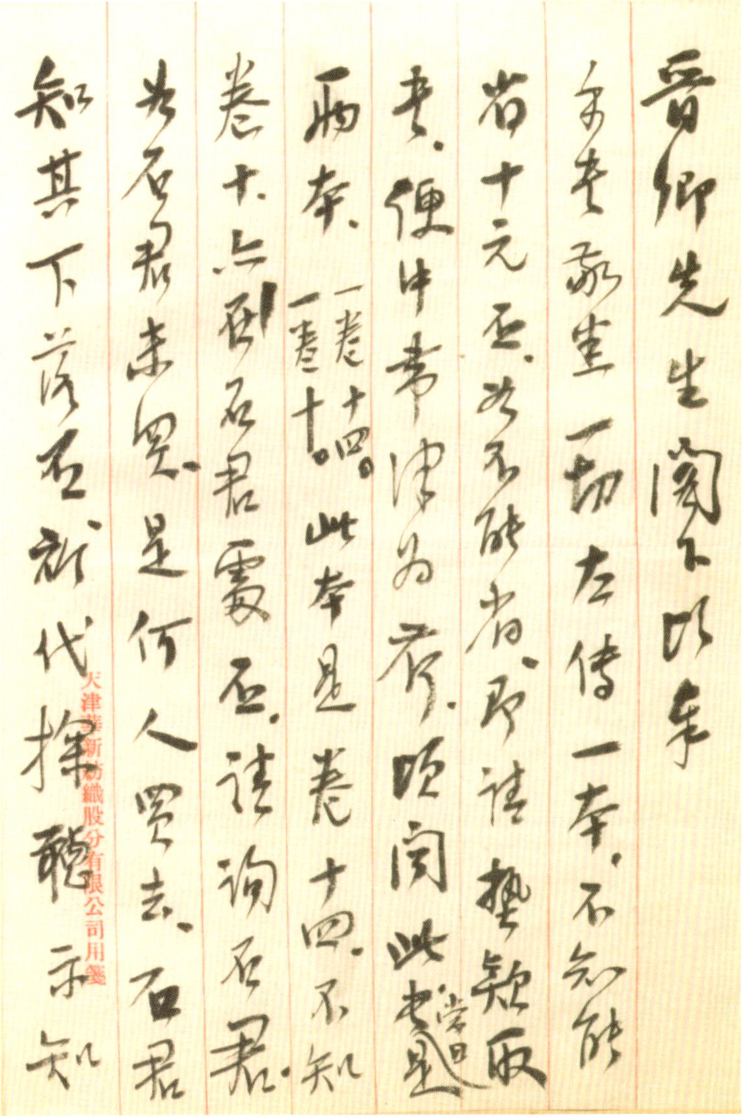

第一六〇通

晋卿先生閣下:

頃奉手書,敬悉一切。《左傳》一本,不知能省十元否?如不能省,即請墊款取書,便中帶津爲荷。頃聞此書,當日是兩本(一卷十四、一卷十),此本是卷十四,不知卷十亦在石君處否?請詢石君。如石君未買,是何人買去?石君知其下落否?祈代探聽示知爲荷。

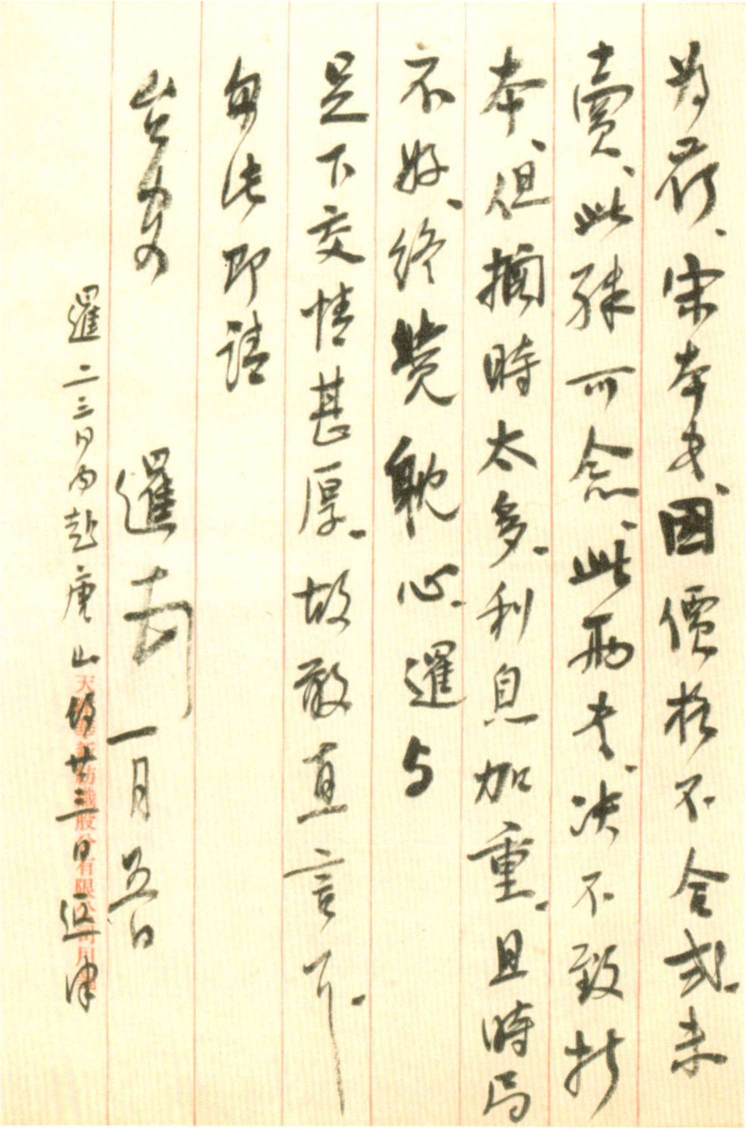

宋本書因價格不合式未賣、此殊可念、此兩書決不致折本、但擱時太多、利息加重、且時局不好、終覺耽心、暹與足下交情甚厚、故敢直言耳、匆此即請台安

暹頓首 一月五日

暹二三日內赴唐山約廿三日返津

宋本書因價格不合式未賣，此殊可念，此兩書决不致折本，但擱時太多，利息加重，且時局不好，終覺耽心。暹與足下交情甚厚，故敢直言耳。匆此。即請台安。暹頓首。一月五日。

暹二三日内赴唐山，約廿三日返津。

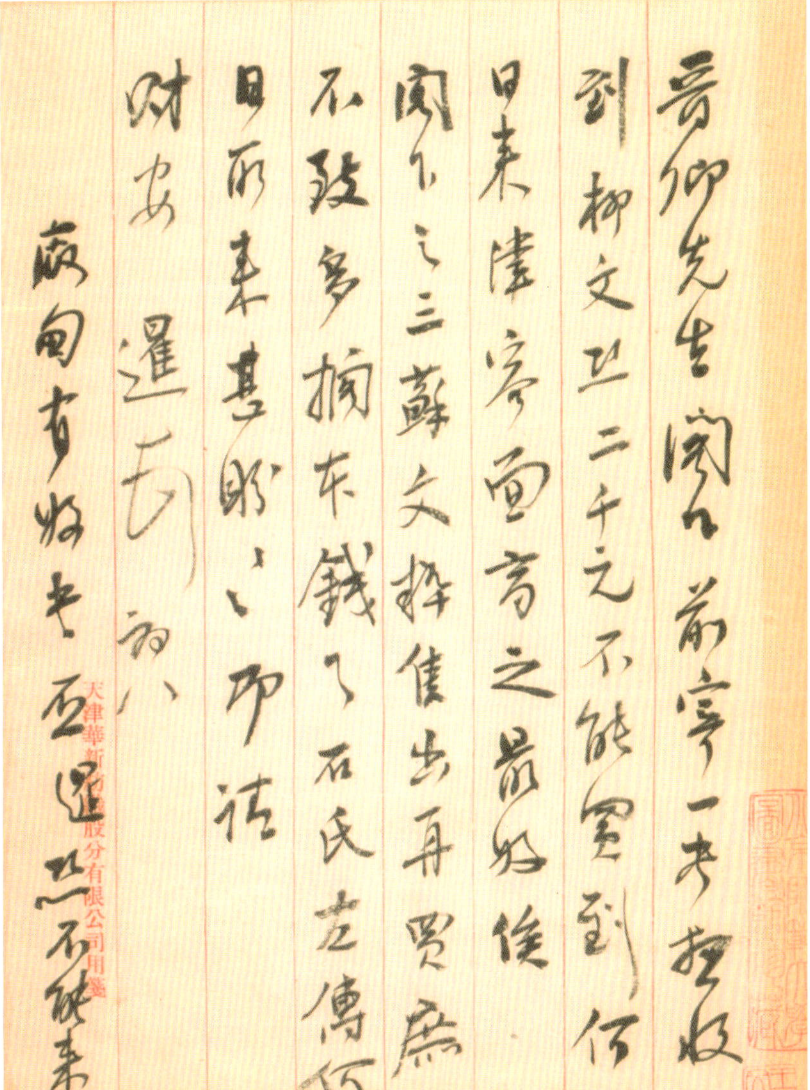

第一六一通

晉卿先生閣下：

前寄一書，想收到。《柳文》恐二千元不能買到，何日來津，容面商之。最好俟閣下之《三蘇文粹》售出再買，庶不致多擱本錢了。石氏《左傳》何日取來？甚盼甚盼。即請財安。暹頓首。初八。

廠甸有好書否？暹恐不能來也。

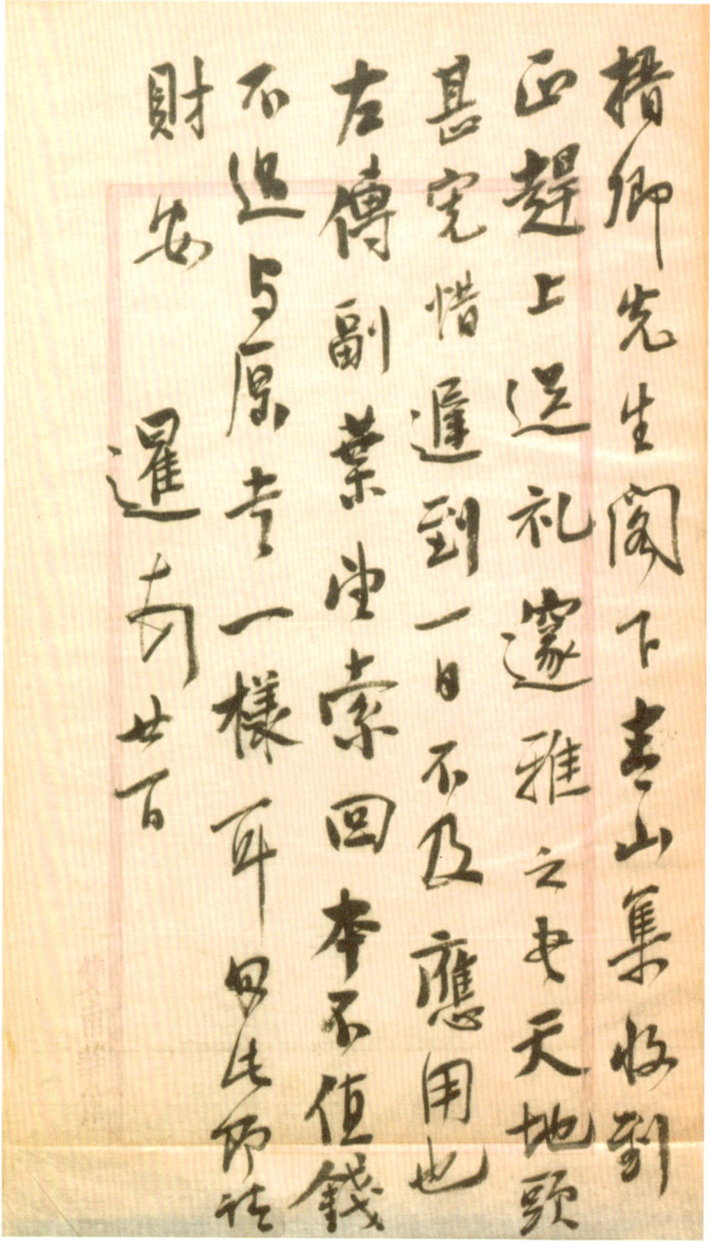
揩卿先生閣下：青山集收到。正趕上送禮。邃雅之書天地頭甚寬，惜遲到一日，不及應用也。左傳副葉望索回，本不值錢，不過與原書一樣耳。匆此。即請財安。暹頓首。廿一日

第一六二通

揩卿先生閣下：

《青山集》收到。正趕上送禮。邃雅之書天地頭甚寬，惜遲到一日，不及應用也。《左傳》副葉望索回，本不值錢，不過與原書一樣耳。匆此。即請財安。暹頓首。廿一日。

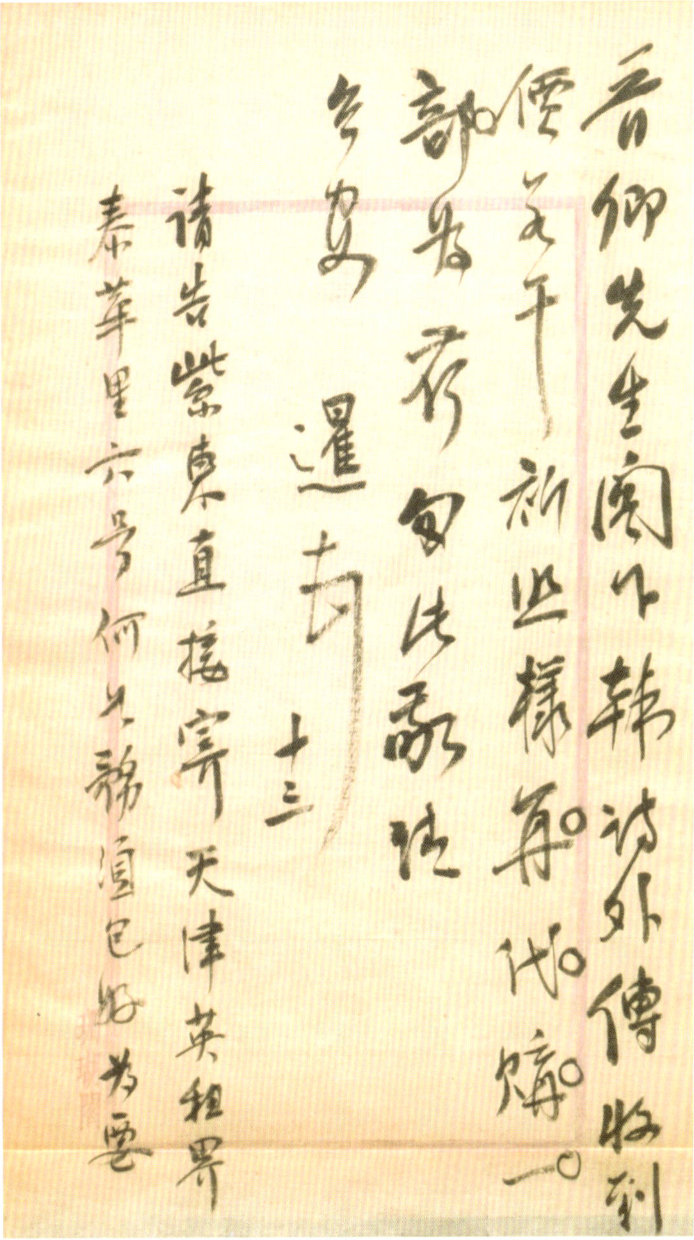
晉卿先生閣下：《韓詩外傳》收到。價若干？祈照樣再代購一部爲荷。匆此。敬請台安。遲頓首。十三。
請告紫東直接寄天津英租界泰華里六號，何如？務須包好爲要。

第一六三通

晉卿先生閣下：

《韓詩外傳》收到。價若干？祈照樣再代購一部爲荷。匆此。敬請台安。遲頓首。十三。

請告紫東：直接寄天津英租界泰華里六號，何如？務須包好爲要。

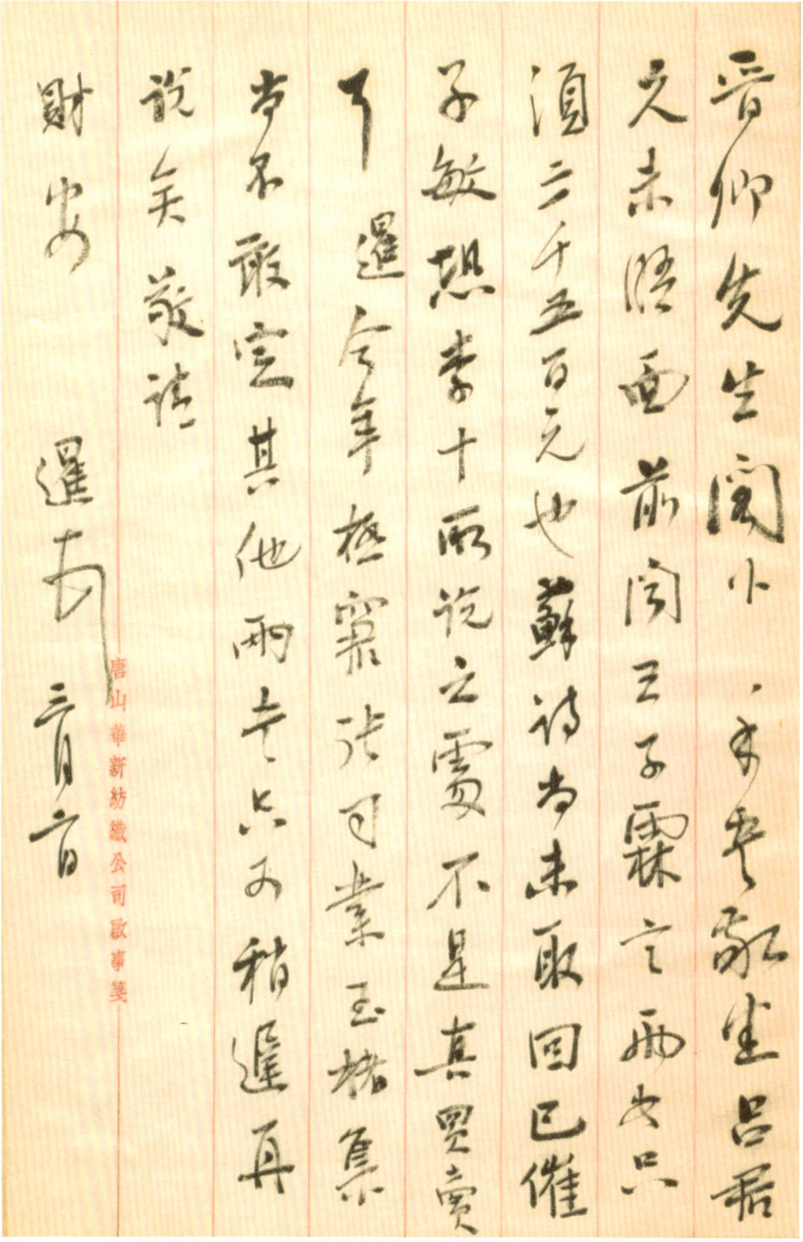
晉卿先生閣下：手書敬悉。吕君
久未晤面。前聞王子霖言，兩書祇
須三千五百元也。蘇詩尚未取回，已催
子敏，恐李十所説之處不是真買賣
耳。暹今年極窘，張司業玉楮集
尚不敢定，其他兩書亦可稍遲再
説矣。敬請
財安。暹頓首。三月二日。
唐山華新紡織公司啟事箋

第一六四通

晉卿先生閣下:

手書敬悉。吕君久未晤面。前聞王子霖言,兩書祇須三千五百元也。《蘇詩》尚未取回,已催子敏,恐李十所説之處不是真買賣耳。暹今年極窘,《張司業》《玉楮集》尚不敢定,其他兩書亦可稍遲再説矣。敬請財安。暹頓首。三月二日。

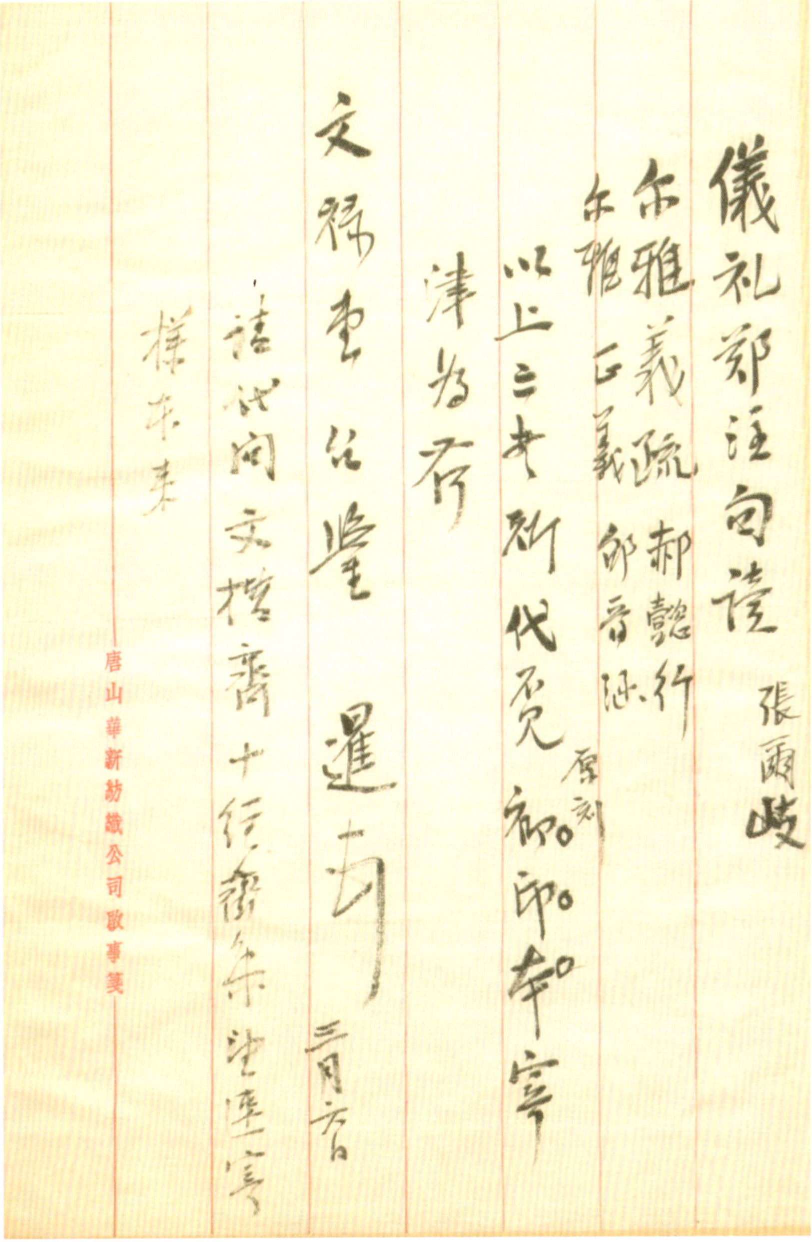
儀礼郑注句读 張爾岐
尔雅義疏 郝懿行
尔雅正義 邵晋涵
以上三书祈代觅原刻初印本寄
津为荷
文禄堂台鑒
暹頓首 三月六日
請代問文楷齋十經齋集望速寄
樣本來
唐山華新紡織公司啟事箋

第一六五通

《儀禮鄭注句讀》(張爾岐)、《爾雅義疏》(郝懿行)、《爾雅正義》(邵晉涵),以上三書,祈代覓原刻初印本寄津爲荷。文禄堂台鑒。暹頓首。三月六日。

請代問文楷齋《十經齋集》,望速寄樣本來。

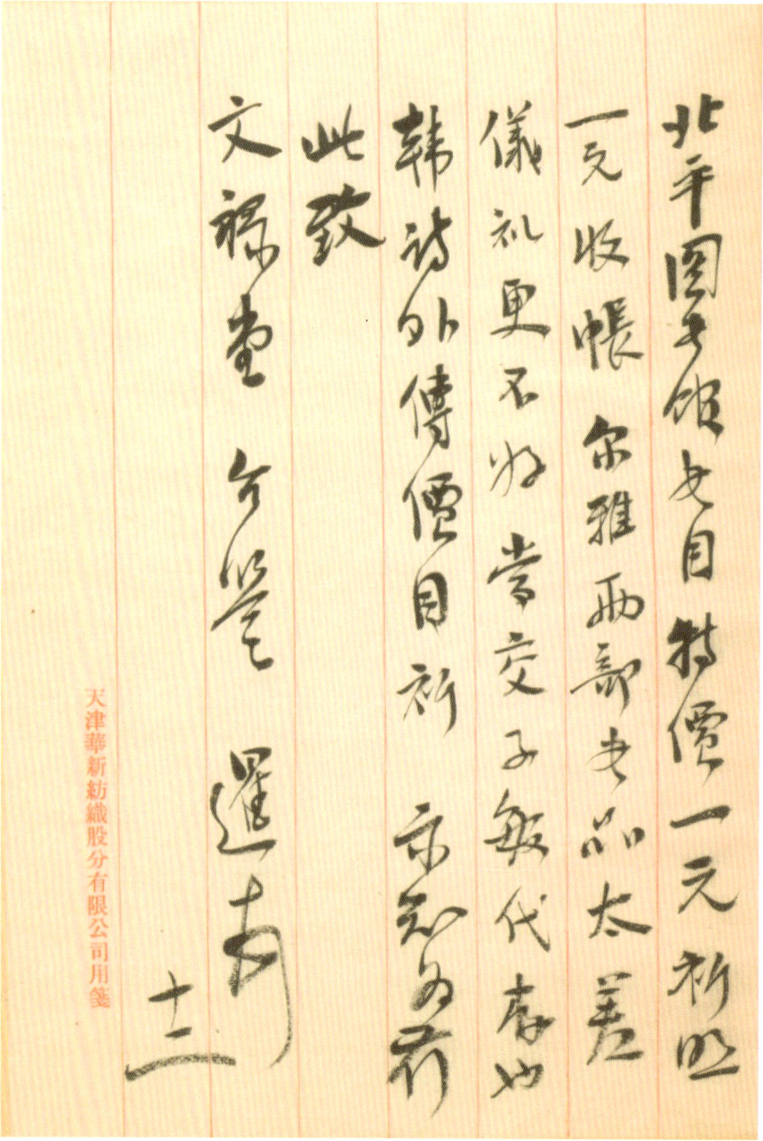
北平圖書館書目特價一元祈照
一元收帳爾雅兩部書品太差
儀禮更不好當交子敏代存也
韓詩外傳價目祈示知爲荷
此致
文禄堂台鑒
暹頓首
十二
天津華新紡織股分有限公司用箋

第一六六通

《北平圖書館書目》特價一元，祈照一元收帳。《爾雅》兩部書品太差，《儀禮》更不好，當交子敏代存也。《韓詩外傳》價目，祈示知爲荷。此致。文禄堂台鑒。暹頓首。十二。

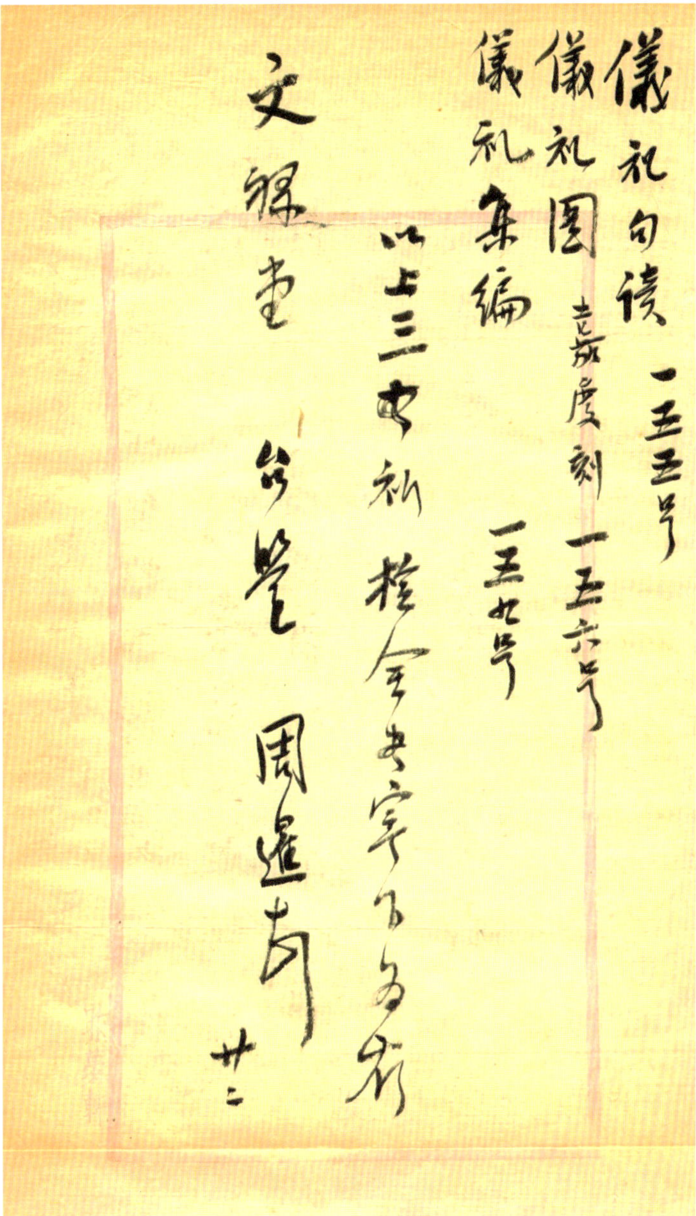
儀礼句讀　一五五号
儀礼圖　嘉慶刻　一五六号
儀礼集編　一五九号
以上三書祈檢全書寄下爲荷
文禄堂　台鑒　周暹頓首
廿二

第一六七通

《儀禮句讀》(一五五號)、《儀禮圖》(嘉慶刻，一五六號)、《儀禮集編》(一五九號)，以上三書祈檢全書寄下爲荷。文禄堂台鑒。周暹頓首。廿二。

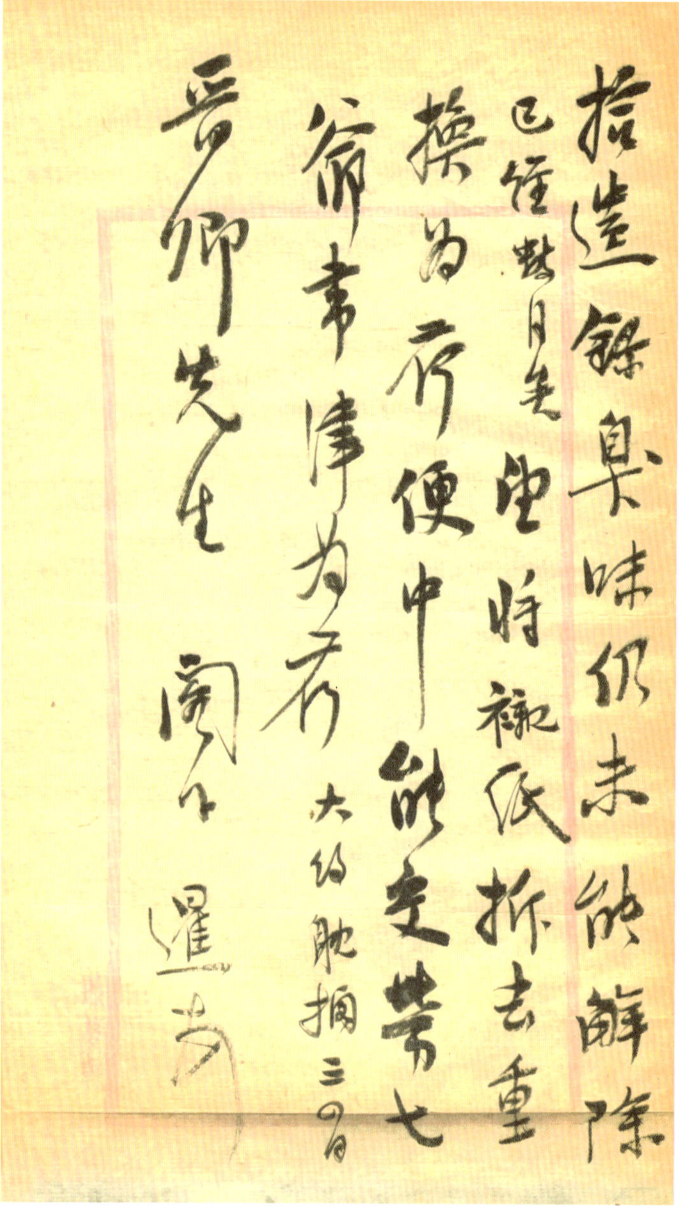

第一六八通

《拾遺録》臭味仍未能解除，已經數月矣。望將襯紙拆去重换爲荷。便中能交勞十爺帶津爲荷。大約耽擱三四日。晋卿先生閣下。暹頓首。

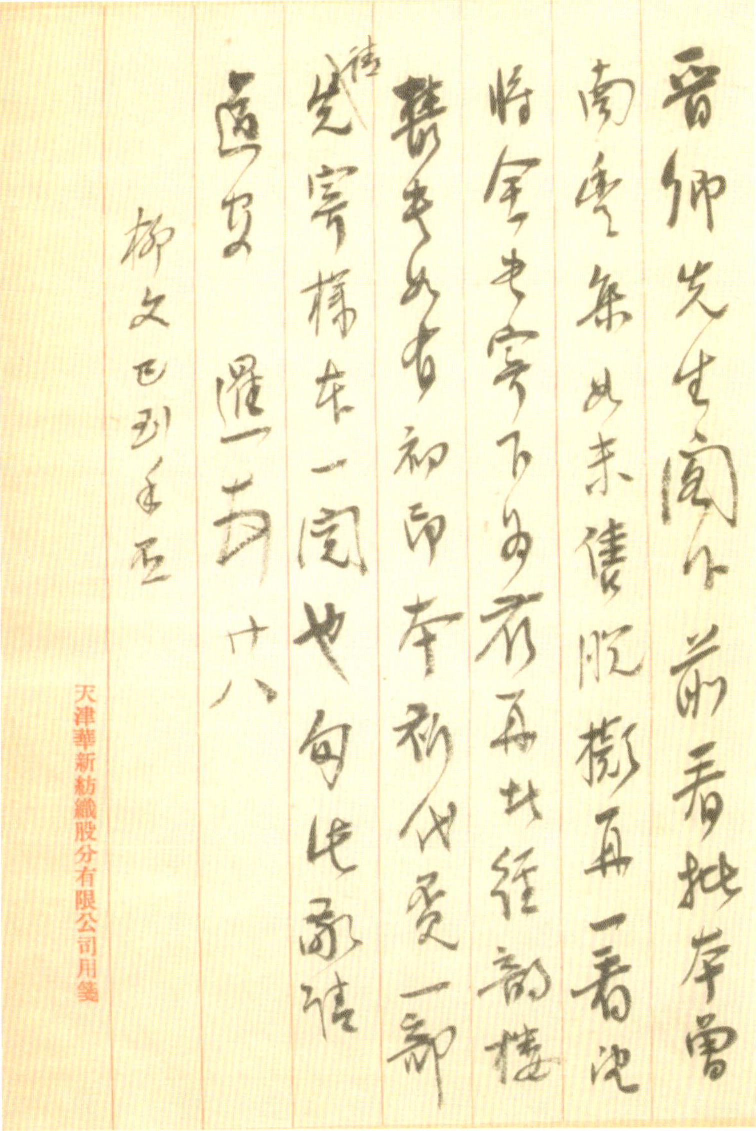

第一六九通

晋卿先生閣下：

前看批本《曾南豐集》，如未售脱，擬再一看，望將全書寄下爲荷。再者，《經韵樓叢書》如有初印本，祈代覓一部，請先寄樣本一閲也。匆此。敬請道安。暹頓首。廿八。

《柳文》已到手否？

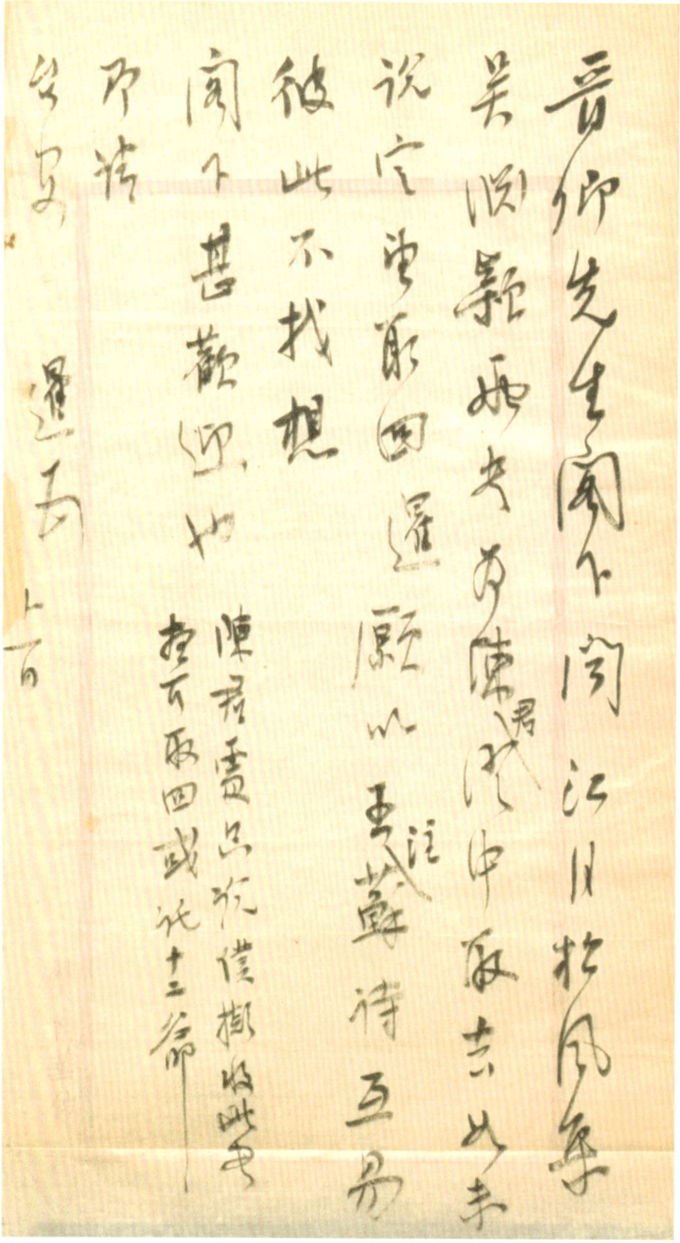

第一七〇通

晉卿先生閣下：

聞《江月松風集》《吴淵穎》兩書爲陳君澄中取去，如未説定，望取回。暹願以王注《蘇詩》互易，彼此不找，想閣下甚歡迎也（陳君處祇説僕擬收此書，想可取回，或托十二爺）。即請台安。暹頓首。十一日。

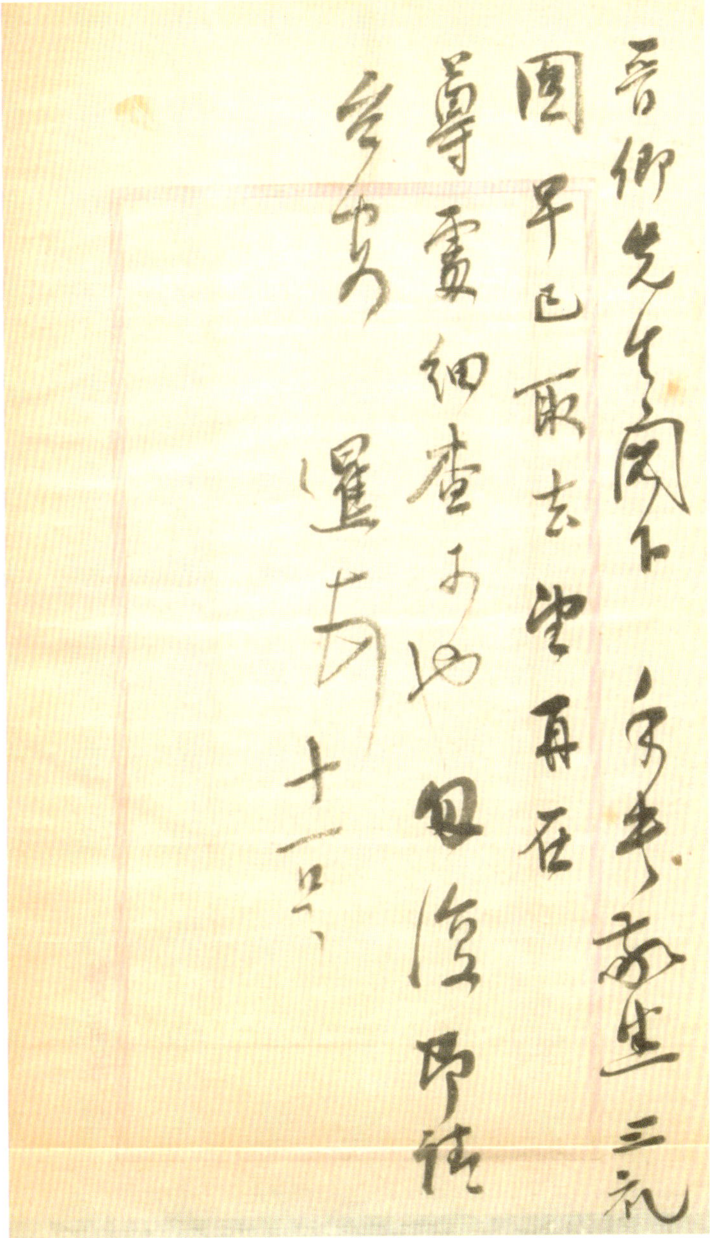
晋卿先生閣下 手書敬悉 三礼
圖早已取去 望再在
尊處細查可也 匆復 即請
台安
暹頓首
十一號

第一七一通

晋卿先生閣下：

手書敬悉。《三禮圖》早已取去，望再在尊處細查可也。匆復。即請台安。暹頓首。十一號。

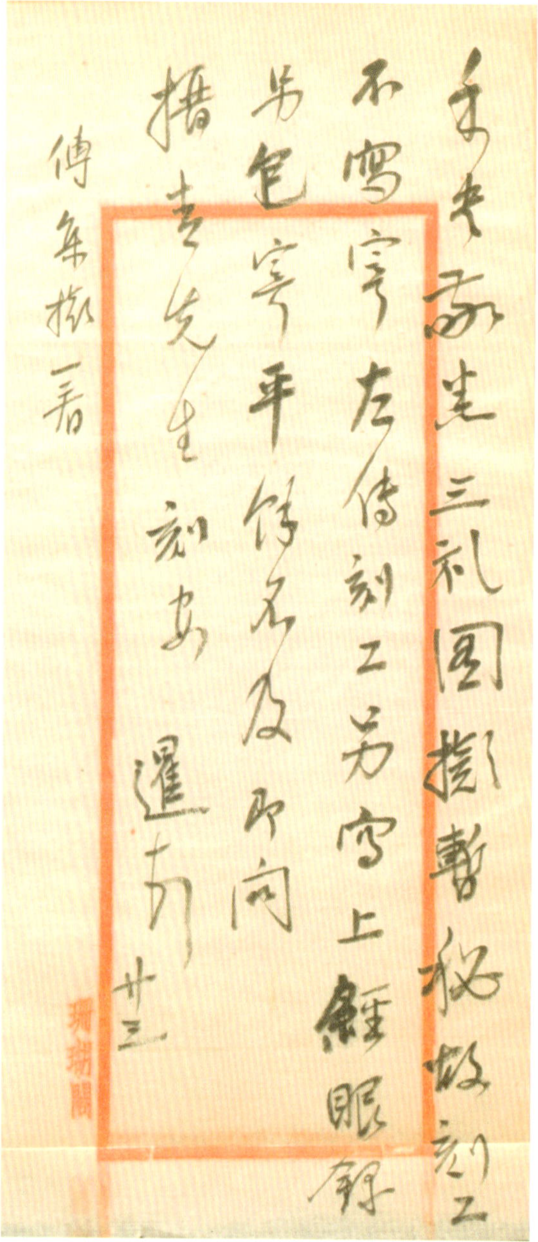
手書敬悉三礼圖擬暫秘故刻工
不寫寄左傳刻工另寫上經眼録
另包寄平餘不及即問
播青先生刻安
暹頓首 廿三
傳集擬一看

第一七二通

手書敬悉。《三禮圖》擬暫秘，故刻工不寫。寄《左傳》，刻工另寫上。《經眼録》另包寄平。餘不及。即問播青先生刻安。暹頓首。廿三。

《傳集》擬一看。

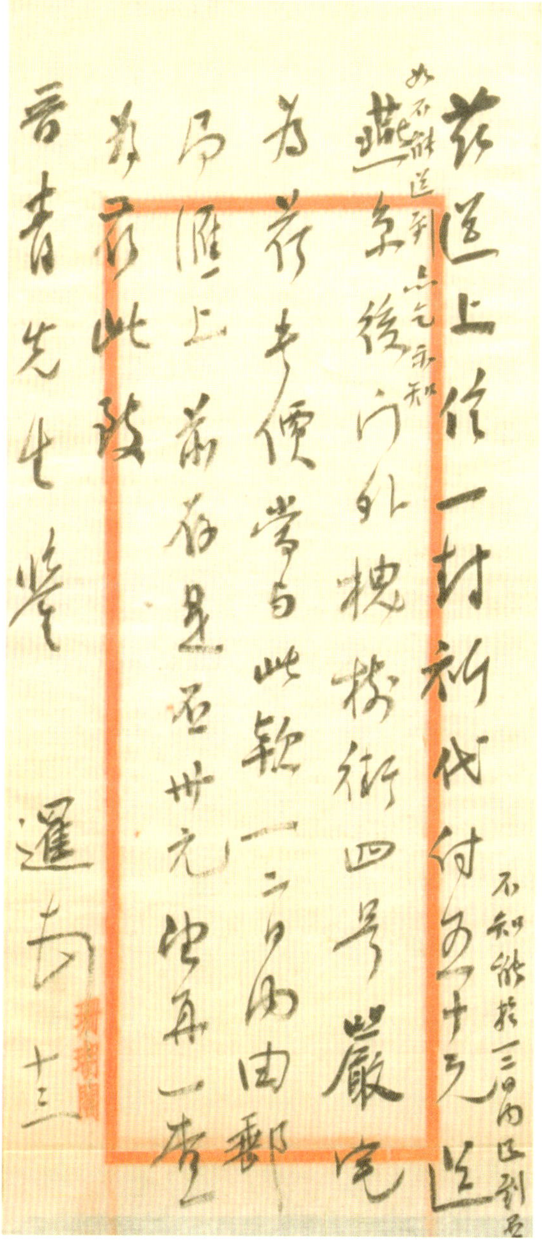

第一七三通

兹送上信一封，祈代付五十元送燕京後門外槐樹街四號嚴宅爲荷（不知能於一二日内送到否？如不能送到，亦乞示知）。書價當與此款一二日内由郵局匯上。前存是否卅元？望再一查爲荷。此致。晋青先生鑒。暹頓首。十三。

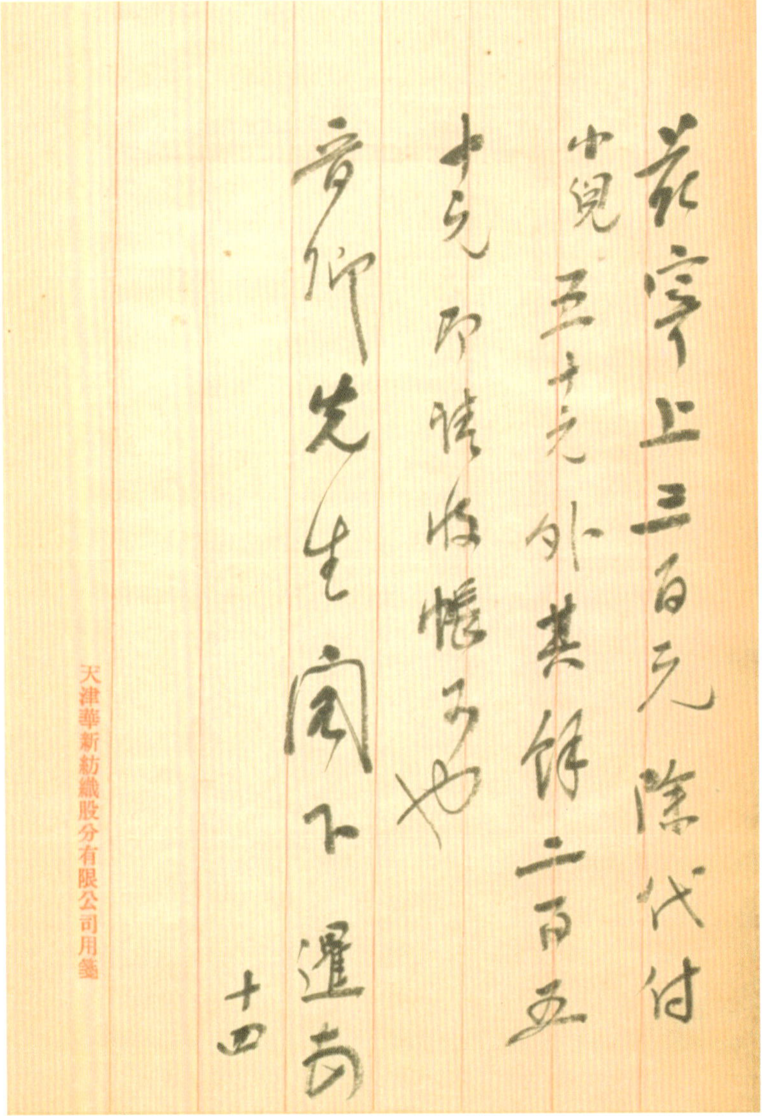

第一七四通

兹寄上三百元,除代付小兒五十元外,其餘二百五十元即請收帳可也。晋卿先生閣下。暹頓首。十四。

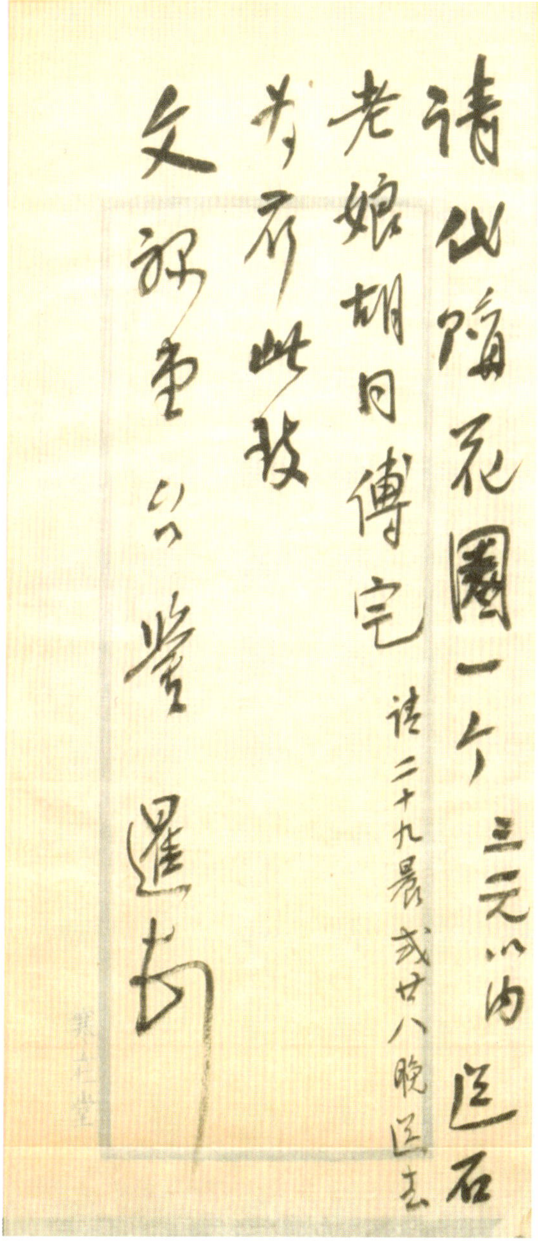

第一七五通

請代購花圈一個(三元以内),送石老娘胡同傅宅(請二十九晨或廿八晚送去)爲荷。此致。文禄堂台鑒。暹頓首。

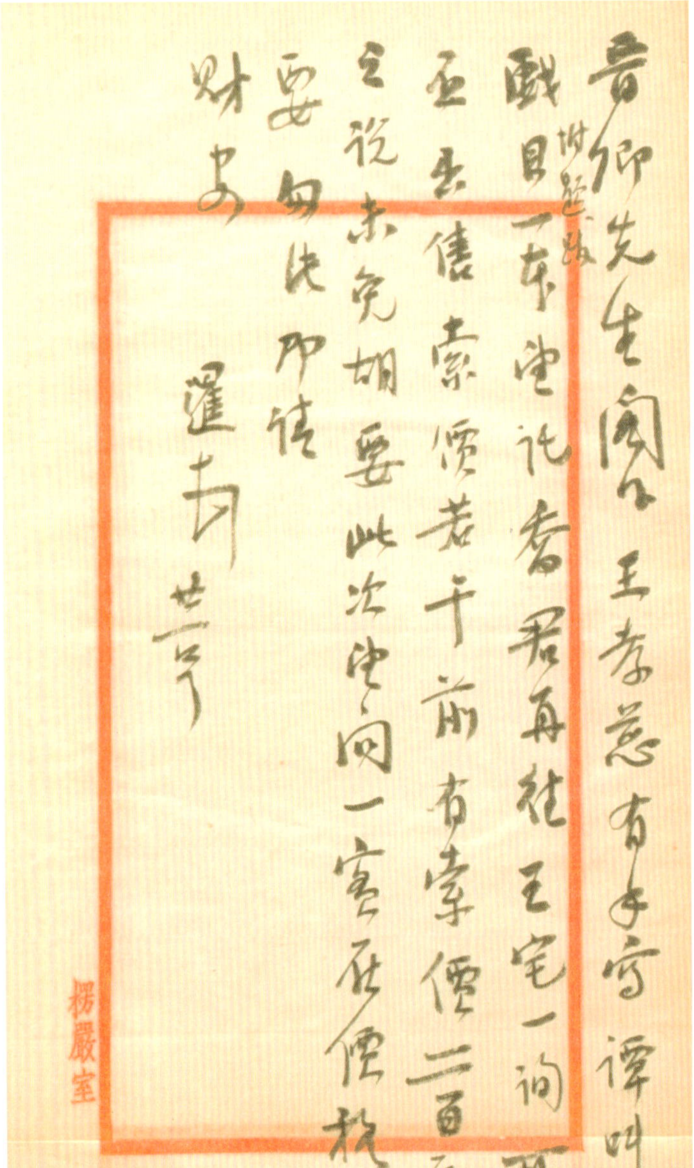

第一七六通

晉卿先生閣下：

王孝慈有手寫《譚叫天戲目》(附題跋)一本，望托喬君再往王宅一詢可否出售？索價若干？前有索價二百元之説，未免胡要。此次望問一實在價格爲要。匆此。即請財安。遲頓首。廿一號。

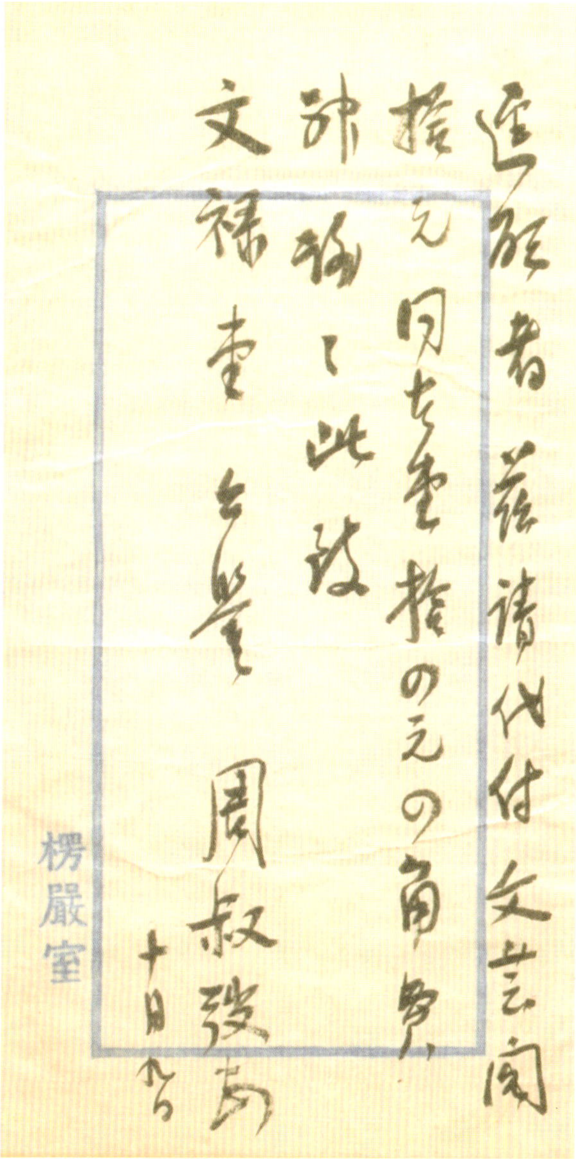

第一七七通

逕啓者：

兹請代付文芸閣拾元，同在堂拾四元四角。費神。謝謝。此致。文禄堂台鑒。周叔弢頓首。十月九日。

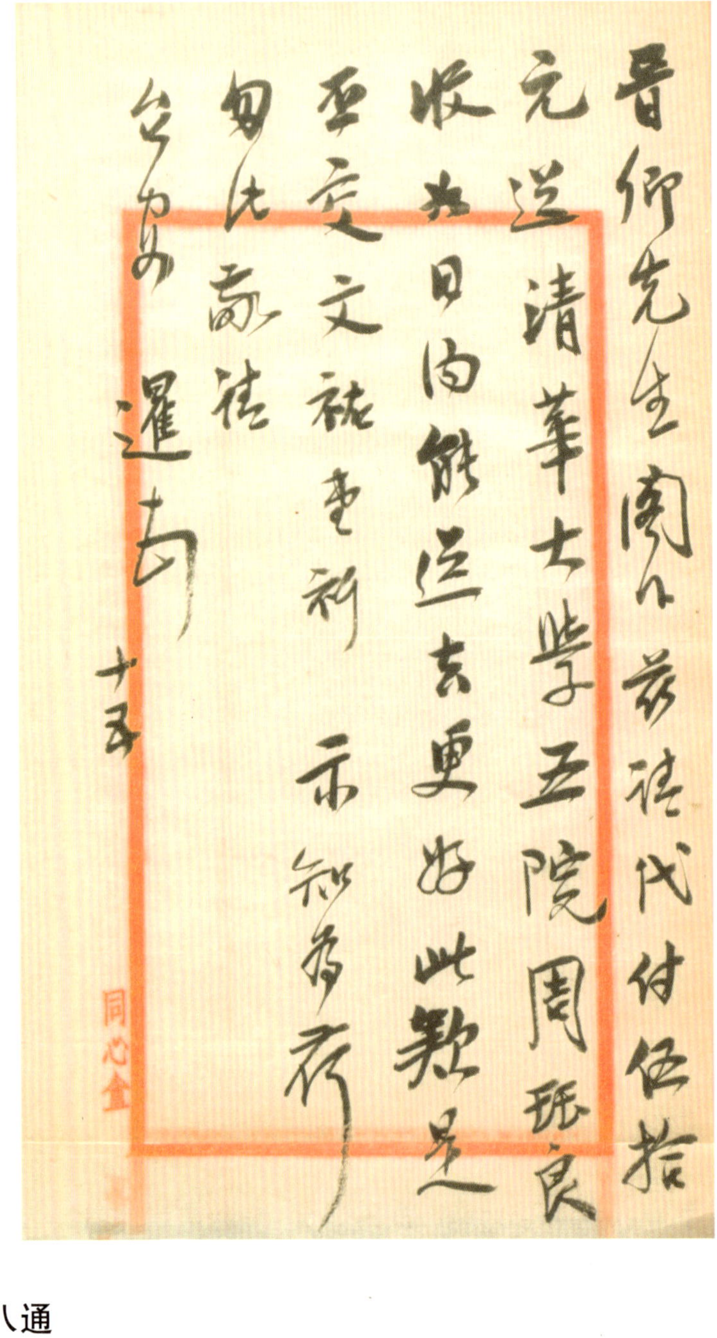

晋卿先生閣下：茲請代付伍拾
元送清華大學五院周珏良
收。如日内能送去更好。此款是
否交文祐堂？祈
示知爲荷。
匆此。敬請
台安。
遲頓首
十五

同心堂

第一七八通

晋卿先生閣下：

　　兹請代付伍拾元，送清華大學五院周珏良收。如日内能送去更好。此款是否交文祐堂？祈示知爲荷。匆此。敬請台安。遲頓首。十五。

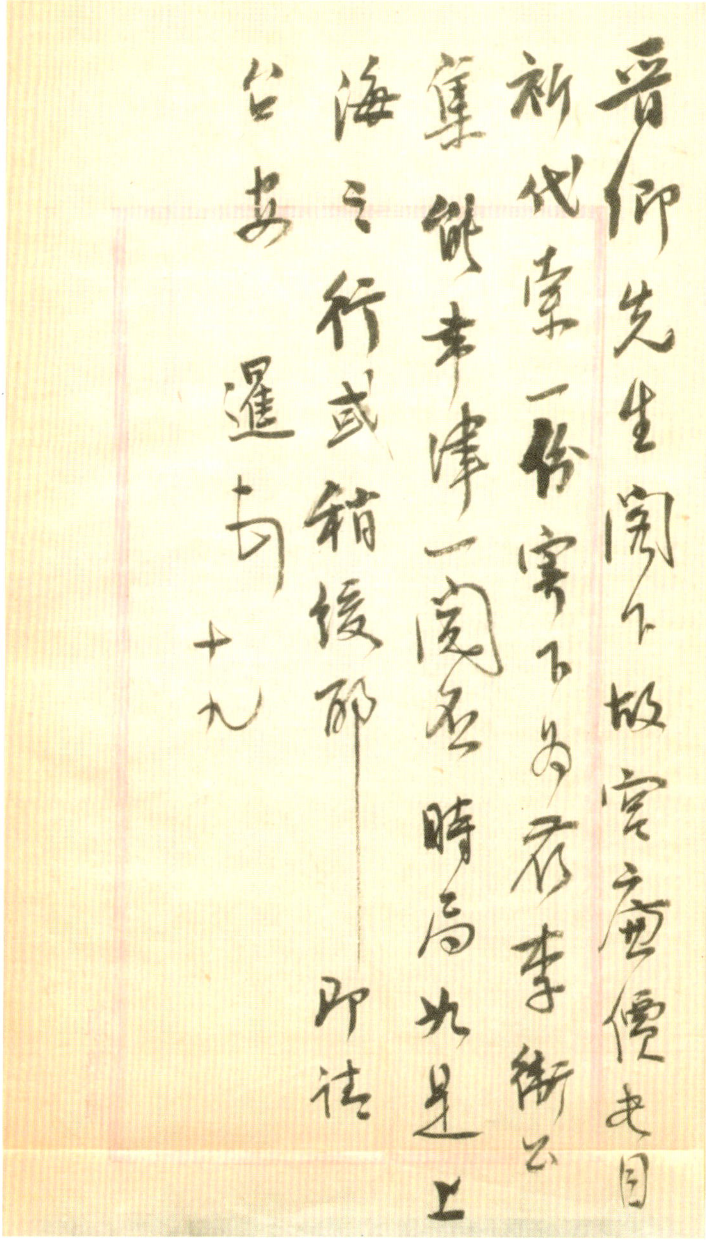

第一七九通

晋卿先生閣下：

《故宫廉價書目》，祈代索一份寄下爲荷。《李衛公集》能帶津一閲否？時局如是，上海之行或稍緩耶。即請台安。暹頓首。十九。

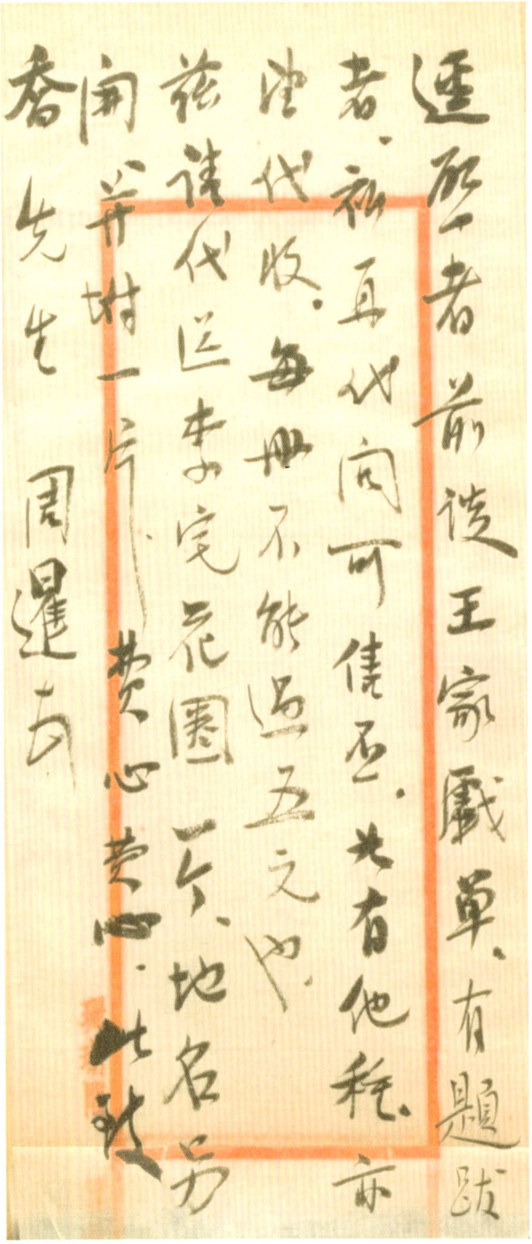

第一八〇通

逕啓者：

前談王家戲單，有題跋者，祈再代問可售否？如有他種，亦望代收，每册不能過五元也。兹請代送李宅花圈一個，地名另開，并附一片。費心費心。此致。喬先生。周暹頓首。

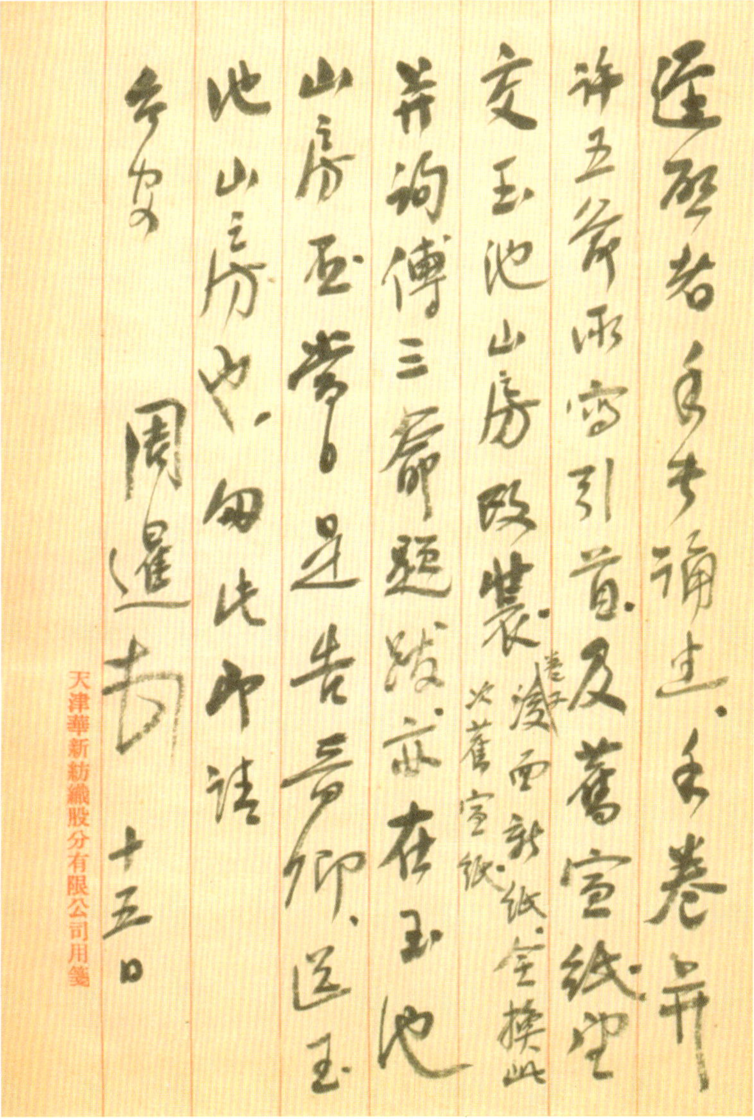

第一八一通

逕啓者：

手書誦悉。手卷并許五爺所寫引首及舊宣紙，望交玉池山房改裝（卷子後面新紙，全换此次舊宣紙）。并詢傅三爺題跋亦在玉池山房否？當日是告晋卿送玉池山房也？匆此。即請台安。周暹頓首。十五日。

梅泉訪書尺牘

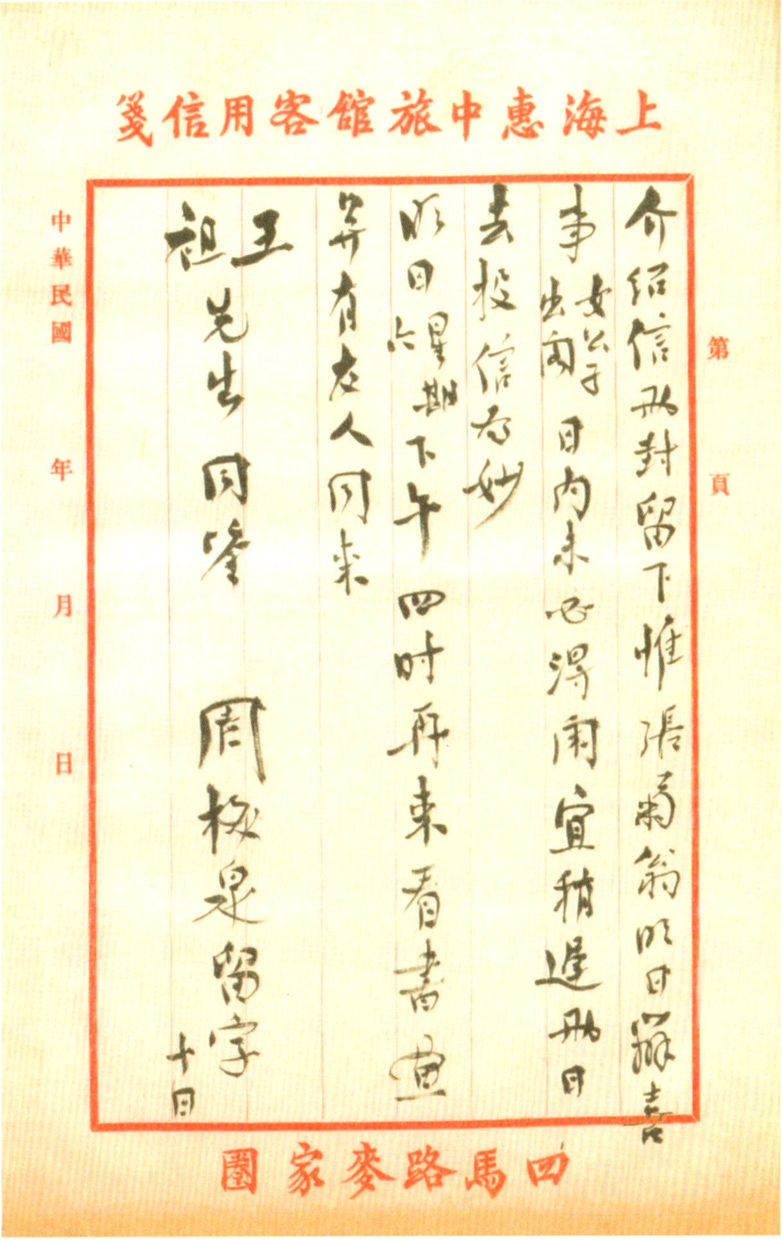

上海惠中旅館客信用箋

中華民國　年　月　日　第　頁

介紹信兩封留下，惟張菊翁明日辦喜事（女公子出閣），日内未必得閑，宜稍遲兩日去投信爲妙。明日（星期六）下午四時再來看書畫，并有友人同來。

王、祖先生同鑒

周梅泉留字　十日

四馬路麥家圈

第一通

介紹信兩封留下，惟張菊翁明日辦喜事（女公子出閣），日内未必得閑，宜稍遲兩日去投信爲妙。明日（星期六）下午四時再來看書畫，并有友人同來。王、祖先生同鑒。周梅泉留字。十日。

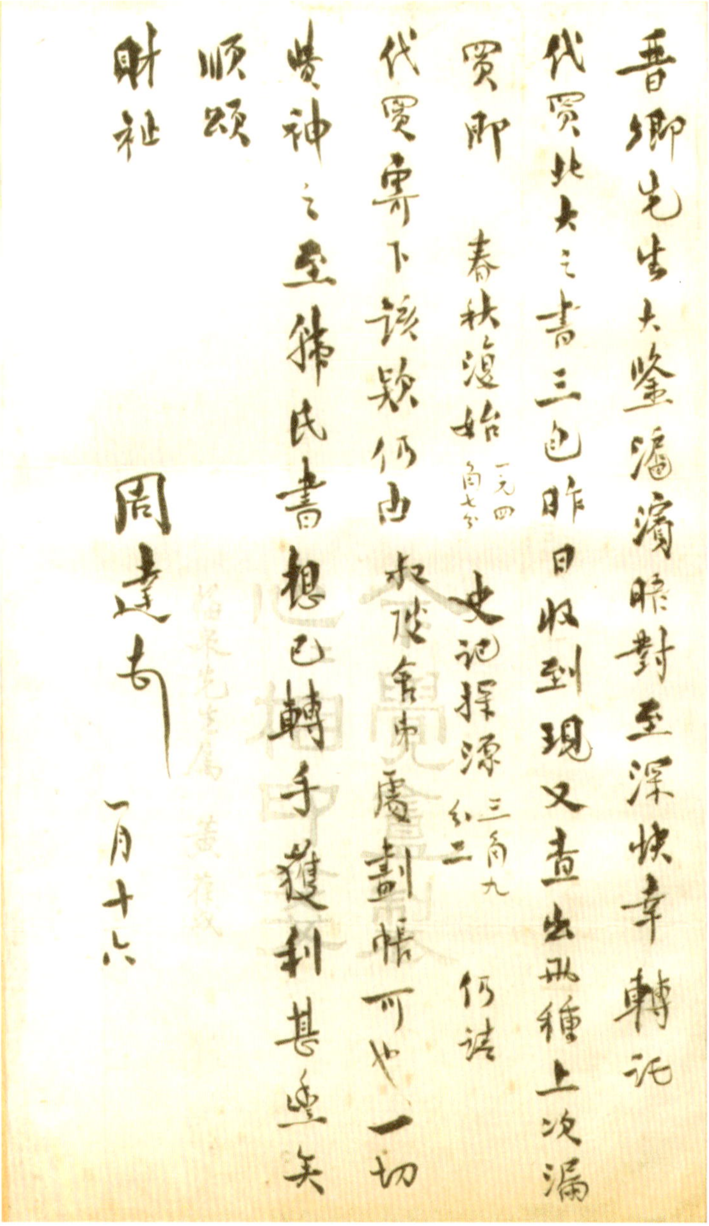

晋卿先生大鑒：滬濱晤對，至深快幸。轉託代買北大之書三包，昨日收到。現又查出兩種，上次漏買，即春秋復始（一元四角七分）、史記探源（三角九分二），仍請代買寄下，該款仍由叔弢舍弟處劃帳可也。一切費神之至。韓氏書想已轉手，獲利甚豐矣。順頌財祉。周達頓首。一月十六

第二通

晋卿先生大鑒：

滬濱晤對，至深快幸！轉托代買北大之書三包，昨日收到。現又查出兩種，上次漏買，即《春秋復始》（一元四角七分）、《史記探源》（三角九分二），仍請代買寄下，該款仍由叔弢舍弟處劃帳可也。一切費神之至。韓氏書想已轉手，獲利甚豐矣。順頌財祉。周達頓首。一月十六。

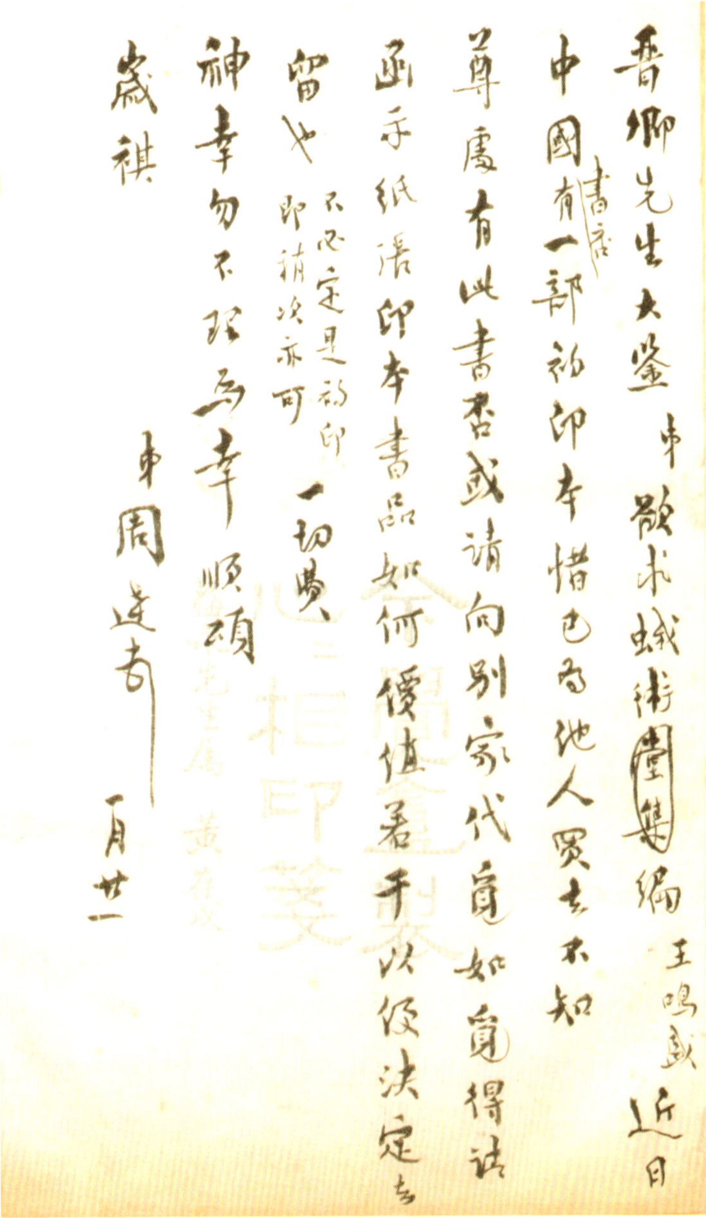

第三通

晋卿先生大鑒：

弟欲求《蛾術編》(王鳴盛)，近日中國書店有一部初印本，惜已爲他人買去，不知尊處有此書否？或請向別家代覓，如覓得，請函示紙張、印本、書品如何，價值若干，以便决定去留也(不必定是初印，即稍次亦可)。一切費神。幸勿不理爲幸。順頌歲祺。弟周達頓首。一月廿一。

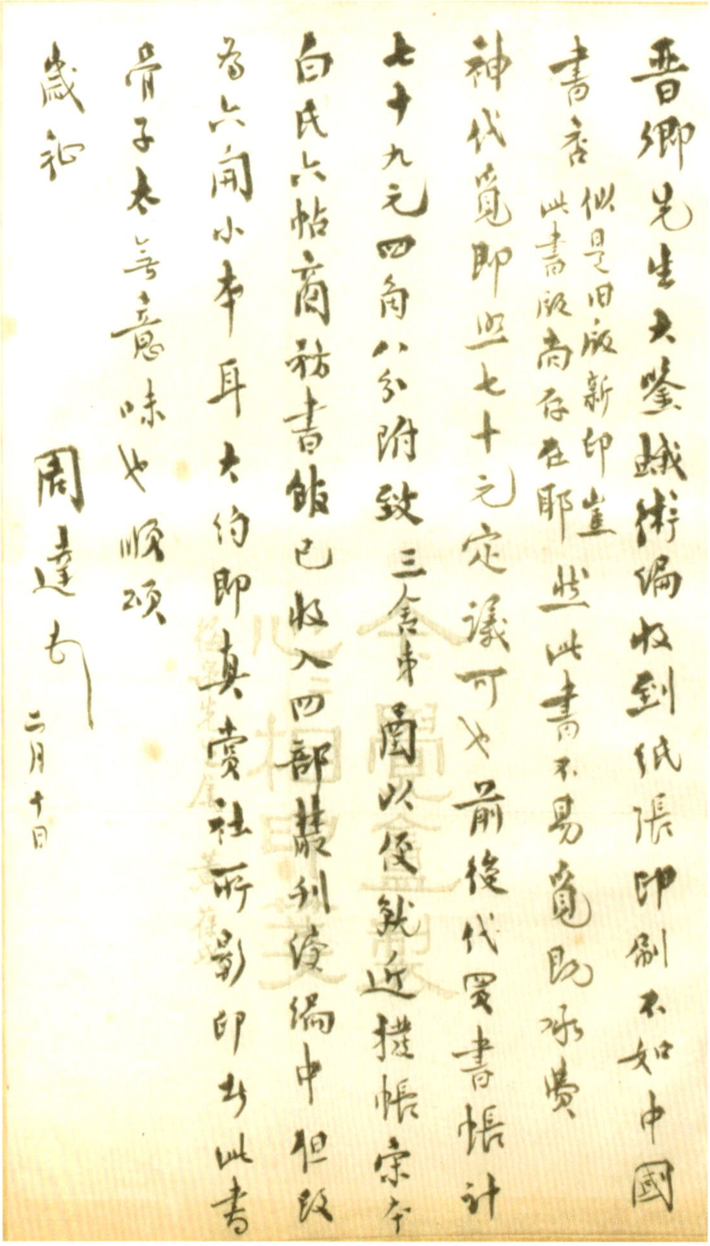

第四通

晋卿先生大鑒：

《蛾術編》收到，紙張印刷不如中國書店(似是舊版新印，豈此書版尚存在耶)，然此書不易覓，既承費神代覓，即照七十元定議可也。前後代買書帳計七十九元四角八分，附致三舍弟函，以便就近撥帳。宋本《白氏六帖》，商務書館已收入《四部叢刊續編》中，但改爲六開小本耳，大約即真賞社所影印者，此書骨子太無意味也。順頌歲祉。周達頓首。二月十日。